我们小时候

༄། །ང་ཚོ་ཆུང་དུས།(བོད་རྒྱ་ཤན་སྦྱར།)

ཟླ་ཉིང་སྨྱུག་པོའི་ཟབ་ཚུ།

ཚུང་ཕུས་བཙམས།

青海人民出版社

དཀར་ཆག

སྔོན་ཚིག

ས་གཞི་རྗོན་མོ།

ཀུག་འཁྱོག་གི་རྗེ་ལམ་ཕྲ་མོ་དེའུ་འབུར་གྱི་ངོས་ནས་རི་འདབས་སུ་བསྒྲིང་ཞིང་། རི་མགོ་དང་རི་རྟེང་ཡོངས་སུ་སྤོན་ཤིང་ཚེང་ཚེང་དུ་རྒྱས་འདུག རྒྱང་བལྟ་ཞིག་བྱས་ན་མིག་ལམ་ཡོངས་སུ་ལྗང་མདོག་གིས་ཁྱབ་ནས། ལུས་པོའང་སྔོ་ལྗང་ལྗང་དུ་གྱུར་འདུག རི་རྟེང་ཡོངས་སུ་སྤང་རྩྭ་ནེའུ་གསིང་དུ་སྐྱེས་ཤིང་། གང་ས་གང་དུ་དམར་སྐྱ་དང་སྔོ་སྐྱའི་དུང་ཆེན་མེ་ཏོག་བཞད་འདུག རྗེ་ལམ་སྤང་ཐང་དུ་བརྒྱུད་དེ་ཕ་རོལ་གྱི་དེའུ་འབུར་སྟེང་དུ་བསྒྲིང་། སྔོན་པའི་གྲིབ་བསིལ་གྱི་ཁྲོད་དུ་སྣེ་མོ་མི་མཐོང་བར་གྱུར། བསིལ་རླུང་སྦྲུག་ཐག་རིང་ཞིང་ཁ་ཁུ་སིམ་པའི་གྲོག་རོང་གི་ཞབས་སུ་གཡུག་ཅིང་། ཞོགས་པའི་དྲི་བསུང་འཐུལ་བའི་མཁའ་དབུགས་ཀྱིས་ཁམས་དྭངས་པའི་ཚོར་བ་སྟེར། ཡུན་རིང་ཞིག་ལ། ང་རང་ཐེངས་དང་པོར་མི་མཇོན་པའི་གནས་འདིར་ཡོང་བ་ཡིན།

འདི་ནི་ང་རང་བྱིས་པའི་དུས་སུ་རྒྱུན་དུ་རྩེ་རུ་ཡོང་བའི་ས་ཆ་མ་ཡིན་ནམ། རེད་དེ། རྗེ་དཀར་པོའི་ཀ་བ་བཞི་པོ་དེ་ནི་མ་གཞིར་སྤྲ་སྒྲོམ་ཡིན་ཞིང་། སྔོན་ཆད་སྨུག་སྐྱའི་མེ་ཏོག་ལྷུག་པོར་བཞད་ནས། ཡོལ་བ་ཆེན་པོ་ཞིག་དང་ཀུན་ནས་མཚུངས། ང་དང་ངའི་སྤུན་ཆུང་དང་། གཞན་ད་དུང་གྲོགས་པོ་འགའ་ཡང་ཡོད་དེ། རྒྱུན་པར་འདིར་ཡོང་ནས་གབ་རྩེད་བྱས།

ཡིན་ཡང་ང་ཚོ་ཆེས་རྩེ་རྒྱུར་དགའ་བའི་རོལ་རྩེད་ནི་ས་རྩེ་བྱེད་རྒྱུ་དེ་ཡིན། དེའུ་འབུར་འདབས་ཀྱི་རྡོ་ལམ་གྱི་ལོགས་སུ། ས་དཀར་ཐང་ཞིག་ཡོད་པ་བྱེ་མ་དང་འདྲ། ང་ཚོས་རྒྱུན་དུ་དེ་གར་གཞི་ཁྱོན་ཆེན་པོའི་འཛུགས་སྐྲུན་བྱས་པ་ཡིན་ཏེ། ཟམ་པ་བསྐྲུན་པ་དང་གཞུང་ལམ་ལས་པ། ས་དོང་བརྐོས་པ་ཡིན་ལ། གཞན་ད་དུང་འདམ་བག་གིས་གྱང་བརྩིགས་པ་དང་ཁང་པ་ཞུབ་པ་ཡིན། ང་ཚོས་ཧ་ལམ་ཉིན་རྒྱུན་དུ་མཁར་གྲོང་ཞིག་བསྐྲུན་དགོས།

ཏག་ཏག་བདུན་བདུན་དུས་འཁྱུར་གྱི་རྗེས་སུ་ཙུང་མ་འགོར་བར། ང་ཚོ་བྱིས་པ་འགའ་ཞིག་སློད་མོ་ཚང་དུ་བསྡད་ཡོད། སྐབས་དེར་འདི་ཊ་ཚོས་ཚོགས་སློབ་གྲྭ་ཡིན་པས། གནས་སྐབས་སུ་བདེ་འཇགས་ཡིན། ང་ཚོ་རྒྱུན་དུ་རོལ་རྩེད་བྱས་པ་ཡིན་མོད། འོན་ཀྱང་ལོ་ཆུང་གི་སེམས་ཁམས་སུ་རྒྱལ་ཁབ་འཇིག་ཉེན་གྱི་ཚོར་བ་བྱུང་། སྦ་སྒྲོམ་དེའི་འོག་ཏུ་ང་ལ་གྲོག་མ་སངས་རྒྱས་ཤིག་གི་རྒྱུགས་པས། ངུས་ནས་མཚམས་མ་བཞག ཕྲུན་ཆུང་གིས་སེམས་ཁྲེལ་བྱས་ཏེ་ངའི་ལག་པ་ནས་འཇུས་ཤིང་ཕུ་བཏབ་པ་རེད། ཙུང་ཆེ་བའི་གྲོགས་པོ་ཚོས་བཟོད་སེམས་མེད་པར། “འདི་ནི་དོན་ཆེན་ཞིག་ག་ལ་ཡིན། འཇའ་དམག་གིས་བཙན་འཛུལ་བྱས་ནས་ཐོན་ཡོད”ཟེར།

“ཁོ་ཚོ་ཡོང་ནས་ང་ཚོའི་ས་གཞི་འཕྲོག་པ་ཨེ་རེད། ” ངས་འཕྲལ་དུ་ངུ་མཚམས་བཞག་ཅིང་། མི་དར་མ་ཚོས་བཤད་པའི་སྐད་ཆ་འདི་ཡིད་ལ་བཟུང་བ་ཡིན། དེར་མཐུད་ནས་ངས་ང་ཚོས་རྒྱུན་པར་བྱིལ་བྱིལ་བྱེད་པའི་ས་འདམ་ལ་བྱིལ་བྱིལ་བྱས་ཤིང་། ས་གཞི་ནི་འདི་འདྲའི་རྫོད་འཛམ་ཞིག་དང་སྙིང་ཉེ་ཞིང་དང་དགའ་འོས་པ་ཞིག་རེད་འདོད། ངས་མེས་རྒྱལ་གྱི་མངའ་ཁོངས་ཧུམ་དུ་དམ་པོར་བསྟམ་ནས། གཞན་གྱིས་འཕྲོག་མི་ཐུབ་

པར་བྱེད་ཐུབ་ན་ཅི་མ་རུང་སྙམ། ང་རང་འདི་ནས་སྐྱེས་ཤིང་འདི་གའི་སྡོང་པོར་དགའ་ཞིང་རི་བོར་དུངས་པ་དང་། ས་འདམ་ལའང……

ང་རང་དབང་མེད་པར་རྗེ་ལམ་གྱི་མདོ་རུ་ཙོག་ནས། རྩྭ་ལྡོང་གིས་ཁེབས་པའི་ས་གཞི་ལ་བྱིལ་བྱིལ་བྱས་ནས་བསམ་མནོ་ཕུགས་རིང་བཏང་།

ངས་ཆེན་ཧྭ་སློབ་རའི་སྒོ་ཁའི་ལྗོན་པའི་གྲིབ་བསིལ་དེ་ཡིད་ལ་དྲན་བྱུང་ལ། ལམ་ཆེན་གྱི་མཐའ་གཉིས་སུ་ཆོས་སེར་སྡོང་པོ་བཙུགས་ཡོད། ལོ་རེའི་དབྱར་མགོར། ཆོས་སེར་མེ་ཏོག་གི་དྲི་བསུང་འཐུལ། ན་གཞོན་སྐོར་ཞིག་མེས་རྒྱལ་གྱི་ས་གནས་སོ་སོར་སོང་ནས། ང་ཚོའི་སྙིང་ཉེ་བའི་མེས་རྒྱལ་འཛུགས་སྐྲུན་བྱེད་པའི་སྟོན་བཟ་རྒྱུག་པ་དང་མཚུངས། ང་རང་བྱ་བའི་ལས་གནས་སུ་ཞུགས་པའི་ལོ་དེར། ང་ཚོ་སློབ་གྲོགས་འགའ་ཞིག་ལམ་བུ་དེ་རུ་ཕར་འགྲོ་ཚུར་འོང་ཐེངས་མང་བྱས་པ་ཡིད་ན་བརྗེད་དཀའ། ང་ཚོས་མེས་རྒྱལ་གྱི་དགོས་མཁོ་ཇི་ལྟར་དང་ལེན་བྱ་རྒྱུ་དང་། རང་ཉིད་གྲུབ་ཆ་རེ་རེ་ཞིག་ཏུ་ཇི་ལྟར་འགྱུར་དུ་བཅུག་ནས། མེས་རྒྱལ་གྱི་ཆེད་དུ་དང་མི་དམངས་ཀྱི་ཆེད་དུ། གསར་བརྗེའི་ཆེད་དུ་མདུན་ལམ་བཟང་པོ་བསྐྲུན་རྒྱུར་གླེང་མོལ་བྱས། ཕྱིས་སུ་ང་ཚོའི་འཛིན་གྲྭ་ཡོངས་ཀྱི་སློབ་མ་བཅུ་གཅིག་གིས་མཉམ་དུ་ཚོད་སེམས་ཡི་གེ་ཞིག་བྲིས་པ་དང་། དེའི་ནང་དུ་འདི་ལྟར་བྲིས་ཡོད་དེ། "གལ་ཏེ་རང་བློ་དང་མི་མཐུན་པ་བྱུང་ཚེ། ཚང་མས་ཀང་རྡིག་མ་བྱེད་ལགས། ཀང་འོག་གི་ས་གཞི་རུ་སྟོན་གཤེགས་དཔའ་བོའི་མགོ་རུས་སྦས་ཡོད་པ་དང་། སྟོན་གཤེགས་དཔའ་བོའི་ཁྲག་དྲོན་མོས་སྦངས་ཡོད། ང་ཚོར་ཁོ་ཚོ་དཀྲོག་པའི་དབང་ཆ་མེད་ཅིང་། ང་ཚོའི་འོས་འགན་ནི་ཁོ་ཚོས་རང་སྲོག་བློས་བཏང་བའི་ས་གཞི་རུ་གྲུང་ཁྲན་རིང་ལུགས་ཀྱི་

ཕྱུགས་འདུན་མངོན་འགྱུར་བྱེད་རྒྱུ་དེ་ཡིན། ” ཚོགས་ཁང་ཆེན་མོ་ཏུ་ཚོང་སེམས་ཡི་གེ་འདི་སྒྲོག་སྒྲུང་བྱེད་དུས། ཚོགས་ཁང་ཧྲིལ་པོ་དེ་འདྲའི་ལྷང་འཛགས་ཡིན་ཞིང་། ངང་ཚུལ་ནི་དེ་འདྲའི་སེམས་འགུལ་ཐེབས་པ་དང་སྤྲོ་སེམས་འཕེལ་བ་ཞིག་རེད་ཨང་། ན་གཞོན་གྱི་སེམས་རྒྱུད་རེ་རེར་མེས་རྒྱལ་འཛུགས་སྐྲུན་བྱེད་པའི་བསམ་འདུན་ཡག་ཤོས་དེས་ཁེངས་འདུག ཚོགས་འདུ་གྲོལ་རྗེས། ང་ཚོགས་ཁང་ལས་བུད་ཅིང་སྒོ་ཆེན་མདུན་གྱི་སྤང་ཐང་དེ་མཐོང་འཕྲལ། ཡང་བསྐྱར་མེས་རྒྱལ་གྱི་ས་གཞི་ཆེན་མོར་འཁྱུད་འདོད་བྱུང་། ངས་རང་གི་སྙིང་ཤུགས་ཡོད་རྒུ་བཏོན་ནས། མེས་རྒྱལ་གྱི་ས་གཞི་ཆེན་མོ་དེ་བས་དྲོད་འཇམ་ལྡན་པར་གཏོང་འདོད།

གཞི་རིམ་དུ་ངལ་རྩོལ་ལ་མངགས་རྗེས། ངས་ཀུང་ཧྲེའི་ཧྲུའུ་ཅི་ཞིག་གིས་ཀྱང་དེ་ལྟ་བུའི་སྐད་ཆ་སྟེ། ང་ཚོའི་རྐང་འོག་གི་ས་གཞི་ནི་རྒྱུན་ལྡན་ཞིག་མ་ཡིན་ཏེ། "རྗོག་རྗེས་མ་གཏོང་ལགས" ཞེས་བཤད་པ་དངོས་སུ་ཐོས། ངས་སྡེ་བ་ཏུ་གཞི་བཅས་པ་ན་ད་གཟོད "ས་གཞི་དྲོན་མོ" ཞེས་པའི་ཚིག་འདི་ཡོད་པ་ཤེས་པ་ཡིན། ངའི་ཁང་བདག་ཨ་ནེ་ནི་འཇའ་འགོག་དམག་འཁྲུག་དང་བཅིངས་འགྲོལ་དམག་འཁྲུག་གི་ཁྲོད་དུ། ཧུར་བརྩོན་ཅན་ཞིག་ཡིན། མོས་རྒྱུན་དུ་ཉེ་འཁོར་གྱི་སྡེ་བ་བཅུ་ལྷག་དང་ས་གཞི་གོམ་པ་རེ་རེའི་ཐོག་ཏུ་མོའི་རྐང་རྗེས་བཞག་ཡོད་ལ། "སང་ཀན་ཆུ་བོའི་རླབས་ཕྲན་རེ་རེའང་ངས་སྙོམས་པོར་བཏང་ཡོད" ཟེར། མོའི་བུ་ཆུང་བོའུ་རིང་གི་མཐོ་དམའ་ཡང་མེད་པར་དམག་ཏུ་ཞུགས་ནས། ལོ་རབས་ལྔ་བཅུ་པའི་དུས་མཇུག་ཏུ་ཀྲང་ཅ་ཁུག་ས་གནས་སུ་ཡོན་ལྟན་ཁང་དུ་བྱ་བ་སྒྲུབ་པ་རེད། འཕྲིན་ཡིག་མང་པོ་བསྐུར་ནས་ཨ་མ་གདན་འདྲེན་ཞུས་མོད། མོ་སྒོ་ཁའི་

ཀྲུབ་བཀྱག་ཐོག་ཏུ་བསྡད་ནས་འཕྲིན་ཡིག་བསྐུག་ས་པ་ཡིན། ཨ་ནེ་ཡིས་ཐོས་ཐེངས་རེ་ལ། ནམ་ཡིན་ཡང་ཧོན་ཐོར་ནས་སྡེ་བའི་འདབས་ཀྱི་སིལ་སྡོང་གི་ཚལ་དེར་བལྟ་བ་ཡིན། སྡེ་བ་མཐོ་སར་ཆགས་ཡོད་དེ། མེ་ཏོག་དཀར་གཙང་ཞིང་ཁམས་བརྒྱུད་ནས་བལྟས་ན། མེ་ཏོག་ཚལ་གྱི་ཕྱི་མཐའི་སང་ཀན་ཆུ་བོ་འོད་ལམ་ལམ་གྱིས་འབབ་པ་མཐོང་ཐུབ། "ས་གཞི་དྲོན་མོར་འབྲལ་དཀའ། " ཨ་ནེ་དེས་ཐེངས་རེ་རེར"ས་གཞི་དྲོན་མོར་འབྲལ་དཀའ"ཞེས་བཤད།

ས་གཞི་དྲོན་མོར་འབྲལ་དཀའ། ང་ཚོའི་མིག་ཆུ་དང་རྔུལ་ཆུ་ཡིས་ཡུར་ཆུ་དྲངས་པས། དྲོན་མོ་མིན་པ་ག་ལ་ཡོད། ང་ཚོའི་གདུང་རུས་དང་ལུས་པོས་འཚོ་བཅུད་བླུད་པས། དྲོན་མོ་མིན་པ་ག་ལ་ཡོད། ང་ཚོས་འདི་གར་ཕྱིས་པའི་དུས་རབས་འདའ་བ་ཡིན་པས། འདི་གར་ན་གཞོན་དུས་རབས་ཀྱི་རྨི་ལམ་བཙལ་ཡོད་ལ། ང་ཚོ་ད་དུང་འདི་རུ་གཏན་སྡོད་བྱེད་དགོས། འདི་ནི་ང་ཚོས་ཡིན་ལ། ང་ཚོ་རང་ཉིད་ལ་དབང་ཞིང་། ང་ཚོའི་མེས་རྒྱལ་གྱི་ས་གཞི་ཡིན་པས་སོ། །

ཡིན་ཡང་ལོ་རབས་དྲུག་ཅུའི་དུས་མཇུག་ཏུ། འདས་སོང་དང་མ་འོངས་པའི་རྨི་ལམ་ཡོད་ཚད་དང་། བྱམས་བརྩེ་ལྡན་པའི་མི་ཡོད་ཚད་ཀྱི་འཚོ་བའི་འདུན་མ་དང་དམག་འཁྲུག་གི་ཡིད་ཆེས། ཡོད་ཚད་ཀྱི་ཡོད་ཚད་མི་དགེ་བཅུ་འཛོམས་ཀྱི་ཉེས་སྤྱོད་དུ་གྱུར་པ་རེད། འཛུགས་སྐྲུན་བྱེད་བཞིན་པའི་གྲོང་ཁྱེར་གྱི་མཛེས་སྡོངས་གློ་བུར་དུ་འགྱེལ་ཞིང་། ས་གཞི་དྲོན་མོ་ཡང་ཞིག་རོ་རུ་གྱུར། སྡུག་གིས་ཁྱབ་པའི་དུས་ཡུན་དེ་ནི་བཤད་མི་ཚར་ཞིང་བརྗོད་མི་ཚར་བ་ཞིག་ཡིན་མོད། འོན་ཀྱང་དྲན་ཤེས་ལ་ལ་ཞིག་དུས་

ཀྱི་འགྲོས་དང་བསྟུན་ནས་མོག་མོག་ཏུ་གྱུར་སོང་། ཡིན་ཡང་འཆར་ཅན་དུ་
འདོད་པའི་བག་ཆགས་ཤིག་ཡོད་པ་ནམ་ཡང་བརྗེད་ཐབས་མེད། རྒྱུ་རྐྱེན་
སྣ་ཚོགས་ཀྱི་དབང་གིས་ང་རང་བློ་བ་འགག་ཞིག་ལ་གྲོང་ཁྱེར་ལས་སྐོར་མ་
ཐུབ། ཐེངས་ཤིག་ལ་སློབ་རའི་ནང་དུ་ཡོང་ནས་ལོ་ན་བགྲེས་པའི་ཕ་མ་ལ་
སྐོར་བ་བརྒྱབ་པ་ཡིན། མལ་ཁང་དུ་མ་ཞིག་བརྒྱུད་སྐབས། ངང་ཚུལ་ཛ་
དྲག་ཡིན་པའི་ཚོར་བ་བྱུང་ཞིང་། གཞོགས་གཉིས་ཀའི་ཐོག་ཁང་གི་ལྦད་དུ་
མལ་ཁྲིའི་ཤིང་ལེབ་བརྩེངས་འདུག ཕྱིས་སུ་དེ་ནི་དྲག་འཛིང་བྱེད་སྐབས་
ཀྱི་འགོག་སྲུང་འཛིང་རགས་ཡིན་པ་ཤེས། རྒྱུན་དུ་མི་ཚོགས་འགྲོ་འོང་བྱེད་
པའི་ལམ་ཆེན་དེ་ཡང་སྟོང་སེང་སེང་དུ་ལུས་ཤིང་། གང་སར་གད་སྙིགས་
ཀྱིས་བཀང་འདུག ཉི་འོད་མཚར་སྡུག་ལྡན་ཡང་ལུང་སྟོང་རབ་རིབ་ཀྱིས་
གཡོགས་འདུག ཅི་ཞིག་གི་དོན་དུ་ཡིན་པ་མི་ཤེས་པར། ང་རང་གོམ་པ་
འཁྱེར་འཁྱོར་གྱིས་མཐའ་བསྐོར་ནས་སོང་། ཕྱིས་སུ་གོ་ཐོས་ལྟར་ན། དྲང་
ཐད་དུ་མ་སོང་བ་འགྲིག་སོང་། གལ་ཏེ་སོང་ཡོད་ཚེ་མཐུག་འཐབ་ཅི་ཞིག་
བྱུང་ཡོད་པ་སུས་ཀྱང་བཤད་དཀའ། སྐབས་དེར། མཐུག་འཐབ་ག་འདྲ་
ཞིག་ཡིན་རུང་། ངས་ཡིད་གཟབ་མི་བྱེད་མོད། འོན་ཀྱང་ང་ལ་སྟོང་སེང་
ངེ་དང་ཀྱོ་མོག་ཆག་རེ་ཡིས་བརྒྱན་པའི་ལམ་ངོས་དེས་བག་ཆགས་ཟབ་མོ་
བཞག་རུང་། ཉི་འོད་མཚར་སྡུག་ལྡན་པ་ཞིག་ཡིན།

ཕྱིས་སུ་ངས་ལུང་སྟོང་རབ་རིབ་ཏུ་བཟོས་པའི་སྟོང་སེང་ངེ་བ་དེ་དྲན་
ཐེངས་རེ་ལ། ཆུ་རྒྱུན་དྭངས་མོ་བཞུར་ཞིང་མེ་ཏོག་སྣ་བརྒྱ་ལྷུག་པོར་བཞད་
པའི་ང་ཚོའི་ས་གཞི་སྔོན་མོ་དེ་དྲན་ལ། མི་ལ་ལས་ཐུར་ས་གཞི་སྔོན་མོ་
འདིའི་སྟེང་དུ་མེས་རྒྱལ་འཛུགས་སྐྲུན་བྱེད་པའི་སྤྲོ་སེམས་ཟོལ་མེད་དེ་དྲན་

ཞིང་། བྱིས་པའི་དུས་སུ་མེས་རྒྱལ་འཛིག་པར་སྐྲག་པའི་འཛིགས་སྣང་དེ་དྲན་བྱུང་། ཀྱག་ཀྱོག་དང་དཀའ་སྡུག་ག་འདྲ་ཞིག་བརྒྱུད་ནུང་། ང་ལ་ནམ་ཡིན་ཡང་ཆང་འོག་གི་ས་གཞི་ནྲོན་མོས་ སྒྲིན་པའི་སྟོབས་ཤུགས་ཀྱི་ཚོར་བ་ཡོད་པ་དང་། ཐམ་ཐོམ་དང་རེ་ཐག་ཆད་པ་ག་འདྲ་བྱུང་ནུང་། ང་ཡིས་མེས་རྒྱལ་ལ་བཙངས་པའི་དད་སེམས་གཏན་ནས་འགྱུར་མ་མྱོང་།

ཞོགས་པའི་ཉི་ཟེར་ཚང་ཚོང་སྟུག་པོའི་ལྗོན་པའི་གྲིབ་གསེང་ནས་འཕྲོས་པ་ན། འོད་ཟེར་ཆུན་པོ་རེ་རེའི་ཁྲོད་ལས་སྨུག་སྲིན་སྐྱ་བོ་རིམ་གྱིས་དྭངས་པ་མཐོང་ཐུབ། འོད་ཟེར་ཆུན་པོ་ཞིག་ཏག་ཏག་ང་རང་ཆུང་དུས་སུ་རྩེ་མྱོང་བའི་ས་འབུར་དེའི་ཐོག་ཏུ་འཕྲོས་འདུག འདི་ག་ནི་སོས་ཤིང་གསར་བའི་ལྗང་ཁུལ་ཞིག་སྟེ། ང་ཚོའི་གཉོམ་ལག་ཟུང་གིས་བསྐྱུན་པའི་རོལ་རྩེད་ཀྱི་མཁར་གྲོང་ཡིན་ཞིང་། གར་སོང་ཤུལ་མེད་དུ་གྱུར་འདུག་མོད། འོན་ཀྱང་ང་ཚོས་ད་ལྟ་སྟོབས་དང་ལྡན་པའི་ལག་ཟུང་གིས་མེས་རྒྱལ་གྱི་ས་གཞི་ནྲོན་མོའི་ཐོག་ཏུ། རྣམ་པ་གསར་ཞིང་དབྱིབས་སྣ་ཚོགས་སུ་མངོན་པའི་མཛེས་སྡུག་ལྡན་པའི་མཁར་གྲོང་འཛུགས་སྐྲུན་བྱེད་བཞིན་མཆིས། དྲག་ཆར་རླུང་འཚུབ་དང་འབྲུག་ལྡིར་གློག་འཁྱུག་གང་འདྲ་བྱུང་ནུང་། ང་ཚོ་རྒྱལ་ངེས་ཡིན། ང་ཚོ་ནི་མི་དམངས་ཁྲི་ཕྲག་མང་པོས་ཁྲག་དྲོན་དང་མིག་ཆུས་བརླན་པའི་ས་གཞི་ནྲོན་མོའི་ཐོག་ཏུ་ཡོད་ལ། ཀྲུང་ཧྭ་མི་རིགས་ཀྱི་ཕ་མེས་ཡང་མེས་ཀྱི་གདུང་རུས་ལུས་ཟུངས་ཀྱིས་བསྐྱངས་པའི་ས་གཞི་ནྲོན་མོའི་ཐོག་ཏུ་ཡོད་པས་སོ། །

ང་རང་ལྷང་འཛགས་ལྗང་མདོག་གི་གྲོག་རོང་འདི་དང་ཁ་བྲལ་ནས། ག་ལེར་ཡུལ་ལ་སོག་པ་དང་། རྒྱང་རིང་གི་ས་ནས་བརྗེད་ཆགས་ཀྱི་དཔེ་

མཛོད་ཁང་གི་སྒོ་ཁ་རུ་རྒྱབ་ཏུ་དཔེ་ཁུག་ཁུར་བའི་ན་གཞོན་མང་པོས་སྒུག་སྡོད་པ་མཐོང་།

1979ལོའི་ཟླ6པར།

ཟླ་ཤེང་སྨུག་པོའི་ཐབ་ཆ།

ངས་རང་དབང་མེད་པར་གོམ་མཚམས་བཞག

འདི་འདྲའི་ལྷ་ན་སྡུག་པའི་སྨྲ་དམར་མེ་ཏོག་བཞད་པ་ཞིག་གཏན་ནས་མཐོང་མ་མྱོང་། ཐབ་ཆུ་ལྷ་བུའི་འོད་སྟོང་འབར་བའི་སྨུག་སྐྱ་ཞིག་བར་སྣང་ནས་འབབ་པ་མཐོང་བ་ལས། འབྱུང་ཁུངས་མི་མཐོང་ལ། ཆུ་ཟ་ཡང་མི་མཐོང་སྟེ། སྐབས་འགར་སྨུག་ནག་དང་སྐབས་འགར་སྨུག་སྐྱ་ཏུ་རྒྱུ་འགྱུལ་བྱེད་ཅིང་། ཙ་ཙོའི་གླུ་དབྱངས་ལེན་བཞིན་མཚམས་མི་ཆད་པར་འབབ་པ་རེད། སྨུག་མདོག་གི་གཞུང་བཀལ་སྦྲུར་བྱུང་ཆེན་མོའི་ཐོག་དཀར་ལམ་ལམ་བྱེད་དེ། ཕྱོགས་བཞིར་ཐོར་བའི་ཟེགས་མ་དང་གཉིས་སུ་མེད། ཞིབ་ལྟ་ཞིག་བྱས་ན་ད་གཟོད་དེ་ནི་མེ་ཏོག་སྨུག་པོའི་ཁྲིད་ཀྱི་ཚེས་སྐྱ་པོའི་ཁག་ཡིན་ཞིང་། ཉི་འོད་དང་ཁ་མཆུ་སློང་རེས་བྱེད་པ་ཤེས་ཐུབ།

འདི་གའི་དཔྱིད་ཀྱི་དམར་མདངས་ཡལ་ཞིང་། མེ་ཏོག་ལ་རོལ་རྩྭ་བྱེད་མཁན་ཡང་མེད་ཅིང་། སྦྲང་མ་དང་ཕྱེ་མ་ལེབ་ཀྱི་མཆུ་སྦྱོར་ཡང་མེད། ད་ལྟ་མཐོང་བ་ནི་འོད་མཆེར་ཞིང་ལྷུག་པོར་བཞད་པའི་སྨྲ་དམར་མེ་ཏོག་ཡིན་ནོ།། མེ་ཏོག་གི་ཆུན་པོ་གཅིག་འཁྲིར་གཅིག་ཏུ་བསྣར་ཞིང་། འཚང་ཁ་ཤིག་ཤིག་བྱེད་ཀྱང་། སྒྲོ་སྣང་ལྡན་པ་ཞིག་མིན།

“ང་ལ་མེ་ཏོག་བཞད་ཡོད། ” ཕོ་ཆོས་འཛུམ་གྱིས་བསྒུ།

“ང་ལ་མེ་ཏོག་བཞད་ཡོད།” ཕོ་ཆོས་སྐད་གསེང་སྒྲོག

མེ་ཏོག་གི་ཆོམ་བུ་རེ་རེའི་སྟེང་ཁག་བཀོད་པ་དང་། འོག་ཁག་གང་བུར་ཡོད་ལ། ཁ་དོག་ཀྱུང་གོང་ནས་འོག་ཏུ་རིམ་བཞིན་ནག་ཞད་དུ་འགྲོ་ཞིང་། སྨུག་མདོག་དེ་མར་འཕྲིང་ནས་ཆེས་ཆུང་ཞིང་ཆེས་སོས་པའི་གང་བུའི་ཐོག་ཏུ་ཕྲིང་ཡོད་པ་དང་འདྲ། བཞད་འདུག་པའི་མེ་ཏོག་གི་འདབ་མ་རེ་རེའང་གཡོར་མོ་ཆུང་ཆུང་བཞིན། དེའི་འོག་ཏུ་ཞབས་འཛོང་འཛོང་ཡིན་པའི་གྲུ་ཆུང་ལྷ་བུ་ཡིན། གྲུ་ཁང་འབུར་འབུར་ཡིན་ཞིང་། རང་དབང་མེད་པར་གད་མོ་ཤོར་བའི་འཛུམ་མདངས་བཞིན་བཞད་ལ་ཉེ། དེའི་ནང་དུ་སྦུངས་པ་ནི་ཟིལ་བའམ་བདུད་རྩི་གང་ཞིག་ཡིན་ནམ། ངས་ཞིབ་ལྷ་བྱས་ཤིང་བཏོག་འདོད་སྐྱེ།

ཡིན་ནའང་ངས་མ་བཏོག ང་ལ་མེ་ཏོག་བཏོག་པའི་གོམས་གཤིས་མེད། ང་དེར་ལངས་ནས་ཐེ་ཆོམ་གྱིས་བལྟ་ཞིང་། སེམས་སུ་སྦྲ་ཤིང་སྨུག་པོའི་རྦབ་ཆུ་འདི་ངའི་མིག་མདུན་དུ་ཡོད་པ་མ་ཟད། ངའི་སེམས་རྒྱུད་དུའང་དལ་གྱིས་བཞུར་བའི་ཆོར་བ་བྱུང་། བཞུར་གྱིན་བཞུར་གྱིན་དེས་དུས་ཡུན་འདིའི་ནང་དུ་ངའི་སེམས་ཁོང་གི་སྐྱེ་འཆི་སྐོར་གྱི་སེམས་ཉེ་སེལ་བ་དང་། ན་ཚའི་སྐོར་གྱི་སྡུག་བསྔལ་སེལ་བ་རེད། ངའི་སེམས་པ་མེ་ཏོག་ཆོམ་བུ་སྨུག་པོའི་སྐྱིད་སྣང་གི་དབང་དུ་ཤོར་ནས། བསམ་པའི་ཕྱོགས་ཀྱི་ཞི་འཛགས་དང་འཚོ་བའི་ཐད་ཀྱི་དགའ་སྐྱིད་ལས་གཞན། གནས་སྐབས་སུ་ཅི་ཡང་མེད།

འདི་གར་ཚོན་ཁྲ་ཡོད་པ་ལས་གཞན་ད་དུང་དྲི་བསུང་ཡང་འཕྲུལ་འདུག་ཅིང་། དྲི་བསུང་དེའང་སྨུག་སྐྱ་ནང་བཞིན་དང་རྨི་ལམ་ནང་བཞིན

ང་ཡི་ལུས་སུ་ཁྱབ་འདུག ཕྲི་བུར་དུ་ལོ་ངོ་བཅུ་ལྷག་གི་ཡར་སྔོན་ལ་སྔོ་མདུན་དུའང་སྨན་ཤིང་སྨུག་པོའི་སྡོང་རྐན་ཞིག་ཡོད་པ་དྲན་བྱུང་ལ། ཆོས་སེར་སྡོང་པོ་སྐམ་པོ་ཞིག་ལ་འཁྱུད་ནས་མཐོན་པོར་སྐྱེས་ཡོད་མོད། འོན་ཀྱང་མེ་ཏོག་གི་ཆོམ་བུ་ནམ་ཡིན་ཡང་ཐ་རེ་ཐོར་རེ་ཡིན་ཏེ། གཏམ་གྱི་ཐུགས་དང་གདོང་གི་རྣམ་འགྱུར་ལ་བལྟས་ནས། ཅི་ཞིག་གི་ཉམས་ཆོད་ལེན་པ་དང་འདྲའོ།། ཕྱིས་སུ་ཆོམ་བུ་ཐ་རེ་ཐོར་རེ་དེའང་གཏན་ནས་མེད་པར་གྱུར། ལྷས་རའི་ནང་གི་སྨན་ཤིང་སྨུག་པོའི་གདང་སྒྲོམ་ཡང་བཤིག་ནས། སེལ་སྡོང་བཙུགས་པ་རེད། སྐབས་དེའི་བཤད་ཚུལ་ནི་མེ་ཏོག་དང་འཚོ་བའི་ངན་འགྱུར་གྱི་བར་དུ་ལྟོག་མེད་ཀྱི་འབྲེལ་བ་ཞིག་ཡོད་ཟེར། ངས་ཀྱང་སྟར་གློ་ཕམ་པའི་ངང་ནས་འདི་གར་སྨན་ཤིང་མེ་ཏོག་མཐོང་མི་ཐུབ་པར་འདོད།

ལོ་ངོ་འདི་འདྲ་མང་པོ་ཞིག་འགོར་རྗེས། སྨན་ཤིང་ལ་སླར་ཡང་མེ་ཏོག་བཞད་པ་མ་ཟད། རབ་ཏུ་བཞད་ཅིང་ཤིན་ཏུ་སྟུག་པོ་ཡིན་ཏེ། ཐབ་ཚུ་སྨུག་པོས་སྒྲོམ་ཞིང་གུག་འཁྱོག་གི་གཞུང་རྟ་བཀབ་ནས། རྒྱུན་མི་ཆད་པར་བཞུར་ཏེ་མིའི་སེམས་རྒྱུད་དུ་ཐིངས།

མེ་ཏོག་དང་མི་ཚང་མ་བཀྲ་མི་ཤིས་པ་སྣ་ཚོགས་ལ་འཕྲད་སྲིད་མོད། འོན་ཀྱང་ཚེ་སྲོག་གི་ཚུ་རྒྱུན་ལ་མུ་མཐའ་མེད། ངས་མེ་ཏོག་གི་ཐིའུ་སྨུག་པོ་ལ་བྱིལ་བྱིལ་བྱས་པ་དང་། དེ་ཙ་ཚེ་སྲོག་གི་ཉིང་བཅུད་ཀྱིས་གཏམས་ཤིང་། འདབ་མའི་གཡོར་མོ་ཡོངས་སུ་བརྒྱངས་ནས། འོད་ལམ་ལམ་གྱི་མེ་ཏོག་གི་ཚ་རྒྱུན་སྟེང་དུ་ཤར་སྐྱོད་བྱེད། དེ་ནི་མེ་ཏོག་ཁྲི་སྟོང་མང་པོའི་ཁྲོད་ཀྱི་གཅིག་ཡིན་ལ། གང་བུ་རེ་རེས་མེ་ཏོག་སྣ་བརྒྱ་བཞད་པའི་རྒྱུ་འགྲུལ་གྱི་

ཟབ་ཆུ་གྲུབ།

སྨུག་སྐྱའི་འོད་མདངས་དང་སྨུག་སྐྱའི་དྲི་བསུང་ཁྲོད་དུ། ངས་རང་དབང་མེད་པར་ཁོམ་སྐབས་ཇེ་མགྱོགས་སུ་བཏང་།

1982ལོའི་ཟླ5པའི་ཚེས6ཉིན།

ལྷ་ན་སྡུག་པའི་མེ་ཏོག་ཉིན་གཅིག་མ།

ཡང་ལོ་གཅིག་གི་སྟོན་མཇུག་ལ་སླེབ་སོང་། དཀར་ཞིང་གཙང་བའི་སྤང་རྒྱན་མེ་ཏོག་གིས་བསིལ་ རླུང་བཀུག་ནས། གངས་འཁྲིགས་ཀྱི་གནས་ཚུལ་བསྙགས་ཡོང་། མེ་ཏོག་གངས་ལྷ་ཡང་སྐབས་འདིར་བཞད་པ་ཡིན། མེ་ཏོག་དམར་པོ་དང་སེར་པོ་བཞད་ཅིང་། འདབ་ལྗང་ཆེན་པོའི་ཐོག་ཏུ་ཀྲིང་ངེར་ལང་སྟེ། སྟོན་མཇུག་གི་སྣང་ཚུལ་ལ་དོགས་སྣང་སྤུ་ཙམ་ཡང་མེད། སྔོན་ཆད་ང་ལ“མེ་ཏོག་གངས་ལྷ་མི་མཛེས”པའི་བཤད་ཚུལ་ཡོད་པ་ད་ལྟ་ཕྱིར་སྒྱུར་བྱེད་འདོད། དེའི་འགྲོར་ནི་སེ་རྒོད་སྨུག་པོ་དང་མེ་ཏོག་ཉིན་གཅིག་མ་ཡིན། ངེད་ཚང་གི་རྩྭ་ར་གཙོ་བོར་ཡིན་པའི་ལྗུམ་རའི་ནང་དུ། དེ་དག་ནི་ཕྱི་མགྲོན་ཡིན། སྟེས་དབང་གིས་ཐོབ་པའི་ཡལ་ག་སྟེས་དབང་གིས་ས་ནང་དུ་བཙུགས་ན། སྟེས་དབང་གིས་སྨྱུ་གུ་འབུས་ཡོང་བ་རེད། སེ་རྒོད་སྨུག་པོ་ནི་ཅུང་འཇམ་མཉེན་ཡིན་ལ། ཐོག་མཐའ་བར་གསུམ་དུ་མེ་ཏོག་བཞད་པ་མཐོང་མི་ཐུབ། མེ་ཏོག་ཉིན་གཅིག་མ་ལ་མེ་ཏོག་རབ་གཉིས་སུ་བཞད་པ་རེད།

མེ་ཏོག་ཉིན་གཅིག་མ་ཡིས་སྔོན་ཆད་ང་ལ་བཞག་པའི་བག་ཆགས་ནི་དཀྲུས་མ་ཞིག་ཡིན། “རིག་གནས་གསར་བརྗེ་ཆེན་པོའི”ཁྲོད་དུ་མེ་ཏོག་མང་པོ་ཞིག་ལ་མཚར་གཙོད་ཡང་བ་ཞིག་ཐེབས་མོད། འོན་ཀྱང་དེ་ལ་ཚེ་

དབང་ཐོབ་པ་རེད། བཤད་རྒྱུན་ལྟར་ན་དེའི་མེ་ཏོག་བཟའ་ཚོག་པས། རྩྭ་རྩད་དང་སྡོང་ཤུན་ལས་བཟང་བས་རེད་ཟེར། སློབ་མའི་ཁྲུས་ཁང་རྗེབ་ཀྱི་ལམ་བར་དུ། སྡོང་པོ་སྤྲར་པ་གཉིས་སྐྱེས་ཡོད་དེ། མེ་ཏོག་སྨུག་པོ་དང་དམར་པོ། དཀར་པོ་སོགས་བཞད་འདུག་མོད། འོན་ཀྱང་ངས་ཞིབ་ལྟ་གཏན་ནས་བྱས་མ་མྱོང་།

ཉེ་བའི་ལོ་གཉིས་ཀྱི་རིང་ལ། མེ་ཏོག་ཉིན་གཅིག་མ་རབ་གཉིས་ལ་བཞད་ཅིང་། ཕྱིར་བཏང་ཞིག་མིན།

གཞིས་ནང་ལོའི་སྟོན་ཁར། ངེད་ཚང་ཤི་འདས་ཀྱི་སྡུག་བསྔལ་ཁྲིད་ལས་ཐར་ཏེ་ཙུང་མ་འགོར་གོང་ལ། ན་གཞོན་པའི་མི་ཚེའི་སེམས་ཉེའི་དྲ་བར་ཚུད། ང་ཆོས་རྗེས་ཕྱོགས་ཀྱི་སྐར་མ་གཅིག་གི་ནང་དུ་དོན་དག་ཅི་ཞིག་འབྱུང་རྒྱུ་མི་ཤེས་པར། ཐལ་ཆེ་བའི་དངངས་སྐྲག་སྐྱིལ་བ་རེད། ང་རང་འགྲོ་སྡོད་མི་བདེ་བའི་སྐབས་སུ། རྩྭ་རར་སོང་ནས་འཁྱམ་འཁྱམ་བྱས་པ་ཡིན། སྐབས་དེའི་རྩྭ་རའི་ནང་གི་རྩྭ་ལྦུམ་ཕུས་མགོར་སླེབ་པ་དང་། ང་ཚོའི་གཞི་རྩའི་ཏུ་དཔུང་སྙིང་ཉེ་བའི་སྤང་རྒྱན་མེ་ཏོག་མ་གཏོགས། གཞན་སྡོང་པོ་གཉིས་ཀྱིས་གྲང་ངར་བསྲན་ནས་སིལ་ཏོག་དམར་པོ་ཐོགས་ཡོད་པ་དང་། གཡུ་ཡི་སྒྲིག་གུ་ལྟར་ཆོམ་བུ་ཆོམ་བུ་བྱས་ནས་བསྒར་འདུག ངས་དེ་ལས་གཞན་པའི་ཁ་དོག་ཅིག་མཐོང་བའི་རེ་བ་བཅངས་མེད།

གློ་བུར་དུ་རྩྭ་ལྦང་གི་གསེང་ནས་སྨུག་མདོག་ཅིག་མངོན་ཡོང་སྟེ། དཀར་ཞིང་ཡང་ལ། མིག་ལམ་དུ་འཁོར་འཁོར་བྱེད། ངས་འཕྲལ་དུ་རྩྭ་བཀར་ནས་ཕར་སོང་བ་ན། སྨུག་མདོག་གི་འདབ་གདན་ཞིག་ལྦང་མདོག་གི་ཡལ་གའི་ཐོག་ཏུ་ཡོད་པ་མཐོང་།

嗒

ང་བཀག་རྒྱ་ལས་བརྒལ་ཏེ། ཉེ་སར་བཙར་ནས་ལྷིད་ཤུགས་བརྟེགས་ཏེ་བཞད་པའི་མེ་ཏོག་ལ་བལྟས་པ་ཡིན། དེར་ཡང་སྔར་བཞིན་སྲབ་ཅིང་མཉེན་པའི་མེ་ཏོག་གི་འདབ་མ་སོས་པ་རྒྱས་ཡོད་ལ། རྩུང་གཉེར་མ་བརྟོད་འདུག་སྟེ། མེ་ཏོག་གི་ཞབས་སོ་ཡོད་སར་ཐགས་པ་ཞིག་གིས་བཏགས་ཡོད་མོད། འོན་ཀྱང་རང་ཤུགས་སུ་བཀྲམས་ཐུབ་པས། དེས་ཁོར་ཡུག་གི་དཀའ་ངལ་ཆོར་མི་ཐུབ་ལ། རང་ཉིད་ཀྱི་ཁྱད་མཚར་དེ་བས་ཆོར་མི་ཐུབ།

སློ་བུར་དུ་དེ་ནི་བྱིས་སྐྱུང་ནང་གི་མེ་ཏོག་ཅིག་ཡིན་པའི་ཆོར་བ་བྱུང་བ་དང་། ལག་ཏུ་བཟུང་ན་རེ་འདུན་ཡོད་ཚད་འགྲུབ་ཐུབ་པར་འདོད། ཁྱད་དམིགས་སུ་ཡོད་པ་ཞིག་ཡིན་ཕྱིར། དཀའ་ངལ་ཡོད་ཚད་ལ་ཁ་གཏོད་པའི་སྤོབས་པ་ཡིན།

འདི་ནི་མེ་ཏོག་ཉིན་གཅིག་མ་རེད། མེ་ཏོག་ཉིན་གཅིག་མ་བཞད་འདུག་པ་མ་ཟད། སྨུག་པོ་ཞིག་རེད།

མེ་ཏོག་ཉིན་གཅིག་མའི་ཁ་དོག་གསུམ་ལས། སྨུག་པོ་ཆེས་མཛེས། དམར་པོ་དེ་ཚོས་གཞི་སྡེབ་པ་མི་བཟང་བ་ཞིག་དང་འདྲ། མེ་ཏོག་དཀར་པོ་ལ་གྲོགས་པོ་རྙིང་བ་སྤང་རྒྱུན་མེ་ཏོག་ཡོད་པས་ཆོག ཆེས་མཐོང་འདོད་པ་ནི་སྨུག་པོ་དེ་ཡིན་ལ། ལེགས་ཆ་ནི་དཔྱིད་མགོའི་ཟླ་གཉིས་མེ་ཏོག་དང་དབྱར་མགོའི་སྦྲ་ཤིང་དང་འགྲན་ཟླར་གྱུར་ནས། སྨུག་མདོག་གི་འཕྲུལ་སྣང་དེར་རྩྭ་རའི་ནང་དུ་སྐྱོ་སྡུག་ལྷུང་གིས་དེད་ཅིང་རྨི་ལམ་ཤུལ་དུ་སྐྱུར་བ་ཡིན།

དགའ་སྐྱོ་གཉིས་སྐྱེས་ཀྱི་སྐབས་སླགས་འདིར། ངས་སེམས་ཆུང་གིས་མཐའ་འཁོར་གྱི་རྩྭ་ལྗུམ་བཀར་ནས་ས་ཀོང་བྲུས་པ་དང་། ཆུ་བླུགས་པ་ཡིན། ཆུ་འཕྲུལ་དུ་ས་ནང་དུ་ཐིམ་སོང་། བསིལ་ལྷུང་གཡུག་པ་ན་རྩྭ་ལྗང་གི་རླབས་ཕྲེང་གཡོ་ཞིང་། སྲབ་ཅིང་མཉེན་པའི་མེ་ཏོག་སྨུག་པོ་རླབས་ལྗང་གི་ཁྲོད་ནས་མགོ་བོ་འཁྱོག་འདུག་པ་དང་། སྤྲ་ཚལ་གྱི་རྣམ་པ་ཞིག་མངོན་སོང་། རང་ཉིད་ཤིན་ཏུ་ཁྱད་དུ་མཚར་བ་ཞིག་ཡིན་པ་གཏན་ནས་མི་ཤེས།

ན་ནིང་གི་ལོར། ཉ་གང་ཟླ་བ་འཆར་ཐེངས་བཞི་ལྔ་ཞིག་གི་རྗེས་སུ། བཅོམ་ཐེངས་དུ་མ་བྱུས་པའི་ལྗུམ་རར་སླར་ཡང་གོད་ཆག་ཐེབས། ལྗུམ་རའི་རྩིབ་ཏུ་རྩྭ་ཆུ་འཛོམས་པས་སྤྱོད་སྒོ་ཤིན་ཏུ་ཆེ་བའི་ཐོག་ཁང་ཞིག་སྐྲུན་བཞིན་ཡོད་དེ། ཨར་འདམ་དང་གྱོ་མོག རྡོ་ལྕགས། ཤིང་ཆ་སོགས་ལྗུམ་རའི་ནང་དུ་བརྩེགས་ནས། གང་འདོད་དུ་སྤུངས་པའི་དེའུ་འབུར་རེ་རེ་བཞིན་རྩེ་ཤིང་ཡོད་ཚད་འོག་ཏུ་མནན་འདུག ང་རང་ཡུལ་སྣང་དེར་

ཡོབས་ཤིང་། གཏོར་བརླག་ཐེབས་རྗེས་སྨུག་ཡུན་རིང་རུང་། དུས་ནམ་ཞིག་ལ་གསར་པའི་མགོ་རྩོམ་ཡོང་བ་ཤེས་ཐུབ།

སྟོན་ཁ་སླེབ་སྐབས། ཀྱག་ཀྱོག་གི་རི་ལམ་དེར་བརྒྱུད་ཐེངས་ཤིག་ལ། གླི་བུར་དུ་དེའི་འབུར་གྱི་གཤོགས་གཅིག་ཏུ་ལྷང་སྨྱུག་འགའ་ཞིག་གིས་སྨོག་དང་རྡོ་ལྷུགས་བརྩོལ་ནས་འབུས་ཡོང་བ་མཐོང་ཞིང་། ལྷང་སྨྱུག་གི་ཐོག་ཏུ་མེ་ཏོག་སྨུག་པོ་ཞིག་ཡོམ་ཡོམ་གྱིས་བཞད་འདུག

ངའི་སེམས་ཀྱང་འདར་འདར་བྱེད་དེ། སྐྱོ་འོས་བསྟོད་འོས་ཀྱི་ཚོར་བ་ཞིག་གིས་ཁེངས་ཡོང་། ཕྱེད་ཀ་ས་འོག་ཏུ་མནན་འདུག་མོད། ད་དུང་མེ་ཏོག་བཞད་པ་རེད།

ཕྱེད་ཀ་ས་འོག་ཏུ་མནན་འདུག་མོད། ད་དུང་མེ་ཏོག་བཞད་པ་རེད།

ང་བཀག་རྒྱ་ལས་བརྒལ་ཏེ། ཉེ་སར་བཅར་ནས་ལྟེད་ཤུགས་བཏེགས་ཏེ་བཞད་པའི་མེ་ཏོག་ལ་བལྟས་པ་ཡིན། དེར་ཡང་སྔར་བཞིན་སྲབ་ཅིང་མཉེན་པའི་མེ་ཏོག་གི་འདབ་མ་སོས་པ་རྒྱས་ཡོད་ལ། རྩང་གཉེར་མ་བཏོད་འདུག་སྟེ། མེ་ཏོག་གི་ཞབས་ལོ་ཡོད་སར་ཐགས་པ་ཞིག་གིས་བཏགས་ཡོད་མོད། འོན་ཀྱང་རང་ཤུགས་སུ་བཀྲམས་ཐུབ་པས། དེས་ཁོར་ཡུག་གི་དཀའ་ཁག་ཚོར་མི་ཐུབ་ལ། རང་ཉིད་ཀྱི་ཁྱད་མཚར་དེ་བས་ཚོར་མི་ཐུབ།

གླི་བུར་དུ་དེ་ནི་བྱིས་སྒྲུང་ནང་གི་མེ་ཏོག་ཅིག་ཡིན་པའི་ཚོར་བ་བྱུང་བ་དང་། ལག་ཏུ་བཟུང་ན་རེ་འདུན་ཡོད་ཚད་འགྲུབ་ཐུབ་པར་འདོད། ཁྱད་དམིགས་སུ་ཡོད་པ་ཞིག་ཡིན་ཕྱིར། དཀའ་ཁག་ཡོད་ཚད་ལ་ཁ་གཏོད་པའི་སྤོབས་པ་ཡིན།

བཞུར་རྒྱུན་སྨུག་པོ་འཐོར་ཡོང་ནས། ཟང་ཟིང་གི་ལས་གྲྭ་ཡོངས་སུ

ཁྱབ། མེ་ཏོག་དེ་དལ་གྱིས་འཕགས་ཤིང་དཀར་གསལ་གྱི་སྨྱུག་ཕྲིན་དང་བསྟུན་ནས། འཛུམ་དམུལ་དམུལ་གྱིས་ང་ལ་ཕྱུར་བལྟ་བྱེད།

ད་ལོར་ཡང་གསར་བྱུང་ཞིག་ཡོད་དེ། ལྷུམ་ར་ལེགས་བཅོས་བྱས་ནས་ཙྭ་ལྡོང་གཙོ་བོར་བྱས་མེད་པས། གངས་ལྷ་མེ་ཏོག་ལ་ངོས་འཛིན་གསར་པ་བྱུང་། མེ་ཏོག་ཉིན་གཅིག་མ་དེ་མཐོན་པོར་སྐྱེས་ཤིང་། ཡལ་འདབ་སྟུག་པོར་རྒྱས་ཡོད་མོད། འོན་ཀྱང་དགུ་པའི་ཚེས་དགུ་སླེབ་རུང་མེ་ཏོག་སྟེར་བཞིན་མི་མཐོང་།

ང་རྒྱུན་པར་དེའི་རྩིབ་ནས་ཕར་འགྲོ་ཚུར་འོང་བྱས་ཏེ། ང་ཡི་མེ་ཏོག་དེར་སེམས་འགུལ་ཐེབས་པར་རེ་སྒུག་བྱས།

དེ་སླར་ཡང་ཡོད་མི་འགྱུར།

མེ་ཏོག་བཞད་པ་ཡོད་རུང་། ན་ནིང་གི་མེ་ཏོག་དེ་མིན། རྗེས་དྲན་ཇེ་རིང་ཞིག་དགོས་ཀྱང་སྲིད་དེ། འདས་སོང་དེ་དང་། དེ་སྟེའི་སྐྱོ་འོས་བསྐྱོད་འོས་ལ་རྗེས་དྲན་བྱེད་དགོས་པ་འདྲ།

1988ལོའི་དགུ་པའི་ཚེས་དགུ་ལ།

ཡང་མ་གླིང་ཕྲན་གྱི་ཉི་ཤར།

མཚོ་འགྲམ་དུ་སླེབ་བྱུང་ལ། རྟག་ཏུ་ཉི་ཤར་ལ་བལྟ་རྒྱུ་དྲན་པ་ཡིན། དང་ཐོག་གི་ཉིན་འགར་ཆར་ཟིམ་བབས་པ་དང་། གནམ་ངོ་སྨུག་པས་གཡོགས་ནས་མུ་མཐའ་བྲལ་ཞིང་སྔོ་ནག་གི་རྒྱ་མཚོ་ལས་ཅི་ཡང་མི་མཐོང་། ཉི་མ་མི་མཐོང་ལ་ཤར་ལྷོ་ནུབ་བྱུང་ཀྱང་མི་ཤེས།

ཉིན་ཞིག་གི་ཚོགས་པར་ཉི་ཁྱིམས་སུ་ཡོང་བ་ན། སློ་ཕྱུར་དུ་ནམ་མཁའི་མཐའ་དང་རྒྱ་མཚོའི་འབྲེལ་མཚམས་སུ་དམར་མདངས་ཤིག་ཆགས་ཡོད་པ་དང་། བར་སྣང་གི་སྤྲིན་རིམ་གྱི་ཕག་ཏུ་ཀླུམ་པོ་དམར་ཤ་ཅན་ཞིག་ཡོད་པ་མཐོང་ལ། དེ་ནི་ཉི་མའི་མུ་ཁྱུད་ཡིན་ཞིང་མཐོ་ས་ཞིག་ཏུ་འཕགས་ཡོད། ཙུང་མ་འགོར་བར་གཟིར་ལྟ་བྱེད་མི་ཐུབ་པར་གྱུར།

ཉི་ཁྱིམས་སུ་ཉི་ཤར་ལ་བལྟས་ན། གྲུ་དོག་པོ་ཞིག་ཡིན། ཡང་མ་གླིང་ཕྲན་དང་ཁ་འབྲལ་བའི་ཉིན་དེར། ཆེད་དུ་མཚོ་འགྲམ་ལ་སོང་ནས་སྒུག་པ་ཡིན།

ཚོགས་པའི་ཉི་ཟེར་གྱི་ཁྲོད་དུ། ཤིང་སྡོང་ཐམས་ཅད་གཉིད་མ་སད་དུ་ཡོད་པ་དང་། རྒྱ་མཚོ་ནི་སྔོ་སྐྱ་ཞིག་ཏུ་སྣང་། ཁ་སང་ད་དུང་མཚོ་ངོས་ཡིན་མོད། འོན་ཀྱང་ད་ལྟ་མཐོ་དམའ་མི་སྙོམས་པའི་བྲག་རྗེ་མངོན་འདུག་ཅིང་། མུ་ཐིག་ཤིན་ཏུ་གསལ་པོར་མཐོང་ཐུབ། མིའི་གྲིབ་མ་ཆུང་ཆུང་ཞིག་

ནམ་མཁའི་མཐའ་རུ་སྤྲིན་རིམ་ཞིག་གིས་སྲུང་དམག་བྱེད་ཅིང་། རིམ་གྱིས་ཤར་ཕྱོགས་སུ་དམར་མདངས་ཆགས་པ་དང་། ཇེ་ཟབ་ནས་ཇེ་ཟབ་ཏུ་འགྱུར་བཞིན། དམར་ལམ་ལམ་བྱེད། བལྟས་ཚོད་ཀྱིས་སྤྲིན་རིམ་གྱི་ལྟག་རྒྱབ་ཏུ་མེ་ལྕེ་མཆེད་པ་དང་འདྲ་སྣོད། དེའི་ལྟེ་བ་གང་དུ་ཡོད་པ་མི་མཐོང་། ང་ཚོས་ནམ་མཁའི་མཐའ་རུ་མིག་རྟེབ་དབང་ཡང་མེད་པར་ཅེར་ནས་བལྟས། གློ་བུར་དུ་ཉ་ཞིག་ཆུ་མཁར་མཆོང་ཡོང་ཞིང་། གཅིག་རྗེས་གཉིས་མཐུད་དུ་མཆོང་ཡོང་བ་རེད། དེས་ཀྱང་ཉི་ཤར་ལ་སྒུག་ཡོད་པ་དང་འདྲ།

རྒྱ་མཚོར་བརྒྱངས་པའི་བྲག་རྫོ་ཆེན་པོ་དེའི་ཐོག་ཏུ་འགྲོ་བཞིན་ཡོད་དེ། དེ་བས་མཐོ་ས་ཞིག་ལ་འཛེག་ནས་རྒྱང་རིང་དུ་བལྟ་འདོད་པ་རེད། དེ་ནི་ང་ཚོས་སྒྲུབ་མི་ནུས་པ་ཞིག་ཡིན་ལ། ང་ཚོས་མཚོ་རྒྱུད་ཀྱི་ཀ་ང་ལམ་ཕྲ་མོ་དེད་དེ་ཁོད་ཙུང་ཡངས་ས་ཞིག་བདམས་ཏེ། རླབས་ཆེ་བའི་དུས་ཡུན་དེར་སྒུག་པ་ཡིན།

ནམ་མཁའི་མཐའ་རུ་སྤྲིན་རིམ་ཞིག་གིས་སྒྲུང་དམག་བྱེད་ཅིང་། རིམ་གྱིས་ཤར་ཕྱོགས་སུ་དམར་མདངས་ཆགས་པ་དང་། ཇེ་ཟབ་ནས་ཇེ་ཟབ་ཏུ་འགྱུར་བཞིན། དམར་ལམ་ལམ་བྱེད། བལྟས་ཚོད་ཀྱིས་སྤྲིན་རིམ་གྱི་ལྟག་རྒྱབ་ཏུ་མེ་ལྕེ་མཆེད་པ་དང་འདྲ་མོད། དེའི་ལྟེ་བ་གང་དུ་ཡོད་པ་མི་མཐོང་། ང་ཚོས་ནམ་མཁའི་མཐའ་རུ་མིག་རྗེབ་དབང་ཡང་མེད་པར་ཅེར་ནས་བལྟས། སྒོ་ཐུར་དུ་ཉ་ཞིག་ཆུ་མཁར་མཆོང་ཡོང་ཞིང་། གཅིག་རྗེས་གཉིས་མཐུད་དུ་མཆོང་ཡོང་བ་རེད། དེས་ཀྱང་ཉི་ཤར་ལ་སྒུག་ཡོད་པ་དང་འདྲ།

"ཧྲོས་དང་། ཧྲོས་དང་།" ང་ཚོས་ཕན་ཚུན་ལ་ཁུར་རྒྱུག་ཞོར་དུ་བལྟས་པ་དང་། སྤྲིན་རིམ་གྱི་ཕག་ནས་མེ་ཕུང་ལྷམ་པོ་ཞིག་འཕགས་ཡོང་བ་རེད། དེ་ནི་ཉི་མ་ཡིན་ལ། མེ་འབར་གྱི་ལྟེ་བ་རེད། ཉི་མ་མཚམས་སྤྲིན་གྱི་གསེང་ནས་བུད་དེ་རྒྱ་མཚོའི་ངོས་སུ་ཤར་བྱུང་ལ། མཚམས་སྤྲིན་མིག་ལ་འཚེར་ཞིང་། དཀར་ལམ་ལམ་གྱི་འོད་ཟགས་ཤིག་ཆུ་ངོས་སུ་འཕྲོས་ཏེ། རླབས་ཕྲེང་རེ་རེར་དམར་མདངས་འཆར།

ས་ཁུལ་འདིའི་གླིང་ཕྲན་འགའ་ཞིག་ཏུ་མཆོད་ཁང་གསུམ་ཡོད་དེ། ཉ་པ་ཚོས་གནམ་དངས། ཆུ་བཅས་ལ་མཆོད་པ་འབུལ་ས་ཡིན། ང་ཡང་ཁོ་ཚོ་དང་འདྲ་བར་ཡོད་ཚད་ཐླ་ན་མེད་པ་ཞིག་ཏུ་མཐོང་། ངའི་སེམས་སུ་

བཀའ་དྲིན་གྱིས་གཏམས་ཤིང་། ནམ་མཁར་ཉི་ཟླ་ཡོད་པ་དང་ས་གཞིར་
འདམ་བག་ཡོད་པར་བཀའ་དྲིན་ཞུ་བ་དང་། ཉི་མ་དཀའ་ངལ་ལ་མི་
འཛེམ་པར་འཆར་ནུབ་བྱེད་ཅིང་། རྒྱ་མཚོར་རྒྱུན་ཆད་མེད་པར་ཐྲུག་ཐྲི་
བྱུང་བར་བཀའ་དྲིན་ཞུས། ཀེ་རི་སེའི་ལྷ་སྲུང་ནང་གི་ཉི་ལྷ་ཨ་པོ་ལོས་ཉིན་
རྒྱུན་གསེར་མདོག་གི་ཤིང་རྟ་དེད་དེ་ནམ་མཁར་སྐྱོད་དུས། ཆུ་ནང་གི་སྲོག་
ལྡན་གྱིས་ཕྱུག་དབང་ཞུ་བཞིན་པ་དྲན་གྱིན་ཡོད་དམ།

ཉི་མ་དལ་གྱིས་ཡར་འཕགས་ཤིང་ཇེ་ཆེ་ནས་ཇེ་ཆེར་ཡིན་ལ། ཆུ་དོས་
ཀྱི་འོད་ཞགས་རིམ་བཞིན་ཕོད་ཇེ་ཆེ་དང་ཇེ་རིང་དུ་འགྲོ། མཐུག་མཐར་རྒྱ་
མཚོར་ཐིམ་པའི་མཚར་སྡུག་གི་ཚོན་མདངས་ཤིག་ཏུ་གྱུར། ཉི་མའི་སེར་
མདངས་དེ་ལས་ཕྲོག་སྟེ་སྐྱ་བོར་གྱུར་ནས། དཀར་ལམ་ལམ་གྱི་དྲག་འོད་
ཅིག་ཏུ་གྱུར་ནས། ང་ཚོའི་ཁ་ལོ་བསྒྱུར་བ་རེད།

ཉི་མ་ཤར་བྱུང་ལ། ཉིན་མོ་གསར་བ་ཞིག་གི་མགོ་བཙམས་པ་རེད།

ཉི་མ་ནི་ང་ཚོར་དབང་།

1994ལོའི་ཟླ7པའི་ཚེས21ཉིན།

སྤྲིན་ཡོང་འཁྲིགས་པའི་ས་ཆ།

སློབ་གྲྭ་ཆེན་མོ་ཞིག་གི་ནང་དུ། དཔེ་མཛོད་ཁང་ནི་ནམ་ཡིན་ཡང་གལ་ཆེ་བའི་ས་ཆ་ཞིག་ཡིན་ཏེ། དགེ་རྒན་ཚོས་འདི་རུ་ཧུར་ཐག་གིས་ཡོན་ཏན་གཉེར་བ་དང་། སློབ་མ་ཚོས་འདི་རུ་འབད་པས་སློབ་ལ་བརྩོན་ཞིང་། རིག་གཞུང་གི་གྲུབ་འབྲས་ཡོད་ཚད་དཔེ་མཛོད་ཁང་དང་འབྲལ་མི་ཐུབ།

ངས་ཆེན་གྲྭའི་དཔེ་མཛོད་ཁང་ངོས་ཟིན་པ་ནི་ཨ་མའི་རུམ་ནས་མགོ་བརྩམས་པ་ཡིན། ང་རང་སྐྱེས་ནས་ཟླ་གཉིས་འགོར་བའི་དུས། ཨ་ཕས་ཆེན་གྲྭ་ནས་སློབ་ཁྲིད་གནང་བ་ཡིན་པས། ངེད་བཟའ་ཚང་གང་པོ་ཆེན་གྲྭའི་ལྷས་ར་རུ་གཞིས་སྤྱར་བ་ཡིན། ཨ་མ་ཆེན་གྲྭའི་ལྷས་ར་ནས་འགྲོ་འོང་བྱེད་དུས་ང་རང་པང་ཡོད་པའམ་ཡང་ན་བྱིས་པའི་འདྲུད་འཁོར་དུ་འདྲུད་ཡོད། དུས་དེ་ནས་བཟུང་། ངས་ཆེན་གྲྭའི་དཔེ་མཛོད་ཁང་མཐོང་བ་ཡིན། ངས་དང་ཐོག་དེ་ནི་ཅི་ཞིག་ཡིན་པ་མི་ཤེས། རིམ་གྱིས་དེ་ནི་ཐོག་ཁང་ཆེན་མོ་ཞིག་ཡིན་པ་ཤེས་ཤིང་། བྱིས་པའི་ཁང་དུ་འགྲོ་དུས་དེ་ནི་དཔེ་མཛོད་ཁང་ཞིག་ཡིན་པ་ཤེས་པ་རེད།

དཔེ་མཛོད་ཁང་གི་ཕྱིའི་རྗེ་སྐྲས་ཤིན་ཏུ་མཐོ་ཞིང་། ནང་གི་ཁང་སྣང་ཀྱང་ཤིན་ཏུ་མཐོ། ནང་དུ་འཛུལ་མ་ཐག་གཟབ་ནན་གྱི་ངང་ཚུལ་ཞིག་སྟེར། བཤད་ཡོང་ན་ངོ་གནོང་བ་ཞིག་ཡིན་ཏེ། བྱིས་པ་ཚོར་མཚོན་ན་དེ་ནི་རྩེད་

ས་བཟང་པོ་ཞིག་ཡིན། དུས་ནམ་ཞིག་ལ་ཐོག་དང་པོར་སོང་བ་མི་དྲན། ཨ་ཕ་སྐབས་དེར་ཐོག་ཁང་གི་གཤམ་ན་བསྡད་ཡོད་པ་དང་། ལྷོ་ཕྱོགས་ཀྱི་བར་འཁྱམས་སུ་སྒོ་ཤར་ལ་གཏད་འདུག་པའི་ཁང་མིག་ཅིག་ཡོད། ང་དང་ནུ་བོ་གཉིས་ཕལ་ཆེར་ཨ་ཕའི་རྗེས་འབྲངས་ནས་ནང་དུ་ཡོང་བ་ཡིན་ལ། ཁང་པ་དེ་ཤིན་ཏུ་ཟིང་པོར་འདུག་ཅིང་དཔེ་ཆ་དང་ཡིག་ཆས་ཁེངས་ཡོད། ངས་དེ་ནི་གཞུང་སྒྲུབ་ཁང་ཞིག་ཡིན་ནམ་ཞིབ་འཇུག་ཁང་ཞིག་ཡིན་པ་མི་ཤེས་ལ། ཡང་མིན་ན་གཅིག་ཧྲོག་ཡིན་ཤས་ཆེ། འགྲོ་ཐེངས་རེ་ལ་ཡུན་རིང་དུ་སྡོད་མི་ཉན་ཞིང་། ཕྱིར་ནང་ཆོ་འཕྲལ་དུ་ཕྱིར་ཡོང་དགོས་མོད། འོན་ཀྱང་ཁྲིམས་འགལ་གྱིས་འགོར་འགྱངས་བྱས་ཏེ། ཁང་པའི་ཕྱི་ནས་རྩེ་བ་ཡིན། ང་ཚོར་སྐད་ཆེན་པོས་ཞུར་རྒྱུག་མི་ཉན་པའི་བསླབ་བྱ་གནང་བ་ཡིན་པས། ཁ་སུམ་ནས་ཡར་རྒྱུག་མར་རྒྱུག་བྱས། ང་ཚོ་ལྷོ་ཕྱོགས་དང་ནུབ་ཕྱོགས་བར་འཁྱམས་ཀྱི་རྩར་ཐུག་རག་བར་དུ་སོང་བ་དང་། སྨན་ནག་ཆེ་ལ་སྐྱོག་གྱུར་ཞིག་ཡིན་ཞིང་། སྒྱུལ་དཔྱད་པ་ཞིག་དང་འདྲ། སྐབས་འགར་ང་ཚོ་རྡོ་སྐས་ཀྱི་སྟེང་ནས། ཡར་འཛོག་མར་འབབ་བྱས་པ་ཡིན། ད་དུང་ཐོག་ཁང་གཤམ་གྱི་བཏུང་ཆུ་སྦུག་གུ་ལས་ཆུ་ཏུབ་གང་འཐེབ་སྟེ། རྡོ་སྐས་ཀྱི་ཡང་སྟེང་དུ་འཛོག་ནས་མར་གཏོར། ཆུ་སར་བབས་པའི"ཤག"སྒྲ་ཐོས་པ་ན་ཤིན་ཏུ་སྤྲོ་བའི་ཚོར་སྣང་སྐྱེས། ང་ཚོ་དགོད་འདོད་ཉུང་དགོས་མ་ཐོད་པས། བྱེད་སྒོ་དེ་ལྟ་བུ་སུས་ཀྱང་མ་ཤེས།

སློབ་ཆུང་དུ་འགྲིམས་སྐབས། ལྕགས་རྟར་ཞོན་ཤེས། སྐབས་འགར་ཕུ་བོས་འཕོངས་སུ་བཟུང་ཞིང་། སྐབས་འགར་རང་ཉིད་ཞོན་པ་ཡིན། སྐབས་དེར་སློབ་གྲྭའི་ནང་དུ་མི་མི་མང་ལ་ལམ་བར་ཡང་ཞི་འཇགས་ཡིན་

ཏེ། དལ་གྱིས་ཞོན་ནས་གཡས་ལྟ་གཡོན་གཟིགས་བྱས་ན་ཤིན་ཏུ་སྐྱིད་པོ་ཞིག་ཡིན། ང་ཚོ་ཚོགས་ཁང་ཆེན་མོའི་ཤར་ཕྱོགས་སུ་བསྐོར་ཏེ་སོང་ནས། དཔེ་མཛོད་ཁང་གི་མདུན་དུ་ལྕགས་རྟ་ལས་བབས་ཏེ། རྡོ་སྐས་སུ་འཛེག་ནས་མར་བབས། སླར་ཡང་ལྕགས་རྟར་ཞོན་ནས་སོང་བས། ཟམ་པ་འདྲ་བ་ཞིག་བརྒྱུད། ང་ཚོས་མགོ་ལྟག་དགྱེ་བྱས་ནས"ཟམ་པ"དེ་དང་སྟེང་ཕྱོགས་ཀྱི་ཐོག་ཁང་གི་སྐྱད་ལ་བལྟས། ཐོག་ཁང་གི་སྐྱད་ནི་ནམ་མཁའི་སྤྲིན་པ་དང་འབྲེལ་ཡོད་པ་འདྲ། སྤྲིན་པ་ཕལ་ཆེར་སྟབས་བདེ་ཡིན་ཏེ་སྨུག་རིམ་གཅིག་གཉིས་ཙམ་ལས་མེད་མོད། འོན་ཀྱང་བཟོ་བཀོད་རྩལ་པོ་ཕུན་སུམ་ཚོགས་པར་བཏང་འདུག ཇི་འདྲའི་ཆེ་བ་ལ། ཇི་འདྲའི་མཛེས་པ་ལ་ཨང་། བག་ཆགས་དེ་ངའི་སེམས་རྒྱུད་དུ་འཛགས་ཡོད།

ཕྱི་ནས་དཔེ་མཛོད་ཁང་ལ་བལྟས་ན་འདབ་གཤོག་གཉིས་ཡོད་དེ། ཤར་ཕྱོགས་ཀྱི་གྱང་འཛེག་སྟག་འཛེག་པ་ཤིན་ཏུ་མཐོ་ཞིང་། ནུབ་ཕྱོགས་ཀྱི་སྒེའུ་ཁུང་ཕྱི་རུ་མེ་ཏོག་མཆེན་ཁ་སྟར་པ་གཅིག་ཡོད། སྨུག་མདོག་དེ་མིག་ལ་མཛེས་མོད། འོན་ཀྱང་ང་རང་སྨུག་པོ་ལ་མི་དགའ། འདབ་མ་མི་མཐོང་བའི་མེ་ཏོག་ནི་ང་ཚོས་ཡག་པར་མི་བསམ། མི་ལ་ལས་མེ་ཏོག་མཆེན་ཁ་ནི་ཆེན་ཧྲའི་སློབ་རའི་མེ་ཏོག་ཡིན་ཟེར། གལ་ཏེ་དངོས་གནས་དེ་འདྲ་ཡིན་ན་ལྟ་སྟངས་གསར་པ་འཛིན་འོས།

འཇའ་འགོག་དམག་འཁྲུག་གི་མགོ་བཙམས་སོང་། ང་ཚོ་ཆེན་ཧྲའི་ལྷས་ར་དང་ཁ་བྲལ་ནས་ལོ་བརྒྱད་འགོར། པེ་ཅིང་གི་སེམས་འཕྲེང་ནི་དོན་དམ་པར་ཆེན་ཧྲའི་ལྷས་རའི་སེམས་འཕྲེང་ཡིན། ཆེན་ཧྲའི་ལྷས་ར་རུ་ནར་སོན་པའི་བྱིས་པ་ནི་པེ་ཅིང་ལ་བག་ཆགས་གསལ་པོ་ཞིག་མེད་མོད། འོན་

ཀྱང་རྩི་ལམ་གྱི་ཁྲིད་དུ་ཤིང་སྡོང་གི་ཚལ་དང་ལམ་ཕྲན། ཞུ་པད་རྫིང་བུ། ཚོགས་ཁང་ཆེན་མོ་དང་ཀུང་ཙི་བསིལ་ཁང་སོགས་འདུས་སའི་སྒྲིན་ཡོང་འཁྲིགས་པའི་ས་ཆ་ཏག་ཏག་ཡིན། རྒྱལ་ཁ་ཐོབ་རྗེས། ང་རང་ཆེན་ཏྭའི་ཕྱི་ཡིག་སྡེ་ཁག་ཏུ་འགྲིམས་ནས་སློབ་སྦྱོང་བྱས་པ་དང་། ཁྱིམ་དུ་རང་དབང་གི་འདུ་གནས་ཤིག་ཡོད་ཙང་། དཔེ་མཛོད་ཁང་ནི་ངེས་པར་འགྲོ་དགོས་ས་ཞིག་ཡིན་པ་དང་། ང་ཡང་ལྟ་ཀློག་ཁང་ཆེན་པོར་དགའ། དེ་གར་འདི་འདྲའི་ཞི་འཇགས་ཡིན་ཞིང་། ཤོག་ངོས་སློག་པའི་སྒྲ་མ་གཏོགས། མི་རེ་རེས་སེམས་རྣལ་ལ་ཕབ་ནས་དཔེ་ཀློག་བྱེད་པ་རེད། ཚིག་མཛོད་ཆེན་མོ་འགའི་དཔེ་སྒྲོམ་གྱང་ལ་ཁེན་ནས་བརྩེངས་ཡོད་ཅིང་། ཚིག་མཛོད་ཀྱི་ཁ་ནི་ནམ་ཡང་ཕྱེ་ནས་བཞག་ཡོད་དེ། སྐབས་སྐབས་སུ་མི་རེ་གཉིས་ཀྱིས་སློག་པ་རེད། ང་ནི་ནམ་ཡིན་ཡང་ཆེས་ནང་ཕྱོགས་ཀྱི་སློབ་ཅོག་དེའི་མདུན་དུ་ཅོག་པ་ཡིན། རྒྱུ་མཚན་ནི་ཕྱི་འགྲོ་ནང་འོང་བྱེད་ན་ལམ་བུ་ཞིག་བརྒྱུད་དགོས་པས། རང་ཉིད་མང་ཙམ་སྡོད་བསམ་པའི་རྐྱེན་གྱིས་ཡིན། དེ་གར་ཟུར་ལྟའི་དཔེ་ཆ་ཁ་ཤས་ཀློག་པ་དང་། ལས་བྱ་སྣ་ཚོགས་བྲིས་པ་ཡིན། དཔེ་མཛོད་ཁང་དུ་དང་ཚུལ་དེས་ཤུགས་རྐྱེན་ཐེབས་པའི་དབང་གིས་ཁྱིམ་དུ་འབྲི་དགའ་བའི་རྩོམ་ཡིག་དཔེ་མཛོད་ཁང་དུ་ལས་སླ་བོར་འབྲི་ཐུབ། དཔེ་མཛོད་ཁང་དུ་སློབ་ཚན་སྦྱོང་བར་སྟབས་མི་བདེ་བ་རྣམས་རང་ཁྱིམ་གྱི་དཔེ་ཁང་དུ་སྦྱང་ན་ཤིན་ཏུ་བདེ།

ཉིན་འདི་གའི་རིང་ལ་ངས་ཧ་ལས་པའི་ངང་དཔེ་མཛོད་ཁང་བསྐྱོད་གྱིན་བསྐྱོད་གྱིན་ཇེ་ཆུང་ཡིན་ལ། བྱིས་པའི་དུས་ཀྱི་ལྟ་བུའི་ཆེན་པོ་ཞིག་མིན་མོད། འོན་ཀྱང་སྔར་བཞིན་མཛེས་སྡུག་ལྡན་ལ་ཧྲག་ཏུ་ཕྱིན་དཀར་

ཕུང་པོ་རེ་གཉིས་ཁང་ཀླད་དུ་ལྡིང་བ་རྟོགས།

ལོ་རིམ་བཞི་པའི་སྐབས་སུ། མཐར་ཕྱིན་ཆེད་རྩོམ་འབྲི་དགོས་པས་དཔེ་མཛོད་ཁང་དུ་སོང་ཚོག་ཅིང་། རང་ཉིད་དཔེ་ཆའི་གཏེར་མཛོད་དུ་ཞུགས་པ་ནི་ཤེས་རིག་གི་རྒྱ་མཚོར་བསྐྱོད་པ་དང་གཉིས་སུ་མ་མཆིས་ཤིང་། ད་དུང་ཆེན་ཧྭའི་དཔེ་མཛོད་ཁང་གི་སྐད་གྲགས་ཆེ་བའི་ཤེལ་གྱི་མཐིལ་ཤིང་དེ་ཕྱེད་གསལ་ཞིག་ཡིན་ཏེ། མི་ལ་མཚོ་ངོས་སུ་བསྐྱོད་པའི་ཚོར་སྣང་ཞིག་སྟེར་ལ། སྤྲིན་ཕུང་གི་སྟེང་དུ་བསྐྱོད་པའི་ཚོར་བ་ཞིག་ཀྱང་སྟེར། དངོས་གནས་སྤྲིན་ཡོང་འཁྲིགས་ས་ཞིག་རེད་ཨང་། ངའི་ཆེད་རྩོམ་གྱི་ཁ་བྱང་ནི་ཐའོ་མ་སི་·ཧྭ་དད་ཀྱི་སྙན་ངག་ཅེས་པ་ཡིན་ལ། ཕྱིར་ན་ང་རང་ཧྭ་དད་ཀྱི་སྒྲུང་གཏམ་ལ་དགའ་ཞིང་། ཕྱིས་སུ་ཕོའི་སྙན་ངག་ཀྱང་ཕུལ་དུ་ཕྱུང་བ་ཞིག་ཡིན་ལ། གཏིང་ཟབ་ཅིང་འགུག་ཤུགས་ལྡན་པ་རྟོགས་པས། ཕོའི་སྙན་ངག་ང་ཡི་ཆེད་རྩོམ་གྱི་ཁ་བྱང་དུ་བདམས་པ་ཡིན། སློབ་དཔོན་ནི་ཨ་རིའི་དགེ་བཤེས་ཆེན་མོ་ལྷུན་ཏི་ཡིན། སྐབས་དེར་གསར་བརྗེའི་གནས་བབ་ཚ་པོའི་ཁྲོད་དུ་ཡོད་པ་དང་། ཀློ་བདེ་བག་ཕེབས་ཤིག་མིན་པར་དཔེ་ཆའི་གཏེར་མཛོད་ལ་ཞེན་ཆགས་པ་ནི་རྗེས་ལུས་ཀྱི་མཚོན་རྟགས་ཤིག་ཡིན་པའི་ཚོར་བ་སྟེར་བ་མ་གཏོགས། དཔེ་ཆའི་གཏེར་མཛོད་དུ་མགོ་འཁོར་ནས་འབྲལ་མི་འདོད་པ་ནི་སྐྱིད་སྣང་ཞིག་རེད། ཕྱིས་ཀྱི་ལོ་འགའི་རྗེས་སུ། དུས་ཚོད་ཀྱི་ཉམས་སད་ཐོབ་པ་དང་། ཟླ་མཐུད་བཅོས་སྒྱུར་བྱས་པ་བརྒྱུད། ངས་ཧྭ་དད་མཐར་ཕྱིན་ཆེད་རྩོམ་གྱི་ཁ་བྱང་བྱས་པ་མ་གཏོགས། ནང་དོན་ཅི་ཞིག་ཡིན་པ་བརྗེད་འདུག ཐེངས་ཤིག་ལ། སྟེས་དབང་གིས་པེན་ཀྲི་ལེན་གྱིས་བསྒྱུར་བའི་ཧྭ་དད་ཀྱི་སྙན་ངག་བཀླགས་ནས། ཧྭ་དད་ཀྱི་སྙན་

ངག་ནི་མ་གཞིར་འདི་འདྲའི་མཛེས་པ་ཞིག་ཡིན་པར་ཧ་ལས་སོང་།

སྐབས་དེར། དཔེ་མཛོད་ཁང་དུ་སློབ་ཁང་ཡོད། ངས་ཧི་ན་ཡེ་ཀྲེ་ཡི་མཛེས་རྩལ་རིག་པ་བདམས་པས། དཔེ་མཛོད་ཁང་དུ་སློབ་ཁྲིད་ལ་ཉན་པ་ཡིན། ཁང་པ་གང་ཞིག་ཡིན་པ་མི་དྲན། བསླབ་ཚན་འདི་ལ་ཉན་མཁན་ང་ལས་གཞན་ད་དུང་སློབ་བུ་ཞིག་ཡོད། སྐུ་ཞབས་ཧི་ན་ལགས་ཀྱིས་ཉན་མཁན་བརྒྱ་ལྷག་ཡོད་པའི་ཚུལ་གྱིས་སློབ་ཚན་རེ་རེར་གྲ་སྒྲིག་ལེགས་པོ་བྱས་ཤིང་། དཔེ་རིས་མང་པོ་ཁྲིད་ཡོང་ནས་ང་ཚོ་ལ་སྒྲོན་བརྙན་བསྟན། སྒྲོན་བརྙན་པར་རིས་ཀྱི་ནང་དུ་རི་མོ་དང་བཟོ་བཀོད་གྲགས་ཅན་མང་པོ་ཡོད་ལ། ངས་འདི་ཙ་ཐེངས་དང་པོར་མོན་ན་ལིས་ཧྲ་མཐོང་བ་ཡིན་སོད། སློ་ཕངས་པ་ཞིག་ལ་སྐུ་ཞབས་ཧི་ན་ལགས་ཀྱི་འཆད་འཁྲིད་བརྗེད་འདུག བསླབ་ཚན་དེས་ང་ཚོར་ཚན་རིག་གི་ཡང་རྩེ་ནི་ཨང་ཀ་ཡིན་ལ། སྒྱུ་རྩལ་གྱི་ཡང་རྩེ་ནི་རོལ་དབྱངས་ཡིན་པ་ཤེས་སུ་བཅུག སྐབས་དེར་སྒྲ་སྐྱེད་སྒྲིག་ཆས་མེད་པས། སློབ་ཁྲིད་ཀྱི་སྐབས་སུ་རོལ་དབྱངས་ལ་ཉན་མ་ཐུབ།

ཨ་ཕ་ལ་དཔེ་མཛོད་ཁང་གི་གཤམ་དུའང་ཁང་པ་ཞིག་ཡོད། ང་སྐབས་འགར་དེར་སོང་བ་ན། ཁྲིམ་མཆེས་ཀྱི་སྒོ་རྒྱུན་དུ་ཕྱེ་ཡོད་ཅིང་། མཚན་ཉིད་རིག་པའི་སྡེ་ཁག་གི་སློབ་ཕྲུན་ཐང་གྲི་སུང་གིས་དེ་ཙ་དཔེ་ཀློག་བྱེད་བཞིན་ཡོད། ཐང་ཕྲུན་གྱིས་རྟོན་ལ་མཚན་ཉིད་རིག་པ་སྦྱང་ཞིང་དེ་ནས་གྲངས་རིག་པ་སྦྱོང་བ་ཡིན་པས། ད་ལྟ"རྩིས་འཁོར་ཚན་རིག་དང་མཉེན་ཆས་བཟོ་སྐྲུན"གྱི་ཕྱོགས་སུ་གྲུབ་འབྲས་གལ་ཆེན་བླངས་ནས། རྒྱལ་སྤྱིའི་མཚན་སྙན་ཐོབ་ཡོད། ང་ཚོས་ཁ་པར་གྱི་ནང་ནས་དཔེ་མཛོད་ཁང་གླེང་ཞིང་ཆེན་དུ་གླེང་བ་ཡིན་ལ། ཚང་མས་ཆེན་དུ་ཡིས་ང་ཚོ་སྟོབས་ལྡན་

དང་གཟབ་ནན་ཅན་དུ་སྐྱེད་སྲིང་བྱས་པ་ཡིན་པས། གསར་རྩོམ་གྱི་རང་བཞིན་ཡོད་དགོས་ཤིང་། ཚེ་གང་བོར་བརྗེད་མི་ཐུབ་པར་འདོད།

ཆེན་ཧྲ་དཔེ་མཛོད་ཁང་ནས་ཐོན་པ་ལ་ད་དུང་ན་གཞོན་ལྷུན་ཡེ་ཧོ་དང་གཞོན་ནུ་ཚའོ་ཡུས་ཡོད། ལྷུན་ཡེ་ཧོ་ནི་ཆིག་སྟོང་དགུ་བརྒྱ་བཅུ་གཉིས་ལོར་ཆེན་ཧྲ་སློབ་གྲྭར་ཞུགས་པ་ཡིན་ལ། ཆེན་ཧྲ་ཐུ་སློབ་གཉེར་བྱས་པའི་ལོ་དགུའི་ནང་དུ། དཔེ་མཛོད་ཁང་དུ་དཔེ་ཀློག་བྱེད་རྒྱུ་ཆད་མེད། ལོ་དགུའི་རིང་དུ་ཁོས་སློབ་སྦྱོང་གི་ཞོར་ནས་བྲིས་པའི་སྲོལ་རྒྱུན་ལུགས་ཀྱི་སྔན་ངག་རྣམས《ཀུའུ་ཕ་ཕྱོགས་བསྒྲིགས》ཞེས་པར་ཕྱོགས་བསྒྲིགས་བྱས། ན་ནིང་ལེགས་བསྒྲིགས་བྱས་ནས་དཔར་སྐྲུན་བྱས་སོང་། འོན་ཀྱང་བདག་ལ་མིག་བསོད་ཉམས་པས་ཡོད་དུ་འོང་བའི་དཔེ་ཐུམ་ལ་རེག་སྦྱོང་བྱེད་པ་ལས་ཀློག་པའི་སྐལ་བ་མ་བྱུང་བར། འཆར་ཡན་བྱས་ནས་སྲིན་དཀར་བང་རིམ་དུ་ལྡིང་སྐོར་བྱས་པ་ཡིན།

ཚའོ་ཡུས་ཀྱི་འཁྲབ་གཞུང་དང་པོ《འབྲུག་ཆར》ནི་ཆེན་ཧྲའི་དཔེ་མཛོད་ཁང་དུ་བྲིས་པ་ཞིག་ཡིན། ངས་བསམ་ན་རིག་ཚན་གྱི་སློབ་གསོ་དང་ཕྱི་རྒྱལ་རྩོམ་རིག་གི་ཤུགས་རྐྱེན་བཟང་པོ། སྲིན་ལོང་འཁྲིགས་པའི་དཔེ་མཛོད་བཅས་ཀྱིས་ཚའོ་ཡུས་ཀྱི་ལེགས་འགྲུབ་དང་ཡར་རྒྱས་ལ་ཤུགས་རྐྱེན་ཐེབས་ཡོད་པར་གདོན་མི་ཟ། ང་ཚོས་ཆེན་ཧྲ་ཡིས་ང་ཚོར་ཚའོ་ཡུས་ཤིག་སྐྱེད་སྲིང་བྱས་ཞེས་བཤད་མི་འོས་སོད། འོན་ཀྱང་ང་ཚོས་ཆེན་ཧྲ་ཡིས་ཁྲིམས་ཚང་ཁྲི་སྟོང་མང་པོའི་བུ་ཆུང་ཚའོ་ཡུས་འདྲ་བ་ཞིག་ཏུ་སྐྱེད་སྲིང་བྱས་ཞེས་བཤད་ཆོག་ཆོག་ཡིན། ངས་བསམ་ན་འཁྲབ་མཁན་གྱིས་འཁྲབ་གཞུང་ནང་གི་ཚའོ་ཡུས་ཀྱི་མི་སྣ་འཁྲབ་ཐུབ་ན་དེ་ནི་ལས་ཅན་ཞིག་ཡིན་འདོད། ཁོའི་

འཁྲབ་ཚིག་ཕལ་ཆེར་བློར་སྐྱོར་མི་དགོས་ཏེ། རང་ཤུགས་ཀྱིས་བློར་ཟིན་ཐུབ་སྟེ། “ཉི་མ་ཤར་བྱུང་ལ། སྨུན་ནག་རྒྱབ་ཏུ་བསྐྱུར་སོད། འོན་ཀྱང་ཉི་མ་ང་ཚོར་མི་དབང་བས། ང་ཚོ་གཉིད་དགོས་པ་ཡིན། ” སློབ་འབྲིང་དུ་འགྲིམས་སྐབས། གལ་ཏེ་མི་ལ་ལས“ཉི་མ་ཤར་བྱུང”ཞེས་པའི་ཚིག་གཅིག་བཤད་ཚེ། འཕྲལ་དུ་མི་ལ་ལས“སྨུན་ནག་རྒྱབ་ཏུ་བསྐྱུར་ཡོད”ཅེས་ཚིག་སྡེ་མཐུད་སྲིད། “ང་ཡི་ཀྲུང་གོའི་མིང་ལ་ཀྲུང་ཆའོ་གྲི་ཟེར་ཞིང་། ཕྱི་རྒྱལ་གྱི་མིང་ལ་ཆའོ་གྲི་ཀྲུང་ཟེར”ཞེས་པའི་སྐད་ཆ་ཐུང་ཐུང་གཉིས་ཀྱིས་འཁྲབ་སྟོན་གྱི་བར་སྟོང་ཇེ་འདྲའི་ཆེན་པོ་ཞིག་སྤྲིན་པ་ཡིན་ལ། འདི་ནི་རྒྱུས་མེད་ཀྱི་སྐད་ཆ་ཞིག་ཡིན་སྲིད་སོད། འོན་ཀྱང་ང་ཡི་སྙིང་ཚོར་ཞིག་ཡིན།

དཔེ་མཛོད་ཁང་ལས་ཕྱིར་ཐོན་པ་ལ་ད་དུང་ཕྱོགས་གང་ཐད་ནས་གྲུབ་འབྲས་བླངས་ཡོད་པའི་མི་མང་པོ་ཡོད་ཅིང་། གྲུབ་འབྲས་ཀྱི་ཆེ་ཆུང་དང་བྱས་རྗེས་ཀྱི་ཆེ་ཆུང་ག་འདྲ་ཡིན་རུང་། ཚང་མ་སྤྱི་ཚོགས་ཡར་ཐོན་ཡོང་བའི་སྒྲུལ་ཤུགས་སུ་གྱུར་ཡོད་དེ། ཆེན་ཧྭ་ཙུ་ཡོང་ནས་མི་ཚེ་གང་པོའི་སྟོབས་ཤུགས་ཡོད་རྒྱུ་འབུལ་འདོད་པའི་དགེ་བཟོ་བ་ཚང་མར་སེམས་གསོ་ཐོབ་ཡོད།

ངས་ཧྭ་དད་བརྗེད་ནས་ལོ་དུ་མང་ཞིག་འགོར། སློ་བུར་དུ་ཉིན་ཞིག་ལ། ཆེན་ཧྭ་དཔེ་མཛོད་ཁང་གི་དགེ་རྒན་ལྷེ་ལགས་ཀྱིས་ང་ལ་བཤད་རྒྱུར། ཆེན་ཧྭ་དཔེ་མཛོད་ཁང་དུ་ངའི་མཐར་ཕྱིན་ཆེད་རྩོམ་ཉར་ཚགས་བྱས་ཡོད་ཟེར་བས། དེ་ནི་དངོས་གནས་འཕྲིན་བཟང་ཞིག་རེད། ཕྱིས་སུ་དཔེ་མཛོད་ཁང་དུ་ད་དུང་སྐབས་ལྔ་བཅུ་པ་དང་ང་གཅིག་པའི་ཆེད་རྩོམ་ཁ་ཤས་ཀྱང་ཉར་ཚགས་བྱས་ཡོད་པ་ཤེས། ངས་འཕྲལ་དུ་འཛིན་གྲྭའི་སློབ་

གྲོགས་ཚོར་བཤད་པ་དང་། སློབ་གྲོགས་ཚོ་ཡང་ཧ་ཅང་དགའ་འདུག དགེ་རྒན་ལྷེ་ལགས་ཀྱིས་ངའི་ཆེད་རྩོམ་གྱི་བསྐྱར་དཔར་བསྐྱར་ཡོང་ལ། 《ཧྥ་དད་སྙན་ངག་ཁྲིད་ཀྱི་ཕྱོག་མེད་ལྟ་བ》ཞེས་སུ་བསྒྱུར་ནས། ཤོག་ངོས་ཉེར་བདུན་ཡོད། དེབ་འདི་ལག་ཏུ་འབྱོར་བ་ན་ངས་ལོ་ངོ་ལྔ་བཅུ་ཡར་སྔོན་གྱི་རང་ཉིད་མཐོང་བ་དང་འདྲ་ཞིང་། རྩོམ་ཡིག་ཧྲིལ་པོ་རང་ཉིད་ཀྱིས་གཏག་པ་ཡིན་པ་དང་། ཆེད་རྩོམ་འདི་གཏག་ཆེད་དབྱིན་ཡིག་གི་གཏག་ཆས་སྦྱངས་པ་ཡིན། མ་གཞིར་ངས་ཧྥ་དད་ལ་ཞིབ་འཇུག་བྱེད་པའི་དཔེ་ཆ་ཞིག་འབྲི་འདོད་པ་ཡིན་པས། ཆེད་རྩོམ་འདི་ནི་ལེའུ་དང་པོའི་ཚབ་ཡིན། འཚོ་བའི་ཁྲིད་ཀྱི་དོན་དག་མང་པོ་ཞིག་བརྗེད་སྲིད་པ་དང་། དེ་ལས་ལྡོག་ན་ཁུར་དུ་ལྗི་མོད། འོན་ཀྱང་བརྗེད་པ་མང་ནའང་ཕངས་སེམས་སྐྱེ་སྲིད། ངས་ཆེད་རྩོམ་གྱི་སྙིང་གཞིའི་ཁྲིད་རྗེས་ཕྱོགས་ཀྱི་ལོ་ཟླའི་ནང་དུ། ཧྥ་དད་ལ་ཞིབ་འཇུག་བྱེད་པའི་དཔེ་ཆ་ཞིག་འབྲི་ཐོམ་བྱུང་ནས་ཐུགས་འདུན་འགྲུབ་པའི་སྨོན་འདུན་ཞུ་ཞེས་བྲིས་ཡོད། བལྟས་ཡོང་ན་ཐུགས་འདུན་འདི་འགྲུབ་དཀའ། ང་རང་དཔེ་ཀློག་དང་ཁ་བྲལ་ཟིན་པས། ཧྥ་དད་ཀྱི་དཔེ་ཆ་ཀློག་མི་ཐུབ་ཅིང་། རང་ཉིད་ཀྱིས་ལོ་ངོ་ལྔ་བཅུའི་ཡར་སྔོན་དུ་བྲིས་པའི་ཡི་གེའང་ཀློག་མི་ཐུབ། ངས་བསམ་ན། ཀློག་ཐུབ་ཀྱང་དོན་མི་གོ་འདོད།

ད་ལོའི་དབྱར་ཁར། མིག་ནད་ཅུང་ཇེ་དགའ་རུ་སོང་ནས། ཆེན་ཧྥ་རུ་གསར་དུ་བསྒྲིགས་པའི“ཧྲིན་ཡུག་ལེན་གྱི་ཡིག་མཛོད”ལ་ལྟ་སྐོར་དུ་ཕྱིན་པ་དང་། དེའི་ཞོར་ནས་དཔེ་མཛོད་ཁང་ལ་བལྟས་པ་ཡིན། ལྟ་ཀློག་ཁང་སྔར་གྱི་དེ་བཞིན་ཡིན་ཞིང་། སློབ་གྲོགས་མང་པོ་ཞིག་གིས་དེ་གར་སེམས་

རྣལ་ལ་ཕབ་ནས་དཔེ་སློག་བྱེད་བཞིན་ཡོད་པས། འཛམ་གླིང་ངེར་ཡོད། ལོ་ལྔ་རེར་སློབ་མ་སྐབས་རེ་བསྡུས་པའི་དབང་དུ་བཏང་ན། ད་རག་བར་དུ་སྐབས་བཅུ་བསྡུས་ཟིན། ལོ་ཉྭ་འདས་ཤིང་སྐབས་རེ་རེའི་སློབ་མའི་སྒྲ་ལོ་སྐྱ་བོར་གྱུར་མོད། འོན་ཀྱང་འབད་བརྩོན་སྟོད་མེད་ཀྱི་སྙིང་སྟོབས་གཏན་དུ་གནས་ཡོད།

ཅིང་ཞི་སྲུང་ལམ་གྱི་ཆོས་སྡོང་ཁྲིམ་གཞུང་།

འདི་ནི་རིང་ཚད་ལ་སྤྱི་བརྒྱ་ཡང་མེད་པའི་སྲུང་ལམ་ཞིག་ཡིན་ཞིང་། གཞོགས་གཉིས་སུ་ཆོས་སེར་སྡོང་པོ་བཙུགས་ཡོད་ཅིང་། ལྷས་ར་རེ་རེ་ཚང་མ་སྒྲིབ་འདུག ཆོས་སྡོང་ཁྲིམ་གཞུང་དུ་མིང་བཏགས་ན་དོན་དང་མཐུན་པ་ཞིག་ཡོད། ཁྲིམ་གཞུང་ཁུལ་འདི་ལས་གཞན་དུ་ཆོས་སེར་སྡོང་པོ་མེད་པས། ཆོས་སྡོང་ཁྲིམ་གཞུང་འཚོལ་འདོད་ན་ཆོས་སེར་སྡོང་པོ་ངོས་བཟུང་པས་ཚོག

ཁྲིམ་གཞུང་ཤིན་ཏུ་ཐུང་བའི་རྐྱེན་གྱིས་མི་རྣམས་ཀྱིས་དེར་གུ་དོག་པོའི་མིང་མཐའ་སྦྱོར་བའང་ཡོད། ཆོས་སེར་སྡོང་པོའི་གྲིབ་བསིལ་ལྟག་རྒྱབ་ཀྱི་ཁྱིམ་ཚང་ནི་ཁྱིམ་གཞིས་ཐེངས་མང་ལ་སྤྱར་བ་ཞིག་ཡིན་ཞིང་། སྒོ་ཁའི་སྒོ་ཐེམ་མཐོན་པོ་བཤིག་ཟུལ་དུ་སོང་འདུག་ཅིང་། ཉིས་སྒོའི་སྒོ་སླགས་ཐོག་གི་ཡི་གེའང་མོག་མོག་ཏུ་གྱུར་ནས་གསལ་པོར་མི་མཐོང་བས་ངོས་འཛིན་བྱེད་དཀའ། ཉིས་སྒོ་ལ་ལ་ཞིག་སྒོ་སླགས་གཅིག་ཅན་དུ་བརྗེས་ཡོད་པ་མ་ཟད། ཁྲིམ་གཞུང་གི་ཕྱོགས་སུ་འཁོར་ཡོད་པས། ཡ་མ་གཟུགས་སུ་སྣང་མོད། འོན་ཀྱང་སྒོ་ཁའི་སྒོ་ཐེམ་ཀྱི་ཀྱོར་དང་སྒོ་སླགས་སྟེང་གི་ཡི་གེ་ཐ་ཐོར། དེ་མིན་ཆོས་སེར་སྡོང་པོའི་སྟར་པ་གཉིས་བཅས་ལས་སྤྱར་བཞིན་པེ་ཅིང་གི་སྲུང་ལམ་ཁྲི་སྟོང་མང་པོ་ནང་བཞིན། མི་ལ་ཕུགས་ཟབ་ཅིང་ལྷང་

འཇགས་ཡིན་པའི་སྣང་བ་ཞིག་སྟེར་ཐུབ།

སྟོད་དམངས་ཁུལ་འདིའི་སྤྱི་མིང་ལ་ཁྲིན་ཧྲུ་ཟེར་ཞིང་། པེ་ཅིང་དགེ་ཐོན་སློབ་གྲྭ་ཆེན་མོ་དང་ཆེན་ཧྭ་སློབ་གྲྭ་ཆེན་མོ་གཉིས་ཀྱི་བར་དུ་གནས་ཏེ། སྟོན་ཚད་ཀྱི་ཡན་ཅིན་དང་ཆེན་ཧྭ་གཉིས་དང་། ད་ལྟའི་པེ་ཅིང་དགེ་ཐོན་སློབ་གྲྭ་ཆེན་མོ་དང་ཆེན་ཧྭ་སློབ་གྲྭ་ཆེན་མོ་གཉིས་ཀྱི་དགེ་བཟོ་བ་འདི་གར་བསྡད་ཡོད།

ས་སྲིས་ཤིག་ཏུ། ང་རང་ཚོས་སྟོང་ཁྲོམ་གཞུང་གི་ལམ་མདོར་ལངས་ནས། ཚོས་སྟོང་ཁྲོམ་གཞུང་གི་ཨང་བཅུ་པར་བལྟ་བསམ་པ་ཡིན།

ཨང་བཅུ་པ་རྙེད་བྱུང་། དེའི་སྒོ་ཐུག་ཤིན་ཏུ་དོག་ཅིང་ཁང་པར་ཆགས་སྟངས་མེད་པས། ཚོར་སྣང་ལ་ཤིན་ཏུ་མི་མཛེས། མི་ཞིག་སྒོ་ཁར་བུད་ནས། སྔར་གྱི་ཨང་བཅུ་པ་དེ་ད་ལྟའི་ཨང་དགུ་པར་བཅོས་ཡོད་པས། ཁྱིམ་མཚེས་ཚང་ཡིན་ཟེར།

ཁྱིམ་མཚེས་ཚང་ལ་སྒོ་ཐེམ་རིམ་པ་དྲུ་མ་ཡོད་པ་དང་། སྒོ་གླགས་སྔར་བཞིན་གྲལ་དག་ཡིན་ཏེ། བཀྲག་རྩི་བྱུགས་རྒྱུ་ན་ཤིན་ཏུ་མཛེས་སྲིད། ངོས་འཛིན་གསལ་པོ་ཞིག་བྱས་རྗེས་སྒོ་གླགས་ཐོག་གི་ཡི་གེ་སྟེ། “སློབ་གསོའི་ལྟེ་སྙིང་། འཆམ་མཐུན་དཔལ་རྒྱས”ཞེས་པ་མཐོང་བ་ཡིན།

ངས་ཆ་ཡིག་འདི་མི་དྲན།

སྒོ་ཁའི་ནང་ལོགས་ཀྱི་གཡས་སུ་འཁོར་ན་དོག་ལམ་ཞིག་ཡོད་པ་དང་། དེ་ལས་བུད་ཚེ་མིག་ལམ་ཤིན་ཏུ་ཡངས་ཤིང་། དེ་ནི་དོན་དམ་པའི་ཕྱོགས་བཞི་ལྷས་ར་ཞིག་ཡིན་ལ། མདུན་སྒོ་བྱང་དུ་འཁོར་ཡོད་པ་དང་། བརྐོས་སྒོ་ཉུབ་གཞོགས་སུ་འཁོར་ཡོད། མདུན་ཁང་གི་ཁ་གཏད་དུ་རྫོ་ཁང་ཐུབ་

ཡོད། ཕྱུགས་བཞིའི་ཁང་པ་ཚང་མ་གྲལ་དག་པོར་ཡོད་ཅིང་། ཤིང་རྒྱུའི་སྒེའུ་ཁུང་ཡིན་ཞིང་། མདུན་ཁང་ལ་ད་དུང་འབུར་བཀོས་བརྟོད་ཡོད།

ལྷས་ར་རུ་མི་དུ་མས་ཁ་བརྗ་བྱེད་བཞིན་ཡོད་ཅིང་། ལག་ཏུ་བསིལ་གཡབ་བཟུང་འདུག རྩིབ་ཏུ་སེ་འབྲུ་སྔོང་པོ་ཞིག་ཡོད་དེ་མེ་ཏོག་དམར་པོ་བཞད་འདུག མདུན་ཁང་གི་སྟེན་དུ་རྒྱམ་འབྲུམ་འདེགས་སྒྲིམ་ཡོད་ཅིང་། སྔོ་ལྗང་གི་ལྕུག་ཕྲན་ཐུར་དུ་འཕྱངས་ཡོད། ལོ་མང་པོ་ཞིག་ལ་ལྷས་ར་འདི་འདྲ་ཞིག་མཐོང་མ་མྱོང་།

"འདི་ནི་ངའི་སྐྱེས་ས་ཡིན་ལ། བྱང་ཁང་འདིའི་ནང་དུ་སྐྱེས་པ་ཡིན" ཞེས་པའི་ཁ་བརྗ་རགས་ཙམ་བྱས་རྗེས་ཡོང་དོན་བཤད་པ་ཡིན།

ཁོ་ཚོ་ནི་ཕལ་ཆེར་ཤར་ཁང་གི་ཁང་བདག་ཡིན་ལ། ཤིན་ཏུ་ལས་ལ་བརྩོན་པ་ཞིག་ཡིན་མོད། ང་པོས་ནས་ལྟ་སྐོར་བྱེད་དུ་མ་བཅུག་པར། "འདི་དང་ཁ་བྲལ་ནས་ལོ་ག་ཚོད་འགོར་སོང་། ཕྱི་རྒྱལ་དུ་སོང་བ་ཡིན་ནམ"ཞེས་དྲིས་བྱུང་།

དོན་དངོས་སུ་ང་སྐྱེས་ནས་ཟླ་གཉིས་འགོར་རྗེས། ཕ་མའི་རྗེས་འབྲངས་ནས་ཆེན་ཏྲ་རུ་གཞིས་སྤར་བ་ཡིན། ལོ་དུ་མང་གི་རིང་ལ་གཞིས་སྤར་རུང་། པེ་ཅིང་སློབ་ཆེན་དང་ཆེན་ཏྲ་སློབ་ཆེན་གྱི་ཁུལ་འདི་དང་འབྲལ་མ་ཐུབ་པས། ངོ་གནོངས་ནས་ཟ་ཟེར་གྱིས་ལན་བཏབ།

"ང་ཚོ་ནི་པེ་ཅིང་སློབ་ཆེན་གྱི་དགེ་བཟོ་པ་ཡིན་ལ། ཁང་པ་འདི་ཡང་པེ་ཅིང་སློབ་ཆེན་དུ་གཏོགས། ཨང་བཅུ་པ་གསར་བ་དེ་ཆེན་ཏྲ་སློབ་ཆེན་གྱི་རེད།" ཁོ་ཚོས་འདི་ལྟར་མཚམས་སྦྱོར་བྱས་པ་དང་། "ད་ལྟ་ལྷས་ར་འདིར་ཁྱིམ་ཚང་བརྒྱད་བསྡད་ཡོད"ཟེར།

ཕྱུགས་བཞིའི་ཁང་པའི་སྟེང་དུ་ཚང་མར་སྤྱིལ་བུ་རེ་བཀབ་ཡོད་པ་དང་། སྒོ་ཁར་འདྲུད་འཁོར་རེ་བཞག་འདུག དེའི་ཐོག་ཏུ་ཤེལ་ཁེབས་ཡོད་ཅིང"འབྲས་ཆང"ཞེས་པའི་ཡི་གེ་གཉིས་བྲིས་ཡོད།

"ལས་རིགས་གཉིས་པ་ཡིན་ནམ།" ངས་དགོད་ཞོར་དུ་དྲིས་པར། ཁོ་ཚོས་ཁྱིམ་མཚོས་ཚང་གི་རེད་ཟེར། དེ་ཡང་ཞོར་ལས་ཞིག་ཡིན་སྲིད།

ཁ་འབྲལ་སྐབས། ཁྱིམ་བདག་གིས་རྒྱུན་དུ་ཤོག་ཟེར། ངས་རང་ཉིད་ནི་རྒྱུན་དུ་མི་ཡོང་བ་ཤེས་ཡོད།

སྒོ་ལས་བུད་རྗེས། ཁ་གཏད་ཕ་རོལ་ཏུ་སྒྲོན་འོད་འཁྱུག་སེ་འཁྱུག་སེ་བྱེད་པ་མཐོང་ཞིང་། ས་གཞིར་དེ་ནི་སྐམ་ཁུ་འཚོང་ས་ཞིག་རེད། ཉེ་འཁོར་གྱི་ཅང་ཅ་ཁྲིམ་གཞུང་དུ་ཁྲང་སེན་ཆང་ཁང་ཞིག་ཡོད་པ་དྲན་ལ། སྐབས་དེར་ཡན་ཅིན་སློབ་མའི་སེམས་གཏམ་བཤད་ས་ཡིན་ཞིང་། ཆེད་དུ་ཏེ་ཏེན་ལེན་ཏྲ་པེ་འཚོང་ས་ཞིག་ཡིན་ལ། ཆང་དེར་དམར་སྐྱ་དང་སྔོ་ལྗང་རིགས་གཉིས་ཡོད། ཕྱིས་སུ་ཆང་ཁང་དེ་སྒོ་བསྟེན་ཚོང་ཁང་དུ་བསྒྱུར་ནས། ཆེད་དུ་འཛམ་པོ་གླིང་དུ་མཐོང་དཀོན་པའི་དངོས་པོ་འཚོང་བཞིན་ཡོད། ཕར་སོང་ནས་བལྟས་ཤིང་སེམས་སུ་ཁྲང་སེན་ཆང་ཁང་གི་སྒོ་བསྐྱར་འབྱེད་བྱེད་པའི་སྐད་ཆ་ཐོས་པར་ཡེ་ཚོམ་སྐྱེས།

གསར་དུ་བསྐྲུན་པའི་གྲོ་མོག་གི་ཁང་པ་ཞིག་བརྒྱུད་རྗེས། རྣམ་པ་ཅི་འདྲ་ཞིག་ཡིན་པ་བརྗོད་དཀའ་བར་གྱུར། གྲུང་གཉིས་ཀྱི་བར་དུ་མི་གཅིག་མ་གཏོགས་མི་ཤོང་བའི་གུ་དོག་པའི་ལམ་བུ་ཞིག་ཡོད། དེ་ལས་བུད་ན་ས་ཆ་གང་ཞིག་ཡིན་པ་མི་ཤེས། གྲུང་ངོས་སུ"ཁྲིམ་གསར"ཞེས་པའི་བྱང་བུ་གསར་པ་ཞིག་བཀལ་འདུག་པ་དོན་དང་མཐུན་པར་སྣང་།

དགོད་བྲོ་དྭངས་མོ་ཞིག་གྲག་ཡོང་བ་དང་མཉམ་དུ། ཁྲིམ་གསར་ལས་ཞི་མོ་ཆུང་ཆུང་འགའ་ཞིག་རྒྱུགས་ཡོང་། ཕོ་ཚོ་ཁང་ཐུག་རྟེ་བ་ཡིན་ནམ་འཁྱིག་ཐག་རྟེ་བ་ཡིན། ང་དེ་གར་ལངས་ནས་སྒུག་བསྡད་མོད། འོན་ཀྱང་ཕོ་ཚོ་ཅི་ཡང་མི་རྟེ་བར་དགོད་ཞོར་དུ་རྒྱུགས་སོང་ལ། དགོད་བྲོ་ཁྲིམ་གཞུང་དུ་ཁྱབ་འདུག

1993ལོའི་ཟླ6པའི་ཚེས5ཉིན།

སྲིན་འབུ་མེ་ཁྱེར།

རྩྭ་གསེང་དུ་དཀར་ལམ་ལམ་དང་འོད་འཁྱུག་འཁྱུག་བྱེད་ཅིང་། མེ་ཏོག་སྣ་ཚོགས་བཞད་འདུག་སྟེ། ལུག་མིག་མེ་ཏོག་དང་སྟག་གཟིག་མེ་ཏོག་བ་ལུ་ནག་པོ་སོགས་ཡོད། ད་དུང་སྔོང་རྐང་རིང་བའི་མེ་ཏོག་དཀར་པོའང་བཞད་འདུག་ཅིང་། གང་བུ་རེ་རེ་མེ་ཏོག་ཆུང་ངུ་མང་པོས་གྲུབ་ཡོད་དེ། འདབ་མ་གསལ་པོར་མཐོང་དཀའ། དེའི་མིང་ལ་ཅི་ཟེར་བ་ངས་མི་ཤེས། སླག་རུམ་གྱི་མཚན་མོར། ཁ་དོག་ཡོད་ཚད་ཉམས་ནས་ནག་ཤིག་ཤིག་ཏུ་ཡོད། འོད་ཐིག་ཅིག་ལམ་ལམ་བྱེད་བཞིན་ཡར་ལྡིང་མར་ལྡིང་བྱེད།

གསལ་ལ་མི་གསལ་བའི་ཟླ་འོད་ཀྱི་འོག་ཏུ། རྩྭ་གསེང་དུ་དཀར་ལམ་ལམ་གྱི་ཆུ་ཐྲན་ཞིག་རྒྱུ་བ་དང་ཀུན་ནས་མཚུངས། ཆུ་ཐྲན་གྱི་སྟེང་དུ་གནའ་རྫས་ལྷ་བུའི་ཟམ་ཆུང་ཞིག་འཕངས་ཡོད་པ་དང་། ཆུ་ཐྲན་དང་ཐག་མི་རིང་ས་ནི་ང་རང་ཆུང་དུས་ཀྱི་གཞིས་ཆགས་ས་ཡིན། སྲིན་འབུ་མེ་ཁྱེར་ངེད་ཚང་ལ་འཕྱུར་ཡོང་བ་ཤིན་ཏུ་ཉུང་ཞིང་། ཆུ་ཐྲན་འགྲམ་གྱི་རྩྭ་གསེང་ནས་འོད་ལམ་ལམ་བྱེད་པ་ལས་གཞན། ད་དུང་ཆུ་སྟེང་དུའང་དཀར་ལམ་ལམ་བྱུས་ཏེ། ངོགས་གཉིས་ཀྱི་རྩྭ་རྫོབ་ཀྱི་ལྗོག་བརྟན་ལ་ཤུགས་ཆེན་གཏོང་

པ་རེད། ད་ལྟ་བྱིས་པའི་སྒྲུང་བརྙན་ནང་གི་འཕྲུལ་སྣང་གི་མགོ་རྩོམ་སྐབས། འོད་འཁྱུག་འཁྱུག་བྱེད་པ་མཐོང་ཚེ་ཧག་ཏུ་ཆུ་ཐྲན་དེ་དང་རྨ་གསེང་དེ་དྲན་ཡོང་ལ། དབྱར་གཞུང་མཚན་མོའི་དྲི་བསུང་དང་སྤྲིན་འབུ་མེ་ཁྱེར་འཕུར་སྐྱོད་བྱེད་པའི་གནས་ཚུལ་དོག་མོ་དེ་དྲན་ཡོང་བ་རེད།

ལོ་ན་ཆུང་བའི་ང་ནི་རྒྱུན་པར་ས་ཆ་དེ་གར་རྫེ་བ་ཡིན། ཟམ་ཆུང་གི་ཕྱོགས་དེ་རུ་དེའུ་འབུར་ཞིག་ཡོད་ཅིང་། དེའི་སྟེང་དུ་ལམ་ཕྲན་ཞིག་འཐེན་འདུག མཚན་མོར་ཆུ་ཐྲན་གྱི་འགྲམ་དུ་ལངས་ན། རྒྱུན་པར་རི་ཆུང་དེའི་ཕག་ནི་ཤིན་ཏུ་རྒྱང་བའི་ས་ཆ་ཞིག་ཡིན་པར་འདོད་ཅིང་། སྔོང་གསེང་བརྒྱུད་ནས་བལྟས་ན་སློབ་མ་མོའི་མལ་ཁང་གསལ་ལ་མི་གསལ་བ་ཞིག་མཐོང་། དོན་དངོས་སུ་ཉིན་མོར་རྒྱུན་པར་རྫེ་རོགས་ཚོ་དང་མཉམ་དུ་དེ་གར་རྫེ་རུ་སོང་བ་ཡིན་ཞིང་། སློབ་མ་ཆེ་བ་ཚོས་སྐབས་འགར་ངའི་ལག་པ་ནས་འཛུས་ཏེ། “མིག་ནག་མ་ཁྱོད་ཀྱི་མིག་ངོ་མ་ནག་པོ་ཞིག་རེད”ཅེས་ཟེར་བ་རེད།

ད་ལམ་ལོ་གཉིས་གསུམ་ཡིན་དུས། ཉིན་ཞིག་ལ་ཨ་མ་གྲོང་ཁྱེར་དུ་བུད་སོང་། ས་རུབ་ནས་ཡུན་རིང་ཞིག་འགོར་རུང་ད་དུང་ཕྱིར་མ་ཡོང་། ངས་སྐྱུག་ནས་མ་བཟོད་པར་ངུས་པ་ཡིན། ཨ་ནེ་ཆུན་མོས་ང་པང་ནས་ཟམ་ཁར་སོང་བ་དང་། ཟམ་པའི་ཕར་སྣེའི་ལམ་ཕྲན་དེ་བསྟན་ནས། “ཕྱིར་ཐོན་ཐ། ཕྱིར་ཐོན་ཐ”ཞེས་བྱིས་སྐྱུ་ལེན་པ་རེད། དོན་དངོས་སུ་འདི་ནི་ཨ་མ་ཕྱིར་ལོག་པའི་ལམ་ཡིན་པའི་ངེས་པ་མེད། ས་རུབ་ནས་ཅུང་

མ་འགོར་མོད། འོན་ཀྱང་ནག་ཤིག་ཤིག་ཡིན་ཏེ་རས་ཀྱིས་གཡོགས་ནས་དབུགས་ཀྱང་འབྱིན་དཀའ་བའི་ཚོར་བ་ཞིག་སྐྱེར། ཟམ་པའི་འོག་ནས་གློ་བུར་དུ་གློག་ཏོག་ཆུང་ངུ་ཞིག་འཕུར་ཡོང་ནས། སྨག་རུམ་གྱི་མཚན་མོ་ཉིས་གཤགས་བྱས་སོང་། དེར་མཐུད་ནས་སླར་ཡང་གློག་ཏོག་ཆུང་ངུ་ཞིག་འཕུར་ཡོང་བ་དང་། གཅིག་རྗེས་གཉིས་མཐུད་བྱེད། རྩྭ་དང་མེ་ཏོག་ལ་འོད་འཕྲོས་པ་དང་ཆུ་ཕྲན་ཡང་དཀར་ལམ་ལམ་བྱེད། མཚན་མོའང་སྐྱིད་སྣང་ཅན་དུ་གྱུར་ནས་ཅི་འདྲའི་མཛེས་པ་ལ། ངས་སྐད་ཆེན་པོས"གློག་ཏོག་ལ་ལྟོས་དང་། འཕུར་བཞིན་པའི་གློག་ཏོག་ལ་ལྟོས"ཞེས་ཀི་བཏབ། ཁ་ཕྱིར་འཁོར་ནས་ཡུལ་ལ་བལྟས་པ་ན་གང་ས་གང་དུ་གློག་བཀར་ཡོད། ངས་འཕག་འཚག་བྱས་ནས་སར་བབས་ཏེ་གློག་འོད་ཤིན་ཏུ་གསལ་བའི་ཕྱོགས་སུ་རྒྱུག་པ་ཡིན་མོད། འོན་ཀྱང་ཐེངས་འགར་ཁ་ཕྱིར་འཁོར་ནས་མཚན་མོར་འོད་སྤྲིན་པའི་འཕུར་གློག་ལ་བལྟས་པ་ཡིན།

གནས་ལུགས་ལྟར་ན་ཕྲུ་གུའི་དུས་ཀྱི་དོན་དག་ཡིད་ལ་འཛིན་མི་ཐུབ། ངའི་ཡིད་ན་ཡོད་པ་ནི་དོན་དངོས་སུ་ཕྱིས་སུ་ཨ་མས་བཤད་པ་ཡིན་ཡང་སྲིད་ལ། རང་ཉིད་ཀྱིས་མི་དང་དོན་དག་ཤེས་རྗེས་ཀྱི་སེམས་ཁམས་ཡིན་ཡང་སྲིད། ཡིན་ནའང་མཚན་མོ་དེའི་ཟམ་པའི་ཁ་ཡི་ཡུལ་རྣམ་ནམ་ཡིན་ཡང་སེམས་སུ་ཞ་ལེར་འཆར་བ་སྟེ། སྨག་རུམ་གྱི་མཚན་མོ་དང་མཚན་མོར་ཉིས་གཤགས་བྱེད་པའི་སྤྲིན་མེ། དེ་མིན་ཕྱིས་སུ་འཆར་བའི་གློག་འོད་སོགས།

ཨ་ནེ་རྒན་མོས་ང་པང་ནས་ཟམ་ཁར་སོང་བ་དང་། ཟམ་པའི་ཕར་སྣེའི་ལམ་ཕྲན་དེ་བསྟན་ནས། "ཕྱིར་ཐོན་ཐ། ཕྱིར་ཐོན་ཐ"ཞེས་ཁྲིས་སླུ་ལེན་པ་རེད། དོན་དངོས་སུ་འདི་ནི་ཨ་མ་ཕྱིར་ལོག་པའི་ལམ་ཡིན་པའི་ངེས་པ་མེད། ས་རུབ་ནས་རུང་མ་འགོར་མོད། འོན་ཀྱང་ནག་ཤིག་ཤིག་ཡིན་ཏེ་རས་ཀྱིས་གཡོགས་ནས་དབུགས་ཀྱང་འཁྱིན་དཀའ་བའི་ཚོར་བ་ཞིག་སྐྱེར། ཟམ་པའི་འོག་ནས་གློ་བུར་དུ་གློག་ཧོག་ཆུང་ངུ་ཞིག་འཕུར་ཡོང་ནས། སྨུག་རུམ་གྱི་མཚན་མོ་ཉིས་གཤགས་བྱས་སོང་། དེར་མཐུད་ནས་སླར་ཡང་གློག་ཧོག་ཆུང་ངུ་ཞིག་འཕུར་ཡོང་བ་དང་། གཅིག་རྗེས་གཉིས་མཐུད་བྱེད། རྩ་དང་མེ་ཏོག་ལ་འོད་འཁྲོས་པ་དང་ཆུ་ཕྲན་ཡང་དཀར་ལམ་ལམ་བྱེད། མཚན་མོའང་སྐྱིད་སྣང་ཅན་དུ་གྱུར་ནས་ཅི་འདྲའི་མཛེས་པ་ལ། ངས་སྐད་ཆེན་པོས"གློག་ཧོག་ལ་སྟོས་དང་། འཕུར་བཞིན་པའི་གློག་ཧོག་ལ་སྟོས"ཞེས་ཀི་བཏབ།

ནར་སོན་རྗེས། ཕྱིར་ཁང་པ་འདི་རུ་ལོག་སྐབས། ངས་རང་ཉིད་ཀྱི་ཁང་པའི་ནང་ནས་སྐབས་རེར་གསལ་ལ་སྐབས་རེར་མུན་པའི་སྲིན་མེ་མཐོང་ཐུབ། ངའི་ཁང་པའི་སྒེའུ་ཁུང་ཏག་ཏག་ཆུ་ཕྲན་དེར་གཏད་ཡོད། སྐབས་རེར་དཀར་ཞིང་སྐབས་རེར་ལྗང་བའི་སྲིན་མེ་ཡིས་སྣང་བཞིན་འོད་ལམ་ལམ་བྱེད་པ་མ་གཏོགས། ཆུ་ཕྲན་སྔར་ལས་ཇེ་ཆུང་དུ་སོང་ཡོད་པ་དང་རྩྭ་རྗོབ་ཀྱང་སྔར་ལས་ཇེ་ཐུང་དུ་སོང་ཡོད། སྐབས་འགར་དཔེ་ཆ་སྐྱུར་ནས་ཅོག་པུར་བསྡད་དེ་མུན་ནག་ཁྲོད་ཀྱི་འཁྱུག་འཁྱུག་བྱེད་པའི་འོད་ཐིག་ལ་བལྟས་པ་ཡིན་ཏེ། དེ་འདྲའི་སྐྱིད་སྣང་ལྡན་ཞིང་དེ་འདྲའི་བདེ་ལྷུག་འཁྱུག་པ་ཞིག་ཡིན་པས། 《དབྱར་གཞུང་མཚན་མོའི་རྨི་ལམ》ནང་གི་ཨུར་སྒྲོག་མཁན་གྱི་དྲི་ཟའི་བུ་མོ་དག་ཡིད་ལ་འཆར་བ་དང་། ཡང་ཡ་མཚན་གྱིས་འོད་ཐིག་འཕྱིན་པའི་འབུ་འདིས《འདྲེ་སྲིན་གྱི་གཏམ་རྒྱུད》ནང་དུ་གོ་གནས་ཤིག་མ་ལོན་པར་སེམས་ཉེ་བྱུས། དེ་དག་གིས་ཇེ་འདྲའི་རྒྱུང་རིང་ཞིང་ཇེ་འདྲའི་ཡ་མཚར་བའི་འཆར་རྟོག་ཅིག་བསླངས་པ་རེད་ཨང་། འོད་ལམ་ལམ་བྱེད་པའི་ལྷག་རྒྱབ་ཀྱི་དེའུ་འབུར་དེའི་ཕྱོགས་སུ་ལྷ་ཡུལ་ཁམས་དང་འདྲ་བའི་ཡུལ་ལྗོངས་ཤིག་གིས་ང་ལ་སྒུག་ཡོད་པ་དང་འདྲ་མོད། འོན་ཀྱང་ང་རང་ཁང་པ་ལས་བུད་དེ་ཆུ་ཕྲན་གྱི་འགྲམ་ནས་ཕར་འགྲོ་ཚུར་འོང་བྱུས་ཏེ། མུན་ནག་གིས་སྒྲིབ་པའི་ནམ་མཁའ་དང་སྔོན་པོ་ལ་བལྟ་བ་དང་། འོད་ལམ་ལམ་བྱེད་པའི་ཆུ་ཕྲན་དང་སྲིན་མེ་ལ་བལྟ་བ་ལས་ཅི་ཡང་མེད། ལྷ་ཡུལ་ལྷ་བུའི་ཡུལ་ལྗོངས་ནི་འཆར་རྟོག་དང་རེ་སྒུག་གི་ཁྲོད་དུ་སྐྱུར་བ་

ལས་ཐབས་མེད།

འཚོ་བ་ཉིན་རེ་བཞིན་ཇེ་བཟང་དུ་འགྱུར་བཞིན་ཡོད། བཅིངས་འགྲོལ་ཐོབ་པ་དང་སློབ་མཐར་ཕྱིན་པས། ཕལ་ཆེར་མི་རེ་རེ་ཚང་མས་རང་ཉིད་ཀྱིས་བྱས་རྗེས་འཛོག་བཞིན་ཡོད་པར་འདོད། ང་ཚོ་ནི་བཅིངས་འགྲོལ་ཐོབ་རྗེས་ཀྱི་སྐབས་གསུམ་པའི་སློབ་ཆེན་སློབ་མ་ཡིན། མཐར་ཕྱིན་པའི་སྤྱི་རྒྱལ་ཏུ་མཚར་སྡུག་འོད་སྟོང་འབར་བའི་མཚན་མོ་ཞིག་ལ། ང་དང་གྲོགས་པོ་འགའ་ཞིག་ཆུ་ཕྲན་དེའི་རི་ལྡེབས་སུ་ཡུན་རིང་ལ་སྡོག་ནས། སྐར་འོད་དང་སྤྲིན་མེ་ལ་བལྟས་པ་ཡིན། ང་ཚོས་སྟོང་པོ་གཅིག་ངོས་བཟུང་བ་དང་ཡང་སྤྲིན་མེ་ཞིག་ངོས་བཟུང་ནས། དེ་ནི་སྟོང་པོ་དེའི་སྟེང་དུ་འཕུར་ནས་རང་ཉིད་ཀྱི་མ་འོངས་པའི་མདུན་ལམ་ལ་སྨོན་ལམ་འདེབས་མིན་ལ་བལྟས། འཕུར་མི་ཐུབ་རྣམས་མི་བརྩི་བས་ཕལ་ཆེར་སྤྲིན་མེ་རེ་རེ་དམིགས་ཡུལ་དུ་འཕུར་ཐུབ། སྐབས་དེར། ང་ཚོའི་རེའུ་མིག་ཏུ"བསོ་བཤའ་དང་ལེན་ལོག་མེད་བྱས་ནས། མེས་རྒྱལ་གྱི་ཆེས་མཁོ་བའི་ས་ཆར་འགྲོ་རྒྱུ་ཡིན"ཞེས་མི་འབྲི་བ་གཅིག་ཀྱང་མེད། ས་ཆ་གང་ཞིག་ཏུ་ལས་བསྒོས་བྱས་རུང་ང་ཚོ་ཚང་མས་མཛེས་སྡུག་ལྡན་པའི་མ་འོངས་པར་སྙེག་ནས་སོང་བ་ཡིན། སྐར་འོད་ཀྱི་ཁྲིད་སློ་བུར་དུ་འོད་ཐིག་ཅིག་འཚེར་བྱུང་ལ། དེ་ནི་སྐར་མདའ་ཞིག་རེད། ངག་རྒྱུན་ལ་སྐར་མདའ་རྒྱུ་བ་མཐོང་ན་སེམས་ནང་གི་རེ་བ་འགྲུབ་ཐུབ་ཟེར་སྲོད། འོན་ཀྱང་ང་ཚོ་སུས་ཀྱང་དེ་ལས་གཞན་པའི་དགོས་མཁོ་མ་བཅངས། མེས་རྒྱལ་ཡོད་པས་ན་གཅིག་ཀྱང་མ་ལུས་

པར་ཡོད་པ་མ་ཡིན་ནམ། ང་ལ་ལྗིད་ཏིག་ཏིག་གི་འགན་འཁྲི་ཞིག་ཡོད་པའི་ཚོར་བ་བྱུང་བ་མ་ཟད། འགན་འཁྲི་ཅི་ཞིག་ཡིན་རུང་ཁུར་དུ་ཐེག་ཐུབ་པའི་ཡིད་ཆེས་སྐྱེས། ཡིད་ཆེས་འདི་ལས་ལྷག་པའི་མི་ལ་ངར་སེམས་བསྐྱེད་ཅིང་དགའ་སྤྲོ་སྟེར་ལ། འགྲན་ཟླ་བྲལ་བའི་བདེ་སྐྱིད་ཅིག་ཡོད་དམ། རང་ཉིད་ལོ་ན་སྨྲ་ཞིང་སྲིན་འབུ་མེ་ཁྱེར་ལྟ་བུའི་ཆུང་ངུ་ཞིག་ཡིན་པ་ཤེས་སོང་། འོན་ཀྱང་སྲིན་མེ་ལས་འོད་འཕྲོས་ཏེ་མུན་ནག་གི་མཚན་མོ་ཡང་ལྟ་ན་སྡུག་པ་འོད་མདངས་བཀྲ་བ་ཞིག་ཏུ་བསྒྱུར་ཐུབ་པ་དང་། སླག་རུམ་ལའང་འཚར་རྟོག་གིས་ཕྱུག་པར་གཏོང་ཐུབ།

ཡ་མཚར་བ་ནི་ཆེན་ཧྭ་ལྷས་ར་དང་ཁ་བྲལ་བ་ནས་བཟུང་། སྲིན་འབུ་མེ་ཁྱེར་དེ་རིག་མ་མྱོང་། ཕལ་ཆེར་ཆུ་འགྲམ་དུ་མ་བསྡད་པའི་རྐྱེན་ཡིན་ཡང་སྲིད། ཕྱིས་སུ་དཔེ་ཚའི་ནང་ནས་སའེ་དབྱང་ཏེ་ཡིས་གཙང་རྒྱུད་དུ“སྲིན་སླིང”ཞིག་གཉེར་ནས། “སྲིན་མེ་མང་པོ”འཚོལ་བསྡུ་བྱས་ཏེ་མཚན་མོར་རི་མགོར་རྒྱུ་བར་བཀོལ། རྒྱལ་པོ་འདིས་སྲིན་འབུ་ཡང་མ་བསྒྱུར་བར་འགན་འཁྲི་དང་ལེན་བྱེད་དུ་བཅུག་པས། འབངས་མིའི་སྡུག་བསྔལ་བཤད་མ་དགོས་པ་ཞིག་རེད། ཡིན་ནའང“སྲིན་སླིང”དེར་མདུན་སྒྲོངས་ཤིན་ཏུ་ཡག་པོ་ཡོད་ངེས། རྒྱུ་མཚན་ནི་འོད་ལམ་ལམ་དེ་དག་རེ་རེ་ལས་ཚེ་སྲོག་གི་སྟོབས་ཤུགས་མངོན་པ་ཡིན་པས་སོ།། ཕྱིས་སུ་སྟེས་དབང་གིས་སྲིན་འབུ་མེ་ཁྱེར་གྱིས་གནོད་འབུ་བཟའ་བས། ཞིང་ལས་ལོ་ཏོག་ལ་ཕན་པ་ཤེས་ནས། རང་དབང་མེད་པར་དགའ་སྤྲོ་སྐྱེས། དེར་བརྟེན་སྤྱི་

གླིང་དུ་“སྲིན་གླིང་”ཞིག་བསྐྲུན་ནས་དབྱར་ཁའི་མཚན་མོར་འོད་སྣང་སྤྲིན་པ་དང་། སྟར་རྒྱལ་པོས་དབང་དུ་བསྡུས་པའི་ངལ་ལས་པ་དེ་དག་གིས་མི་དམངས་ལ་ཞབས་ཕྱི་སྒྲུབ་ཏུ་འཇུག་པའི་གོ་སྐབས་ཤིག་སྤྲིན་ན་ཅིས་མི་ཆོག་པར་འདོད། ཡིན་ནའང་ལོ་བཅུའི་ཟིང་འཁྲུག་ཆེན་པོའི་ནང་དུ། སྤྱི་གླིང་ཡང་སྒོ་གཏན་ལ་ཉེ་བས། “སྲིན་གླིང་”གི་བསམ་བཀོད་དེ་སྟེ་མོ་ནས་གར་སོང་ཆ་མེད་དུ་གྱུར།

ཉིན་འགའི་སྔོན་ལ། སྟེས་དབང་གི་སྐབས་སླུགས་ཤིག་དང་འཕྲད་ནས། ཉུ་པོ་སློབ་གྲོགས་དང་མཉམ་དུ་ཆེན་ཧྭ་ཧྲུ་སྐོར་ཞིག་རྒྱག་ཐུབ་བྱུང་། དཔེ་མཛོད་ཁང་ནི་ཐེངས་རེ་རེ་བཞིན་ཇེ་ཆུང་དུ་སོང་ཡོད་ཅིང་། སྔོན་ཆད་ཀྱི་སེམས་ནང་གི་བརྗོད་ཆགས་པ་དེ་འདྲ་ཞིག་མིན། གཟབ་ནན་དང་འབད་བརྩོན་གྱི་དཔེ་ཀློག་གི་ངང་ཚུལ་དེ་སྔར་བཞིན་གནས་ཤིང་། དཔེ་མཛོད་ཁང་གི་ཤེལ་སྒོའི་ཐང་གཙལ་ད་དུང་ཡོད། ཆེས་ཧྲེང་ཞབས་ཀྱི་ཚགས་པར་ལྟ་ཀློག་ཁང་དུ་སྔར་བཞིན་མི་མང་པོས་ལངས་ནས་ཚགས་པར་ལ་བལྟ་བཞིན་ཡོད། ཉུ་པོས་ཁོས་རྒྱུན་པར་རྨི་ལམ་གཅིག་པ་སྟེ། འདིར་ཡོང་ནས་ཚགས་པར་གཡར་ཏེ་བལྟ་བ་རྨིས་པ་ཡིན་ཟེར། ཧྲེང་ཞབས་སུ་དཔེ་མཛོད་ཀྱི་དཀར་ཆག་བཤེར་ཀློག་བྱེད་པའི་རྩེས་འཁོར་ཞིག་བཞག་འདུག ཉུ་པོས་སྤྲོ་སྣང་ཆེན་པོས་རྩེས་འཁོར་མདུན་གྱི་མི་ལ་གླེང་མོལ་བྱེད་པས། རྗེས་ཕྱོགས་ཁོའི་རྨི་ལམ་གྱི་ཁ་ཕྱོགས་འགྱུར་སྲིད། ངས་སྲིན་འབུ་མེ་ཁྱེར་རྨི་ལམ་དུ་ཡེ་ནས་རྨིས་མ་མྱོང་། ཆུ་ཕྲན་གྱི་ཕྱོགས་སུ་འགྲོ་སྐབས།

ཉིན་མོ་ཡིན་པའི་རྐྱེན་གྱིས་སྤྲིན་འབུ་མེ་ཁྱེར་མཐོང་བའི་རེ་བ་བཅངས་མེད་མོད། འོན་ཀྱང་རྩྭ་གསེང་གི་སྟག་གཟིག་མེ་ཏོག་དང་བ་ལུ་ནག་པོའི་ཁ་དོག་མིག་གི་ལྟད་མོར་འགྱུར་ཐུབ་པར་འདོད། སློ་ཡུལ་ལས་འདས་པ་ཞིག་ལ་མིག་ལམ་དུ་མཐོང་བ་ནི་གྲམ་པ་སྐམ་པོ་ཞིག་དང་ངོགས་གཉིས་ཀྱི་སྐྱ་ཐོ་ཐོའི་ས་དམར་ཡིན་ཞིང་། དཔྱིད་ཆར་སིམ་སིམ་དུ་བབས་ནའང་ལྗང་འགྱུར་གྱི་རྟགས་ཅི་ཡང་མེད། དྭངས་ཤིང་ལྷུང་ལྷུང་དུ་འབབ་པའི་ཆུ་ཕྲན་ནི་ནམ་ཞིག་ལ་གང་ཞིག་ཏུ་བཞུར་བ་ཡིན་པའང་མི་ཤེས་པར་གྱུར། ང་ཚོའི་དང་མའི་ཁྱིམ་དུ་ཁང་པ་གསར་པ་སྲུབས་ཡོད་པ་དང་། ད་ལྟ་བྱིས་པའི་ཁངཡིན། གུང་གསེང་གི་སྐབས་ཡིན་རུང་བྱིས་པ་མི་ཉུང་བ་ཞིག་གིས་མིག་ཧུག་ཧུག་གིས་ང་ཚོར་བལྟ་བ་རེད། "མིག་འབྲས་ནག་ཤིག་ཤིག་ཡིན་པའི་བྱིས་པ་འདི་ཚོ། མིག་དངོས་གནས་ནག་པོ་རེད"ཅེས་པ་མི་དྲན་རང་དྲན་བྱུང་།

དོན་བྱ་ནམ་ཡིན་ཡང་འགྱུར་བཞིན་ཡོད་པ་དང་། ལྟེ་བའང་རྟག་ཏུ་འགྱུར་སྲིད། ད་ལྟའི་ཆེན་ཏྭ་ཡི་ཐོག་ཁང་གཙོ་བོ་དེའི་བརྗིད་ཉམས་ཀྱང་ཅི་ཐོག་ཁང་དང་བསྡུར་ཐབས་མེད། ཉེ་རབས་དངོས་ལུགས་དངོས་བཤེར་ཁང་གི་གཞི་ཀྱུའི་རེའུ་མིག་གིས་མི་ལ་ཚན་རིག་གི་འོད་སྣང་འབར་བའི་ཚོར་བ་སྐྱེར་ཞིང་། སྤྲིན་འབུ་མེ་ཁྱེར་ཚོས་འགྲན་ཟླ་བྲལ་བ་ཞིག་ཀྱང་ཡིན། ང་ཚོ་ལྕགས་རྟར་ཞོན་ནས་ཆར་བས་བརླན་པ་དང་། དགའ་སྤྲོའི་ངང་གང་ས་གང་དུ་སློབ་གྲོགས་ཀྱི་མིང་ཐོ་བཀོད་པ་ཡིན། ལོ་རབས་བཅུ་ཕྲག་ནས་

ལོ་རབས་བདུན་ཅུའི་རིང་ལ་བསྐྱར་དུ་སྒྲིག་པའི་ཚིག་ཚེ་རིང་མོའི་མདུན་དུ། དབུ་ལ་ཁ་བ་དཀར་པོའི་ཞྭ་མོ་གོན་པ་ལྷ་བུའི་སྐྲ་དཀར་དང་། བློས་ཐུབ་ཡིད་རྟོན་གྱི་དར་མའི་ཕྲག་དཔུང་། མདངས་ལྡན་ཞིང་འོད་བཀྲ་བའི་སྐྱི་ལྤགས་དང་མིག་ཟུང་གིས་བརྗོད་ཉམས་ལྡན་པའི་ངང་ནས་མི་ཚེའི་བཞུད་ལམ་བསྐྱུན་བཞིན་ཡོད། ངའི་བསམ་པར་ལམ་བུ་རིང་ཞིང་དུས་ཡུན་ཐུང་བའི་བགྲོད་ལམ་དུ། སྔོ་སྐྱ་དང་དཀར་གཙང་གི་མེ་ཏོག་སྟེ་སྟག་གཟིག་མེ་ཏོག་དང་བ་ལུ་ནག་པོའི་མེ་ཏོག་ནི་མེད་དུ་མི་རུང་ཞིག་ཡིན་པར་འདོད། རྒྱུ་མཚན་ནི་འཇིག་རྟེན་འདིར་དོན་དག་མང་པོ་ཞིག་གཏན་ནས་བརྗོད་མི་ཐུབ་ཅིང་། དོན་དག་མང་པོ་ཞིག་སྨྲ་མོ་ནས་བརྗོད་འོས་པས་སོ། །

ཡིན་ནའང་དཀའ་ཁག་གི་གནས་སུ་དེ་བས་ཀྱང་འོད་འབྱིན་དགོས། རྩ་གསེང་ནས་གཡེང་བཞིན་པ་དང་འཕུར་བཞིན་པ། སྒྲོ་བས་ཁེངས་པའི་སྤྲིན་མེ་རྒྱུན་དུ་ངའི་སེམས་ཁོང་ནས་འཚེར་བཞིན་ཡོད།

1980ལོའི་ཟླ6པར།

སྨད་ཆ།

མེ་ཏོག་མཆོད་པའི་དུས་ཆེན་གྱི་རྗེས་དྲན།

ལུགས་རྙིང་གི་ཟླ་གཉིས་པའི་ཚེས་བཅུ་གཉིས་ཀྱི་ཉིན་ནི་མེ་ཏོག་སྣ་བརྒྱ་བཞད་པའི་ཉིན་མོ་ཡིན་ཏེ། མེ་ཏོག་མཆོད་པའི་དུས་ཆེན་ཡིན། དུས་ཆེན་རྗེས་ཀྱི་ཉིན་བཅུ་སྟེ། ལུགས་རྙིང་གི་ཟླ་གཉིས་པའི་ཚེས་ཉེར་གཉིས་ཀྱི་ཉིན་ལ། ཅིག་སྟོང་བརྒྱད་བརྒྱའི་གོ་བཞིའི་ལོ་ནས་བཟུང་། དྲིན་ཆེན་མ་ལོ་རིན་ཙད་ཁྲུང་སྐུ་ཞབས་ཀྱི་འཁྲུངས་སྐར་ཡིན་ཞིང་། ད་ལྟའི་བར་དུ་ལོ་ངོ་དགུ་བཅུ་གོ་དགུ་འཁོར་ཡོད།

ཨ་ཞང་གྲི་མེན་ཀུང་གིས་འོད་གསལ་ལོ་རབས་སུ་རྩུས་རིན་གྱི་འགན་བཞེས། གཞོན་དུས་ནས་མནའ་མཐུན་ཚོགས་པའི་ཁོངས་མི་ཡིན་ཞིང་། གསར་བརྗེའི་ལས་ལ་བརྩོན་པ་དང་། ཚེ་མཇུག་ཏུ་མར་ཁེ་སི་རིང་ལུགས་ལ་དད་མོས་བྱུང་། ཁོའི་བློ་གཞོགས་ཡངས་ཤིང་སྐྱེས་མ་ཚོའི་རྐང་པ་བསྡམ་རྒྱུར་མི་འཐད་པར། ཤེས་བྱ་སྦྱང་དགོས་པར་འདོད། ཨ་མ་ནི་མེང་གོའི་དུས་མགོར། སྐབས་དེའི་བུད་མེད་ཀྱི་ཆེས་མཐོ་བའི་སློབ་གླིང་སྟེ་པེ་ཅིང་སྐྱེས་མའི་དགེ་འོས་སློབ་གྲྭར་འགྲིམས་ནས་སློབ་གཉེར་བྱས། 1918ལོར་སློབ་མཐར་ཕྱིན། ལོ་དེར་ངའི་ཨ་ཕ་ཧྱིན་ཡིག་ལེན་སྐུ་ཞབས་དང་ཁེ་རྫུན་ནས་གཉེན་གྱི་ཆོ་ག་སྒྲུབ།

ཁྱིམ་དུ་ཐམ་ག་རྙིང་པ་ཞིག་ཡོད་པ་དེའི་ཐོག་ཏུ“ཐུའུ་མེན་ནི་ཧྱིན་

རྨུས་སུ་གཏོགས”ཞེས་པའི་ཡིག་འབྲུ་འགའ་བཀོས་ཡོད། རྒྱུ་མེན་ནི་ངའི་ཨ་མའི་མིང་ཡིན། སྔོན་ཆད་དེ་ཙ་ཆེན་ཞིག་ཏུ་མ་འདོད་མོད། འོན་ཀྱང་ཕ་ལོ་མ་ལོ་གཉིས་ཀ་ཚེ་ལས་འདས་རྗེས། ཐམ་ག་དེའི་དོན་སྙིང་གསལ་པོར་རྟོགས། དེས་ཁྲིམ་རྒྱུད་ཅིག་གི་རྒྱུད་འཕེལ་མཚོན་ཞིང་། མི་རབས་ནས་མི་རབས་སུ་འཛིག་རྟེན་ཁམས་ཀྱི་མི་སྣ་སྣ་ཚོགས་འཁྲབ་སྟོན་བྱས་ཏེ། སྐྱི་ཚོགས་ལ་བྱས་རྗེས་ཕྲན་བུ་རེ་རེ་བཞག་ནས། ཚོན་ལྡན་གྱི་དྲན་ཤེས་མི་འདྲ་བ་སྣ་ཚོགས་ཤུལ་བཞག་མཛད།

ངེད་ཚང་དུ། ཨ་མ་ནི་ཆེས་གླ་ན་མེད་པའི་ཁྲིམ་སྐྱོང་བདག་མོ་ཡིན་ཞིང་། ཉིན་རྒྱུན་གྱི་འཚོ་བ་ཡོད་ཚད་ཨ་མས་འཛིན་སྐྱོང་བྱེད་དེ། ཉིན་གཅིག་གི་བཟའ་བཏུང་ཐུན་གསུམ་དང་དུས་བཞིའི་གྱོན་ཆས། ཁྱིམ་པའི་གཉེར་སྐྱོང་སློབ་གསོ། གཉེན་ཉེའི་འབྲེལ་འདྲིས་ལ་སོགས་པར་ཇི་འདྲའི་སེམས་ཤུགས་འདོན་དགོས་སམ། ང་ལ་ཆུང་དུས་ནས་ན་ཚ་མང་བས་རྒྱུན་དུ་ནད་གདོན་དང་འགྲན་རྩོད་བྱེད་དགོས་ཤིང་། ནད་གདོན་ལས་སྲུ་མཐུད་དུ་རྒྱལ་ཐུབ་པའི་རྒྱུ་རྐྱེན་གཙོ་བོ་ནི་ངའི་ཨ་མ་ཡིན། གལ་ཏེ་ཨ་མ་མེད་ཚེ་ང་རང་གསོན་དཀའ། ཁུན་མེང་དུ་ཡོད་སྐབས་ཁྲག་ཟླུངས་ཉམས་ནད་ཚབས་ཆེན་བྱུང་ནས། རྗེས་དྲན་སློབ་ཁྲིད་དུ་ལངས་ཞོར་དུ་བརྒྱལ་འགྲོ་བ་རེད། ཕྱིས་སུ་འདུས་འདྲིལ་གློ་གཙང་གི་ནད་ཐོག་ནས་སློབ་སྦྱོང་དགོངས་ཞུ་བྱས་ཏེ་ཡུལ་ནས་ངལ་གསོ་བྱས། སྐབས་དེའི་བཙོ་ཐབས་ནི་ཉིན་གཅིག་ལ་བྱ་སྔོང་ལྔ་བཟའ་བ་དང་། དུས་ཚོད་ཕྱེད་ཀའི་རིང་ལ་ཉེ་མར་ལྔེ་དགོས་པ་དེ་ཡིན། ཨ་མས་ཆེད་དམིགས་སུ་ང་ཡི་ཉལ་ཁྲི་ཉེ་མ་ཡོད་ས་ཞིག་ཏུ་བཀོད་སྒྲིག་བྱས་ཤིང་། ཐྲེལ་བ་ཇི་འདྲ་ཆེ་རུང་དུས་ཚོད་ཕྱེད་ཀ

དེའི་རིང་ལ་ང་ཡི་གམ་དུ་བསྡད་ནས་སྐར་མ་ཆལ་བ་ཙམ་ལའང་རྒྱུན་འཁྱོངས་བྱེད། ང་ལ་སྔོན་ཆད་རྒྱུ་རྐྱེན་སྣ་ཚོགས་ཀྱི་དབང་གིས་ལུས་ཚ་མཐོན་པོ་རྒྱས་པས། སྨན་བསྟེན་སྨན་འཐུང་བྱེད་པ་ལས་གཞན། ད་དུང་ཨ་མས་སེམས་ཤུགས་ཡོད་རྒུ་བཏོན་ནས་བདག་སྐྱོང་ཞིབ་མོ་བྱེད་ཅིང་། ཁེམ་བུ་ཆུང་ངུས་ཆུ་ལྡུད་པ་དང་ལག་ཕྱིས་གྲང་མོ་ཐོད་པར་སྦྱར། ཐེངས་ཤིག་ལ་ཚ་བ་མཐོན་པོ་རྒྱས་ནས་དྲན་པ་ཉམས་པའི་ཁྲོད་དུ། གུ་དོགས་པའི་ཕུག་ལམ་ཞིག་ཏུ་རྒྱུ་བ་ལྟ་བུར་ཐར་དཀའ་ཞིང་། རང་གིས་ད་ནི་འཆི་དགོས་སྙམ་པའི་སྐབས་སུ། ཨ་མའི་ལག་པར་འཛུས་སོང་བས་ད་གཟོད་རང་ཉིད་ཡུལ་ན་ཡོད་པ་དང་། བདེ་འཇགས་ཡིན་པ་རྟོགས། ཕྱིས་སུ་ང་ལ་མིང་བཏགས་མི་མཐུན་པའི་གཤགས་བཅོས་མང་པོ་བྱས་ཤིང་། མི་རྣམས་ཀྱིས་ཀྱང་"གྲི་གཙགས་སྦྱོང་མཁན"གྱི་མཚན་སྙན་གསོལ། གྲི་གཙགས་སྦྱོང་བའི་གོ་རིམ་དུའང་། ཨ་མས་ཡང་ནས་ཡང་དུ་སྨན་ཁང་དུ་འགྲོ་རོགས་བྱས་པ་ཡིན། སྨན་ཁང་གི་སྨན་པ་ཚོས་རྟག་ཏུ་ངས་ཨ་མར་རོགས་བྱེད་པར་འདོད་པ་དང་། དོན་དམ་པར་ཨ་མས་ང་ལ་རོགས་བྱེད་པ་རེད། ང་རང་ལོ་བཞི་བཅུ་ལ་སོན་ཙང་ད་དུང་ཨ་མའི་གམ་དུ་ཉལ་ན་ད་གཟོད་བདེ་འཇགས་ཤིག་ཡིན་པའི་ཚོར་བ་སྐྱེས།

ཨ་མའི་གཅེས་སྐྱོང་གི་སྐོར་ལ། ཞིབ་ཅིང་ཕྲ་བའི་རྙོག་འཛིང་ཆེ་བ་རྣམས་བརྗོད་ཀྱིས་མི་ལང་ལ། ཡོད་ཚད་བརྗོད་འདོད་ཙང་བརྗོད་དཀའ། ཞིབ་ཅིང་ཕྲ་བའི་རྙོག་འཛིང་འདི་དག་ཡོད་པས་ན་ད་གཟོད་ཁྱིམ་ཚང་ཞིག་གྲུབ་ཐུབ། ཁྱིམ་ཚང་འདི་ལ་གང་ས་གང་དུ་གསོན་ཤུགས་རྒྱས་ཤིང་། ཀྱང་ལྡེབས་ལག་མཐིལ་ཙམ་ཞིག་དང་། སྐེའུ་ཁུང་གི་རས་ཡོལ་ཚུན་གང་རེའི་

བར་དུའང་གསོན་ཤུགས་རྒྱས་འདུག སློབ་ཆུང་གི་སྐབས་སུ་ཁ་བྱང་ལ“ངེད་ཚང་གི་ཁྱིམ”ཞེས་པའི་རྩོམ་ཡིག་ཅིག་བྲིས་ཤིང་། དེའི་ནང་དུ“ཁྱིམ་ཚང་ཞིག་ལ་མཚོན་ན་ཨ་མ་མེད་ན་མི་ཆོག་སྟེ། ཨ་མ་ནི་དཔྱིད་དཔལ་ལྷ་བུ་དང་། ཉི་མ་ལྟ་བུ་ཡིན་ལ། ཨ་ཕ་ཡོད་མེད་ནི་དེ་འདྲའི་གལ་ཆེན་ཞིག་མིན”ཞེས་པའི་གདམ་ཚིག་བྲིས་པ་ཡིན། ལས་བྱ་ཁྱིམ་བདག་གྲོས་ཚོགས་ཀྱི་སྟེང་དུ་འགྲེམས་སྟོན་བྱས་པ་དང་། ཨ་ཕས་དེ་མཐོང་ནས། ཕྱིར་ཁྱིམ་དུ་ལོག་ནས་ཨ་མ་ལ་ཞིབ་བརྗོད་བྱེད་ཅིང་། རང་ཉིད་ཀྱི་གོ་གནས་ལ་མཐོང་ཆེན་དེ་འདྲ་མི་བྱེད་པ་འདྲ། ཕྱིས་སུའང་རང་ཉིད་ཀྱི་གལ་ཆེན་རང་བཞིན་གྱི་ཐད་དུ་འབད་པ་མི་བྱེད་པར། ཁོའི་མཚན་ཉིད་རིག་པའི་ཞིང་ཁམས་སུ་བློ་སེམས་འཁོར་བ་རེད།

ཀོ་རི་སེའི་དཔལ་ཡོན་ནི་ཐྲན་གཡོག་ལམ་ལུགས་ཀྱི་དུས་ནས་དར་བ་ཞིག་ཡིན་ལ། རྒྱུ་རྐྱེན་ནི་ཐྲན་གཡོག་ཡོད་པས་རང་དབང་ཆེ་བའི་མིས་བསམ་པའི་བྱེད་སྒོ་སྤྱིལ་ཆོག་པས་སོ།། ངས་རྒྱུན་དུ་ཨ་ཕ་དང་ཨ་མའི་ལས་བགོས་ནི་གནའ་བོ་ཀོ་རི་སེ་དང་འདྲ་ཞེས་བཤད་པ་ཡིན། ཕ་མ་བཞུགས་པའི་དུས་སུ། སྐུ་ཞབས་ཀྱིས་བློ་སེམས་རྩེ་གཅིག་གིས་སློབ་གཉེར་བྱེད་པ་དང་། ཆུང་མས་ཁྱིམ་ལས་བྱས་ཏེ་ཁྱིམ་དོན་གྱི་སེམས་ཁྲལ་སེལ་རྒྱུ་ནི་རྒྱུན་ལྡན་ཞིག་ཡིན། ཡིན་ཡང་ཨ་ཕ་ནི་ཆེས་དམིགས་བསལ་ཅན་ཞིག་ཡིན་ཏེ། ཁོ་ཚོ་ནི་དངོས་གནས་མི་གཅིག་ཚལ་བ་གཉིས་སུ་བགོས་ཏེ། ཕྱེད་ཀས་སློབ་གཉེར་བྱེད་པ་དང་། ཕྱེད་ཀས་ཁྱིམ་ལས་གཙོ་བོར་བཟུང་ནས། ཕན་ཚུན་འཆམ་མཐུན་ཡོང་ཞིང་ཆད་ལྷག་སྤྲ་ཙམ་ཡང་མེད་པས། ཁོ་ཚོས་གོང་མའི་འདུན་པ་བསྐངས་འདུག་ཅེས་བཤད་ཚོག་ཚོག་ཡིན།

ཨ་མས་ཨ་ཕ་ལ་གནང་བའི་སེམས་ཁུར་ནི་དངོས་གནས་ཞིབ་ཅིང་ཟབ་ལ། ཨ་མ་ཨ་ཕ་ལ་བརྟེན་པ་ཡང་མཐར་སོན་པ་ཞིག་ཡིན། ང་ཚོའི་ཕ་ཕྱུན་ཨ་ནེའི་ཟླ་བོ་ཀྲང་ཏེ་ཉན་སྐུ་ཞབས་ཀྱིས་བཤད་རྒྱུར། "ཕྱིན་སྐུ་ཞབས་ཀྱི་སློབ་གཉེར་བྱེད་པའི་ཆ་རྐྱེན་ནི་གཞན་གྱིས་འགྲན་ཟླ་བྲལ་བ་ཞིག་ཡིན། ཕྱིན་སྐུ་ཞབས་ཀྱིས་ཚེ་གང་བོར་སྡུ་ཚོད་ཅིག་ཉོས་མ་མྱོང་" ཞེས་ཟེར། བསམ་བློ་ཞིབ་མོ་ཞིག་བཏང་ན། ཁུན་མེང་གི་གཞི་རིམ་དུ་སྡོད་སྐབས། རེ་ཞིག་ལ་ཨ་མའི་སྐུ་ལུས་མི་བདེ་བའི་དུས་སུ་ཨ་ཕས་ང་ཚོ་ཁྲིད་ནས་ཁྲོམ་ཚོང་ལ་སོང་མྱོང་མོད། འོན་ཀྱང་ཐེངས་མང་པོ་མེད། ཕོའི་འཚོ་བ་ནི་ཕལ་ཆེར་བཟས་ཚོག་ཚོག་དང་གོན་ཚོག་ཚོག་ཅིག་ཡིན། གནའ་མིའི་བཟའ་ཟླ་འགྲིག་མཐུན་གྱི་དཔེ་འཛོམ་སྟེ། ཁྱིམ་ཐབ་བར་གྱི་གུས་ཞེན་ཞེས་པའི་ཡིག་འབྲུ་དུ་མ་དེའང་དོན་དངོས་སུ་མེང་ཀོན་གྱིས་ལིང་ཧྲང་ལ་གསོལ་ཟས་འདྲེན་དུས། "དུས་ནམ་ཞིག་ལ་མེང་ཀོན་གྱིས་ལིང་ཧྲང་གི་ཀྱིད་གཞི་བསྟུམ་ཐུབ" ཅེས་དྲིས་པ་དེ་ཡང་ཟས་མཆོག་གཡོས་སྦྱོར་བྱས་རྗེས་སུ་ཡིན་དགོས།

གནའ་རབས་སུ་ཆ་ཡིག་ཅིག་ཡོད་དེ། "གནའ་དེང་གསོལ་ཁང་སྐྱེས་བུར་རིང་དུ་བྲལ། ཇ་ཁང་མཛངས་མ་ཐོག་མའི་དུས་ནས་མཁས།" ཞེས་པ་དེ་དེད་ཚང་ལ་ཤིན་ཏུ་འཚམ། ཨ་མས་བཟའ་མི་གང་བོའི་དོན་དུ་སེམས་ཤུགས་ཕུལ། བཟའ་བཏུང་དབུལ་བའི་དུས་སུའང་ཐབས་བརྒྱ་རྩུས་སྟོང་གིས་ཚང་མའི་འཚོ་བ་ཇེ་བཟང་དུ་གཏོང་བ་རེད། མོས་ལྷས་ར་གཅིག་པའི་ཁྱིམ་མཚེས་ཕྱི་གླིང་མའི་མདུན་ནས་མེན་པའོ་སྲིག་ཚུལ་སྦྱང་སྟེ། ཞོག་ཁོག་རྒྱུ་ཆ་བྱས་ཤིང་། ཞོག་ཁོག་བསླལ་རྗེས་དབུགས་སྟོབས་ཆེ་བ་དང་།

“ཕིན”སྒྲ་དང་བཅས་པར་ཁ་གཙོད་བརྒྱངས་ནས་གས་སྒྲས་ཁང་ཀླད་བཤིག་ལ་བྱེད། ཁྱུན་མེང་དུ་སྟོད་སྐབས་ཐེངས་ཤིག་ལ་ཨ་ཕར་རྒྱ་ཚད་ཐོར་སེབ་ཀྱི་ནད་ཕོག འདི་ནི་སྐབས་དེར་ཧུབ་ལྟོ་མཉམ་འབྲེལ་སློབ་ཆེན་གྱི་སློབ་གྲྭའི་སྨན་པ་གྲིན་ལགས་ཀྱིས་རྒྱུན་པར་བརྟག་པའི་ནད་ཅིག་ཡིན་ལ། བཅོ་ཐབས་ནི་ཆུ་ཚོད་རེ་ལ་ཁུ་ཐང་ཐེངས་གཅིག་འཐུང་བ་ལས་ཟ་མ་མི་བཟའ་བ་དང་། ཉིན་འགའི་རྗེས་སུ་ཁུ་ཐང་དེ་ཕྱེ་འབག་ཏུ་བསྒྱུར་བ་རེད། ཨ་མས་ཕག་གི་རྒྱབ་ཤ་དང་མཆིན་པས་ཁུ་ཐང་གདུས་ཤིང་། ཕྱེ་ཐུག་བརྡལ་ནས་ཞིབ་བུར་གཏུབ་སྟེ་ཁུ་ཐང་གི་ནང་དུ་བསྐོལ་བ་རེད། མི་ལ་ལས་དེ་མཐོང་ནས་ཕྱིན་ལྷམ་མོས་བསྐོལ་བའི་ཟ་མ་ཟས་ན་ནད་ཀྱང་དྲག་ངེས་ཟེར།

ཆིག་སྟོང་དགུ་བརྒྱ་རེ་བཞི་ལོར་ཨ་ཕར་སྟོད་རྩ་ཁྲག་རྟོག་གི་ནད་ཕོག་ནས། པེ་ཅིང་སྨན་ཁང་དུ་ཟླ་བ་གཉིས་ཀྱི་རིང་ལ་ཉལ་སར་ལྷུང་། ཨ་མས་ཉིན་རྒྱུན་དུ་སྨན་ཁང་དུ་ཟ་མ་བསྐྱལ་བ་ཡིན་ལ། སྐབས་འགར་གྲོང་ཁྱེར་ནང་ཁུལ་གྱི་ང་ཡི་སྟོད་ས་དང་། སྐབས་འགར་པེ་ཅིང་སློབ་ཆེན་གྱི་སྟོད་ས་གང་དུ་བསྡད་ཀྱང་། གང་ལྟར་ཆེས་སྟོན་མར་སྨན་ཁང་དུ་སླེབ་ཐུབ། ངས་རོགས་བྱེད་འདོད་ཅིང་ཨ་མ་ལྟ་བུའི་ལག་ཟས་མེད། ཨ་ཕ་རྣམས་དུས་སུ་རྒྱུན་པར་ཕྱེ་ཐུག་འཐུང་འདོད་པ་དང་། ངས་ཀྱང་ཐེངས་དུ་མ་ཞིག་ལ་ཚོད་ལྟ་བྱས་རུང་ལེགས་འགྲུབ་མ་བྱུང་བས། དེ་ནས་བཟུང་ཧུར་ཐག་བྱེད་མ་འདོད།

ཨ་མའི་ཡོད་ཚད་ཁྱིམ་ཚང་འདི་ལ་ཕུལ་བ་རེད། དོན་དངོས་སུ་ཨ་མའི་འཛིན་ཐང་ནི་ཁྱིམ་ལས་རྒྱག་པ་གཅིག་པུ་ག་ལ་ཡིན། ཨ་མ་སྐབས་

MILK
囍

ཨ་མ་སྐབས་དེར་ལོ་བཞི་བཅུ་ལ་སོན་མེད་པ་དང་། མ་གཞི་སྐྱ་བོ་དང་དེའི་ཐོག་ཏུ་མེ་ཏོག་སྔོན་པོའི་རི་མོ་ཡོད་པའི་སེང་རས་ཀྱི་ལྭ་བ་ཞིག་གོན་ནས། ཁང་པའི་ནང་དུ་བསྡད་ཡོད་ལ། སྐྲ་གནག་ཅིང་ཤ་མདངས་དཀར། རྒྱུན་དུ་ཕྱི་གླིང་པའི་ལྷམ་མོའི་བརྙན་པར་ཡོད་པར་བཤད་མོད། ངའི་ཨ་མ་ལ་བརྙན་རིས་འབྲི་མཁན་མེད་པ་ཅི་ཡིན་ནམ་སྙམ།

དེའི་བུད་མེད་ཀྱི་ཆེས་མཐོའི་སློབ་གླིང་ལས་སློབ་མཇུག་སྒྲིལ་བ་དང་། སྤར་ཧུ་ནན་བུད་མེད་དགེ་འོས་སློབ་གྲྭའི་གྲབས་སྦྱོང་ཚན་ཁག་གི་ཨང་རྩིས་དགེ་རྒན་བྱས་མྱོང་། མོར་ཕྱི་ཚན་སྨན་པའི་ལག་རྩལ་རྫོགས་ཤིང་དོན་སྒྲུབ་ཀྱི་འཛོན་ནུས་ཆེན་པོ་ལྡན་པ་ཡིན། ཕྱི་ཚན་སྨན་པའི་བྱ་བ་བསྒྲུབས་མ་མྱོང་མོད། འོན་ཀྱང་ཉིན་རྒྱུན་གྱི་འཚོ་བའི་ཁྲོད་དུ། ཨ་མའི་འཚེམ་ལས་དང་ཞིག་གསོའི་ལག་རྩལ་ལས་ཤེས་ཐུབ། དོན་སྒྲུབ་ཀྱི་འཛོན་ནུས་རེ་ཞིག་ལ་ངོམས་མྱོང་།

ལོ་རབས་ལྔ་བཅུ་པའི་མགོ་ནས་ཆིག་སྟོང་དགུ་བརྒྱ་རེ་དྲུག་ལོའི་བར་དུ། ཨ་མས་སྟོད་དམངས་ཨུ་ཡོན་ལྷན་ཁང་གི་བྱ་བ་བསྒྲུབས་པ་དང་། པེ་ཅིང་སློབ་ཆེན་གྱི་ཡན་ལྷོ་དང་ཡན་ཤར། ཡན་ནུབ། ཅིན་ཁྲུང་། ལང་རུན། ཝེ་ཞུག ཁྲིན་ཙེ། ཀྲུང་ཀོན་བཅས་ཁུལ་ཆེན་བརྒྱད་ཀྱི་ཀྲུའུ་རེན་གྱི་འགན་བཞེས། སྤར་ཁྱིམ་བདག་མ་ཚོ་རྩ་འཛུགས་བྱས་ནས་དཔེ་དེབ་འཚེམ་རྒྱག་ཁང་དང་འཚེམ་དྲུབ་ཁང་སོགས་སྒྲུབ་མྱོང་། མ་ལོ་སྐྱུ་ངལ་ལ་མི་འཇེམ་ཞིང་དུས་རྒྱུན་དུ་ཐང་གསུམ་འཁོར་ལོར་ཞོན་ནས་ཁུལ་བརྒྱད་ཀྱི་བར་དུ་འགྲོ་འོང་བྱེད། འདི་ནི་ཁྱིམ་ཚང་གི་ཞོར་དུ་སྤྱི་ཚོགས་ལ་ཞབས་ཕྱི་སྒྲུབ་པ་ཡིན་ཏེ། མོས་དེ་ནི་རླབས་ཆེ་བར་སྙམ་ནས། ཧག་ཏུ་བློ་གཅིག་སེམས་གཅིག་གིས་སྒྲུབ་པ་རེད། སྟོད་དམངས་ཨུ་ཡོན་ལྷན་ཁང་གི་ཁོང་མི་ཚོས་རྒྱུན་པར་ངེད་ཚང་ནས་སློབ་སྦྱོང་བྱས་པ་དང་། དང་ཐོག་ཧེ་ལིན་གྱི་ལྷམ་མོ་ལིག་ཙི་ཧྭང་དང་ཧེ་ཆེ་ཧྭང་གི་ལྷམ་མོ་སྲུའུ་ཙེ་མེང་སོགས་ཚང་མ་ཁོང་མི་ཡིན། ཕྱིས་སུ་ཁོ་ཚོ་གྲོང་ཁྱེར་ནང་ཁུལ་དུ་གཞིས་སྤར་བས། ལྷུའུ་ཙུའུ་ཞང་གི་ལྷམ་མོ་ཧྲིན་ཧྲུའུ་ཡོན་སོགས་ཞུགས་པ་རེད། ལོ་རབས་ལྔ་བཅུ

པར་མི་དམངས་འཐུས་མི་འདེམས་བསྐོ་བྱེད་ཐེངས་ཤིག་ལ། སུ་ཞིག་གིས་ང་ལ་བཤད་པ་མི་ཤེས་སོད། "རིན་ལྡུམ་མོའི་འཐོད་སྐྱུལ་ཆེས་མཐོ"ཟེར། འདི་ནི་དངོས་གནས་སྟོད་དམངས་ཀྱི་འཐོད་སྐྱུལ་ཞིག་ཡིན།

ངའི་སེམས་རྒྱུད་དུ་བརྙན་རིས་འགའ་ཞིག་ཡོད་དེ། བསྟོད་གྱིན་བསྟོད་གྱིན་ཇེ་གསལ་རེད།

གཅིག་ནི་ཆེན་ཧྭ་ལྷས་རའི་གནས་ཁ་པ་ཡིན་ཏེ། ཉི་གཡབ་བསྐྱེད་དེ་ལས་པའི་ཁང་པ་གྱུན་མིག་གཅིག་ཡོད་ཅིང་། ཕྱོགས་གསུམ་སྣེ་ཁྱུང་ཡིན་ཏེ་ཤེལ་ཁང་ཟེར། ཨ་མས་རྒྱུན་དུ་དེ་གར་བྱ་བ་སྒྲུབ་པའམ་ངལ་གསོ་བྱེད། དབྱར་ཁའི་ཉིན་ཞིག་ལ། ཕྱོགས་གསུམ་སྣེའུ་ཁྱུང་གི་ཁར་ཁ་ཆེ་དམ་པེ་དང་ཚ་སྒེར་ཚུང་ངུ་འགའ་བཞག་ཡོད་ཅིང་། དེའི་ནང་དུ་ཚེ་ཀུའུ་ཞེས་པའི་མེ་ཏོག་བཏབ་ཡོད། ཨ་མ་སྐབས་དེར་ལོ་བཞི་བཅུ་ལ་སོན་མེད་པ་དང་། མ་གཞི་སྐྱ་པོ་དང་དེའི་ཐོག་ཏུ་མེ་ཏོག་སྔོན་པོའི་རི་མོ་ཡོད་པའི་སེང་རས་ཀྱི་ལྭ་བ་ཞིག་གོན་ནས། ཁང་པའི་ནང་དུ་བསྡད་ཡོད་ལ། སྐྲ་གནག་ཅིང་ཤ་མདངས་དཀར། རྒྱུན་དུ་ཕྱི་གླིང་པའི་ལྷམ་མོའི་བརྙན་པར་ཡོད་པར་བཤད་སོད། ངའི་ཨ་མ་ལ་བརྙན་རིས་འབྲི་མཁན་མེད་པ་ཅི་ཡིན་ནམ་སྙམ།

བརྙན་རིས་ཅིག་ཤོས་ནི་ཁྱུན་མེང་གཞི་རིམ་གྱི་འབྲུག་མགོའི་སྟེ་བ་ཡིན། གླིང་འཛམགས་ཀྱི་ཕྱི་རྡོ་ཞིག་ལ། ས་ཁང་དང་ལྡུང་མའི་མདུན་ཅོག་ཡོད་པ་དང་། ཨ་མས་ང་ཁྲིད་ནས་ཅོག་ཅེའི་དེའི་མདུན་དུ་བསྡད་དེ། བྱ་ཡོས་གཟེབ་གཅིག་གི་ཐབས་བཞི་བསྲེས་རྩིས་ཀྱི་རྩིས་གཞི་ཁྲིད། ཨ་ཕ་གྲོང་ཁྱེར་ནས་ཕྱིར་ཐོན་ཏེ། དགོད་ཞོར་དུ་འདི་ནི་གཞི་རིམ་གཞིས་ཀའི་སློབ་ཁྲིད་བརྙན་རིས་ཞིག་རེད་ཟེར།

འབྲུག་མགོ་སྙེ་བའི་འགྲམ་གྱི་ཆུ་སྦྲན་ཁུགས་སོ་རུ་འབབ་ཆུའི་གཟར་ཚད་ཆུང་ངུ་ཞིག་ཡོད་ཅིང་། གཞོལ་ཤུགས་ཤིན་ཏུ་ཆེ། གཟའ་འཁོར་རེར་ཐེངས་རེ་གཉིས་ཤིག་ལ་ཨ་མས་ཁྱིམ་ཚང་གང་བོའི་ལྭ་བ་གཟེབ་དྲ་ཞིག་ཏུ་བཙུག་ནས། ང་དང་ནུ་བོ་ཁྲིད་དེ་ཆུ་འགྲམ་དུ་བཀྲུ་རུ་སོང་བ་ཡིན། ད་དུང་བརྙན་རིས་ཤིག་ཡོད་པ་ནི། ཨ་མས་རྐེད་པ་སྒུར་ནས་ལྷུང་ལྷུང་དུ་འབབ་པའི་ཆུ་བོའི་གཞུང་དུ། ཤེད་ཤུགས་བརྟོན་ནས་ལྭ་བ་བཀྲུ་ཞོར་དུ། ང་ཚོ་ཐག་རིང་ལ་འགྲོ་བར་ལྟ་རྟོག་བྱེད་པ་དང་། ཆུ་ནང་དུ་ལྷུང་བར་སེམས་ཁྲལ་བྱེད་པ་དེ་ཡིན། ཉེ་ཆར་མི་གཞན་ལ་ལྭ་བ་བཀྲུ་བའི་དོན་དེ་བཤད་དུས། ན་གཞོན་ཞིག་གིས་མི་གཞན་ལ་ལྭ་བ་བཀྲུ་བ་ཡིན་ནམ་ཞེས་དྲིས་པར། ངས་དེའི་ཚད་དུ་ད་དུང་ཐོན་མེད་ཅེས་ལན་བཏབ་པ་ཡིན། ཕྱིས་སུ་བསམ་བློ་ཞིག་བཏང་ན། གལ་ཏེ་དགོས་པ་བྱུང་ན་འང་ཨ་མ་ངལ་བར་མི་འཛེམ། ཀྲུང་གོའི་བུད་མེད་མཛངས་མའི་རང་གཤིས་ཀྱི་ཁྲོད་དུ། རྟག་ཏུ་ཞུམ་མེད་ཀྱི་ཕྱོགས་གཅིག་ཡོད་དེ། སྐྱེས་པའི་ལ་རྒྱ་མི་ཤོར་བར་བྱེད་པ་དང་། བུ་བུ་མོའི་སློབ་བརྩོན་ལ་སྐུལ་ཐུབ་པ། ཁྱིམ་ཚང་ཞིག་དཀའ་ངལ་ལས་སྒྲོལ་ཐུབ་པའི་རང་བརྩོན་མངོན་ཡོང་། ཁྲུང་ཧྲུ་ཙི་ཡིས་བུད་མེད་ནི་འབྲེལ་འདྲིས་བྱེད་དཀའ་བར་འདོད། དོན་དངོས་སུ་རུའུ་ལུགས་པའི་མི་གཤིས་ཀྱི་ཆེས་མཐོའི་ཚད་གཞི་ནི"བཙན་ཕྱུག་གིས་ཀྱང་སླུ་མི་ཐུབ། དབུལ་པོར་གྱུར་ཀྱང་བློ་མི་འགྱུར། འཇིགས་ཟིལ་བསྟན་ཀྱང་མགོ་མི་སྒུར"ཞེས་པ་དེ་ཡིན་ཞིང་། ཀྲུང་གོའི་སྐྱེས་མའི་ཐུལ་བྱུང་གཤིས་རྒྱུད་མཚོན་བྱེད་དུ་བཀོལ་ན་ཤིན་ཏུ་འཚམ་མོད། འོན་ཀྱང་ཕོ་ཚོས་ཁྱིམ་ཚང་གཙོ་བོར་བཟུང་བ་ཙམ་མོ།།

མ་ལོ་དགུང་ལོ་དྲུག་ཅུ་རེ་གཉིས་ལ་སོན་པའི་ལོ་དེར་སྙི་ཚིལ་སྐྲན་ནད་ཐོག་པ་དང་། གཤགས་བཅོས་བྱས་རྗེས་ཤིན་ཏུ་བདེ། ལོ་རབས་དྲུག་ཅུ་པའི་ལོ་མཇུག་ནས་བཟུང་མཁྲིས་རྡོའི་ནད་ཐོག་པ་དང་། དུས་རྒྱུན་དུ་ཟུག་གཟེར་ལངས་ཤིང་ན་ཚ་སྐྱེས་ལ། ཚ་རྒྱས་པ་རེད། མཇུག་མཐར་གཤགས་བཅོས་མི་བྱེད་ཐབས་མེད་བྱུང་། ལོ་དེར་ཨ་མ་ལོ་བདུན་ཅུ་དོན་ལྔ་ལ་སོན་ཡོད། མཚན་མོར་གཤགས་བཅོས་ཁང་དུ་སོང་བ་དང་། ཨ་ཕ་དང་ངེད་གཉིས་ཀྱིས་བར་འཁྱམས་སུ་སྒུག་བསྡད་པ་ཡིན། ཡུན་རིང་ཞིག་ལ་སྒུག་མཐར། གཤགས་བཅོས་ཁང་ལས་སྨན་ཞབས་ལེབ་འདྲུད་འཁོར་ཞིག་དེད་ཡོང་ཞིང་། ནད་གཡོག་པ་ཞིག་གི་ལག་ཏུ་གནམ་ཁབ་བཏེགས་ཡོད་དེ། གློག་སྒྲོན་ཞིག་དང་འདྲ། ང་ཚོས་ཨ་མ་བདེ་འཇགས་ཡིན་པ་རྟོགས་ཤིང་། སྔར་བཞིན་ངེད་ཚང་ལ་གློག་སྒྲོན་ལྟར་འོད་སྣང་སྤྲིན་ཏེ་བདེ་སྐྱིད་བསྐུན་ཐུབ་པར་བསམ། འདི་ནི་བརྟན་རིས་བཞི་པ་དེ་ཡིན། ཨ་མའི་ལག་པར་འཇུ་དུས། ངའི་སེམས་པ་ཕྲ་མོ་ཁོག་སྟོང་དུ་ལྷུང་བ་དང་། རང་ཉིད་ལ་སྐྱ་བསོད་ཆེ་བར་འདོད།

ཨ་མའི་སྐུ་ལུས་དེ་འདྲའི་བདེ་ཐང་མིན་ན་ཡང་། སྔར་བཞིན་ཁྱིམ་ལས་བརྒྱབ་ནས་དོན་དམ་པས་ཉིན་གཅིག་ལའང་ངལ་གསོ་བྱེད་མ་ཐུབ། མོས་རྟག་ཏུ་ཁྱོད་ཚོས་རང་རང་གི་དོན་དག་ལེགས་པོར་སྒྲུབས་ཟེར། ང་ཚོས་སེམས་བག་ཕེབས་པའི་ངང་ནས་དོན་དག་སྒྲུབ་ཐུབ་པ་ནི་ཨ་མ་ཡོད་པས་ཡིན་ཏེ། ཚོ་གང་པོར་ངལ་ལས་བརྒྱབ་པའི་དྲིན་ཆེན་མ་ལོ་ཡིན་ནོ། །

ཚིག་སྟོང་དགུ་བརྒྱ་བདུན་ཅུ་དོན་བདུན་ལོའི་ཟླ་དགུ་བའི་ཚེས་བཅུ་ཉིན་གྱི་སྔ་གཞུག་ཏུ། ཨ་མས་གློ་བུར་དུ་ཁྲག་སྐྱུག་བྱུང་བ་དང་། པར་

བརྒྱབ་རྗེས་ཐོད་པའི་སྟོད་རྩའི་སྐྲན་ནད་ཡིན་པར་བརྟར་ཤ་བཅད། སྐབས་དེར་ནུ་བོ་ཁྲིམ་དུ་ཡོད་པ་དང་། ང་ཚོས་ཨ་མ་ལོ་ན་བགྲེས་རུང་ནད་གཞི་བཅོ་དགོས་པ་ལས་འགོར་འགྱངས་སུ་གཏོང་མི་རུང་བའི་གྲོས་བྱས། སྨན་ཁང་དུ་འགྲོ་འོང་བྱེད་པའི་གོ་རིམ་ཁྲིད། སྟང་མིག་མང་པོ་ཞིག་ཉོས་སོང་། སྨན་ཁང་ཞིག་གི་ཞག་སྡོད་ཁང་དུ་སྐྱེས་མ་ཞིག་གིས་བཤད་རྒྱུར། “དགུང་ལོ་གྱ་གསུམ་ལ་སོན་ཡོད་པས་བཅོ་དགོས་དོན་མེད། ང་རང་ལོ་ན་དེ་འདྲར་གསོན་མི་ཐུབ”ཅེས་ཟེར། གསལ་པོར་བཤད་ན་ཨ་མའི་ནད་གཞི་ལ་བཅོ་ཐབས་མ་བྱུང་ཞིང་། ཉིན་རེར་བཞིན་ཇེ་ལྗི་ལ་སོང་བ་རེད། མཇུག་མཐར་སློབ་གྲྭའི་སྨན་ཁང་དུ་ཏུའུ་ལིན་ཏིན་གྱི་ཁབ་བརྒྱབ་ནས་ན་ཟུག་གནོན་ཐབས་བྱས་པ་དང་། མི་ཡང་རྒྱུན་དུ་དྲན་པ་ཉམས་པའི་རྣམ་པར་ལུས། ཐེངས་ཤིག་ལ་སློ་བུར་དུ“ཚུ་བཙིར་དགོས། ཚུ་བཙིར་དགོས”ཟེར། ངས་ལུས་པོ་སྒྲུར་སྒྲུར་བྱས་ནས་ཅི་ཞིག་ལ་ཚུ་བཙིར་དགོས་ཞེས་དྲིས་པར། ཨ་མས་མིག་ཕྱེ་ནས་ང་ལ་བལྟས་ཏེ། བཤད་ཐུབ་མི་ཐུབ་ཀྱིས“ཚོད་དཀར་གྱི་ནང་སྙིང་ལས་དུས་ཚུ་བཙིར་དགོས”ཟེར། ངའི་མིག་ཚུ་དབང་མེད་དུ་ཤོར་ནས་ཨ་མའི་ངོ་རུ་ལྷུང་སོང་།

ཨ་མས་ང་ཚོར་ནད་གཡོག་མང་པོ་བྱེད་དུ་མ་བཅུག་པར། གཟའ་འཁོར་གསུམ་གྱི་རྗེས་སུ་ང་ཚོ་དང་གཏན་བྲལ་དུ་སོང་། སྐབས་དེར་ཨ་ཕ་ལ་ད་དུང་ཞིབ་བཤེར་བྱེད་བཞིན་ཡོད་པས། ཨ་མ་འགྲོ་ཁར་ཡང་སེམས་མ་བདེ་བར་མཐར་ཐུག་གི་མཇུག་འབྲས་ལ་ཤིན་ཏུ་བལྟ་འདོད་མོད། འོན་ཀྱང་སྐྱེ་འཆིའི་ཆོས་ཉིད་ལས་བཟློག་མ་ཐུབ། ཕོས་སྟར་རང་ཉིད་ལ་སེམས་གསོ་བྱས་ནས་བཤད་རྒྱུར། བུ་བུ་མོ་རྣམས་བདེ་ཐོག་ན་ཡོད་པས་སེམས་

འཁྲིང་ས་ཞིག་མེད་ཅེས་ཟེར། ཟླ་བཅུ་པའི་ཚེས་གསུམ་ཉིན་གྱི་སྤྱི་དྲོའི་ཆུ་ཚོད་དྲུག་པའི་སྐར་མ་ཞེ་ལྔའི་ཐོག ང་ཚོས་ཨ་མའི་ནད་ཁྲིའི་མཐའ་ནས་བསྐོར་ཞིང་། བལྟས་བལྟས་རིག་རིག་ལ་མོའི་མིག་གཏན་བཙུམ་བྱས་སོང་། ངས་རང་ཉིད་ད་ནས་བཟུང་ཨ་མའི་འཁྲིས་སུ་ཉལ་ནས་བདེ་སྐྱིད་ཀྱི་ཚོར་བ་མྱོང་མི་ཐུབ་ལ། ངེད་ཚང་ལ་ད་ནས་བཟུང་དཔྱིད་དཔལ་སྐྱིད་སྣང་དང་ཉི་མའི་དྲོད་སྣང་མེད་པ་ཤེས་སོང་། ངེད་ཚང་ནི་གྲུ་ཆུང་ཞིག་དང་འདྲ་བར་དེད་དཔོན་མེད་པར་གྱུར་ནས། མི་མང་གི་ཚོགས་སུ་གང་འདོད་ལྟར་གཡེང་སྐྱོད་བྱས། ང་དང་ནུ་བོ། དེ་མིན་ཨ་ཕ་དང་བཅས་པ་དྭ་ཕྲུག་བཞིན་ཁ་ཕྱོགས་མེད་པར་གྱུར།

ཆབ་སྲིད་གནས་བབ་ཀྱི་དབང་གིས་གཉེན་ཉེ་ཚོ་ལའང་འབྲེལ་འདྲིས་བྱེད་པ་ཤིན་ཏུ་ཉུང་བས། ཨ་མ་ཁྱུར་བའི་མི་ཡང་མང་པོ་ཞིག་མེད་ཅིང་། སྟབས་ལེགས་པ་ཞིག་ལ་ཉིན་དེར་གྲོགས་པོ་ན་གཞོན་ཞིག་ཡོད་ནས། ཁོ་ཚོར་རོགས་རམ་བྱས་ནས་ཨ་མ་ཁྱུར་ཏེ་པུར་འཛོག་ཁང་དུ་བཞག་པ་ཡིན། ཕུ་བོ་ཉིན་དེའི་མཚན་མོར་ཨ་ཏུ་ནས་འཕུར་ཡོང་ཞིང་། ཁྱིམ་དུ་སླེབ་རྗེས་འཕྲལ་མར"དྲིན་ཆེན་མ་ལོར་བལྟ་རུ་འགྲོ"ཟེར། ངས་ཁོ་ལ་ཨ་མ་ཚེ་ལས་འདས་སོང་ཞེས་མི་བཤད་ཐབས་མེད་བྱུང་བ་དང་། ཕུ་བོ་རྐུབ་བཀྱག་ཐོག་ཏུ་བསྡད་ནས་རེ་ཞིག་ལ་འདང་བརྒྱབ་རྗེས། ཡར་ལངས་ནས"དྲིན་ཆེན་མ་ལོར་བལྟ་རུ་འགྲོ"ཟེར།

ཨ་ཕས་ཨ་མར་སྨྱུ་ངན་ཞུ་བའི་ཆ་ཡིག་ཅིག་བྲིས་པ་སྟེ། "ཚེ་གཅིག་སྐྱ་ཡ་བསྒྲིགས་པ་ནས། སྐྱིད་སྡུག་མཉམ་རོལ་བྱས་ཏེ་འཚོ། མི་ཚེ་མཐའ་འཁྱོལ་རེ་ན་ཡང་། ཕྱི་མའི་ལམ་དུ་འཁྱོ་ག་བསྐྱུར། ད་ནས་སེམས་འཁྲིང་

ཟད་པ་དང་། སློབ་ཀྱི་མཚོ་མོར་དཔུང་སྐྱོད་བྱ། རྣམ་པ་ཀུན་ཏུ་འགྱོད་སེམས་མེད། ཡངས་པའི་མཁའ་རུ་གཤོག་རྩལ་ངོམས། ” རང་གི་བླ་བོ་འདས་པ་ཡིས་ཨ་ཕ་ལ་བསམ་ཤེས་སུ་བཅུག ཕྱིས་སུ་ཨ་མའི་རུས་ཐལ་སྣམ་ཆུང་ཨ་ཕའི་ཉལ་ཁང་དུ་བཞག་ཡོད། ལོ་རེའི་ལོ་སར་གྱི་སྐབས་སུ། ཨ་ཕས་ང་ཚོ་ཁྲིད་ནས་སྨོས་མཆོད་བྱས། དེ་ལྟར་ལོ་ངོ་བཅུ་གསུམ་འགོར། ཅིག་སྟོང་དགུ་བརྒྱ་དགུ་བཅུ་ལོའི་དགུན་མགོར། ཡ་ང་བའི་ཉིན་མོ་ཞིག་ལ་ཕ་མ་གཉིས་དང་ཚེ་ཕྱི་མ་ནས་ལྷན་འཛོམས་བྱུང་། དེ་ནས་སླར་ཡང་ལོ་གཅིག་འགོར་རྗེས་ཀྱི་ཅིག་སྟོང་དགུ་བརྒྱ་གོ་གཅིག་ལོའི་དགུན་མགོར། ངས་དྲིན་ཆེན་ཕ་མ་རྣམ་གཉིས་ཀྱི་དུར་ས་པེ་ཅིང་ཕན་ཨན་སྤྱི་པའི་བང་སོ་གླིང་དུ་སྤར། རྡོ་ཆེན་པོ་ཞིག་གིས་རྡོ་རིང་བྱས་ཏེ། ཚེ་འདི་ཕྱི་གཉིས་ཀྱི་བར་མཚམས་དབྱེ།

ངས་སྔོན་ཆད་དྲིན་ཆེན་མ་ལོ་ལ་ལོ་བརྒྱའི་འདས་མཆོད་ཀྱི་རྗེས་དྲན་ཞིག་སྒྲུབ་འདོད་མོད། བགྲེས་པོ་བགྲེས་མོ་རྣམས་འགྲོ་འདུག་ལ་སྟབས་མི་བདེ་བ་བསམ་ནས། རྒྱུན་ལྡན་གྱི་རྒྱུས་ལོན་དང་ཡང་ན་ཁ་པར་ལས་གླེང་མོལ་ཙམ་བྱས་ཏེ། སྐད་ཆ་རེ་འགའ་ཟིན་ཐོར་བཀོད་པ་ཡིན།

ཨ་ནེ་རིན་རུན་ནི་ཨ་མའི་ཆེས་ཆུང་བའི་ནུ་མོ་ཡིན། ཨ་ནེ་བཟའ་ཟླ་གཉིས་ཀྱིས་ཕྱི་དོན་ཁང་དུ་བྱ་བ་སྒྲུབ་སྐབས། མ་རྒྱུད་ནུ་བོ་དང་མ་རྒྱུད་སྲིང་མོ་ཚོ་ཞག་སྟོད་སློབ་ཆུང་དུ་འགྲིམས་ནས། གཟའ་མཇུག་དང་དུས་ཆེན་གྱི་ཉིན་མོར་ངེད་ཚང་དུ་ཐྲངས་ཏེ། ཨ་མས་ལྟ་རྟོག་བྱེད། ཨ་ནེ་ཡིས་བཤད་རྒྱུར། ཨ་ཅེ་གསུམ་པ་ནི་ཁྱེད་ཚང་གི་ཁྱིམ་བདག་མ་དང་། ཚང་མའི་སྙིང་ཉེ་ཡིན། གལ་ཏེ་ཨ་ཅེ་གསུམ་པ་མེད་ཚེ་ལོ་དེ་གའི་རིང་ལ་ངས་ངོ་

མ་ཇི་ལྟར་བྱེད་དགོས་པ་མི་ཤེས་ལ། ལྟ་རྟོག་མ་ཐོབ་པའི་ཤ་ཉེ་སུ་གཅིག་ཀྱང་མེད། ཚང་མས་མོར་དཀའ་ལས་བཟོས་སྒྲོང་། ང་ཚོ་ཚང་མའི་སེམས་ནས་གསལ་ཆ་ལེར་ཡོད་ཟེར།

སུའུ་ཅའོ་མེང་སྐུ་ཞབས་ཡུན་རིང་ཞིག་ལ་མ་རིག དེ་སྟོན་ཁ་པར་བརྒྱབ་ནས“པེ་ཅིང་སློབ་ཆེན་དུ་སྡོད་པའི་དུས་ཡུན་དེ་དག་དྲན་བྱུང་ལ། ངོ་མ་དོན་སྙིང་ལྡན་པ་ཞིག་རེད། ཨ་ཅེ་རིན་ལགས་ནི་ཧུར་པོ་ཞིག་ཡིན་ཞིང་། མོས་དོན་དག་སྒྲུབ་ན་ཤིན་ཏུ་གཟབ་ནན་ཡིན། རྟག་ཏུ་ཧུར་ཐག་འབད་ཐག་བྱེད་པ་མ་ཟད། ཀླད་པ་གསལ་པོ་ཡིན”ཞེས་ཟེར།

ཁྲུན་མེང་དུ་ཡོད་དུས་ཀྲའོ་ལོ་རའི་སྐུ་ཞབས་དང་ངེད་ཚང་ཐེངས་དུ་མ་ཞིག་ལ་ཁྱིམ་མཇལ་བྱས་སྒྲོང་། སྐབས་དེར་མོ་ན་གཞོན་ཞིག་ཡིན་ལ། མོས་ཐེངས་དུ་མ་ཞིག་ལ་རིན་ལྷམ་མོ་དྲན་བྱུང་ཟེར། མོས་མི་དང་མིའི་བར་གྱི་འབྲེལ་བའི་འཐབ་རའི་ཁྲོད་དུ། མོས་རྟག་ཏུ་ཕམ་ཁ་མྱངས་ནས་བཟུང་དམག་བྱས་པ་ཡིན་ལ། འོན་ཏེ་རིན་ལྷམ་མོ་དང་འབྲེལ་འདྲིས་བྱེད་སྐབས། ནམ་ཡིན་ཡང་འཐབ་རའི་གནད་དོན་གྱི་ཚོར་བ་ཞིག་མེད། ཨ་མས་མོར་ཐུག་པ་གཡོས་ཚུལ་བསླབ་པ་དང་། ཨ་མས་མོར་རས་ཐིག་གིས་སྒྲོག་མདུད་མདུད་ཚུལ་བསླབ་པ་ཡིན། དོན་དག་ཅི་ཞིག་ཡོད་རུང་ཨ་མར་བཤད་ཆོག ཁྲུན་མེང་གཞི་རིམ་གྱི་འབྲུག་མགོ་སྡེ་བར་སྡོད་སྐབས། ཐེངས་ཤིག་ལ་ཀྲའོ་སྐུ་ཞབས་ངེད་ཚང་ལ་ཡོང་བ་དང་། སེམས་ཁམས་སྐྱིད་པོ་མེད་པར། ཨ་མ་ལ་བཤད་རྒྱུར། དམག་དཔོན་ཞིག་གི་ལྷམ་མོས་དབྱིན་ཇིའི་སྐད་སྦྱོང་འདོད་མོད། འོན་ཀྱང་ལྷམ་མོ་དེ་གླེན་ཞིང་ཐ་ཤལ་ཡིན་ལ། གུས་ལུགས་ཀྱང་མི་ཤེས་པར། ནམ་ཡིན་ཡང་རྗོ་རྗེ་ཕ་ལམ་ཁེ་ལ་དུ་མ་ཇི་

ལྟར་བཤད་དགོས་ཞེས་འདྲི་བ་རེད། ངས་ཁྱེད་ན་མི་འདོད་པས་འདིར་གཞའ་རུ་ཡོང་བ་ཡིན་ཟེར། ཨ་མས་མོར་སེམས་གསོ་བྱས་ཏེ། མོ་དང་མཉམ་དུ་ཁྱིམ་ལས་ལས་སུ་བཙུག ཀྲའོ་སྐུ་ཞབས་འགྲོ་སྐབས། ཏ་ཙང་སྒྲོ་ཕ་ཡོད།

ལོ་བཅུ་ཕྲག་དུ་མའི་ཁྱིམ་མཚེས་གཞན་ཞིག་ནི་ཤང་ལིའི་ལྷམ་མོ་ཞ་ཕེ་ཞ་ཡིན། ད་ལྟ་ད་དུང་ཁ་གཏད་དུ་བསྡད་ཡོད། ཞ་སྐུ་ཞབས་ཀྱིས་བཤད་རྒྱུར། "ངས་བཤད་པའི་སྐད་ཆ་འབྲི་རྒྱུ་གཏན་ནས་བརྗེད་མི་རུང་། ངའི་བུ་ཆེ་བ་ཅི་ཀྲི་ནི་ཁྱོད་ཀྱི་ཨ་མས་བཙའ་རོགས་བྱས་པ་ཡིན། སྐབས་དེའི་ཁྲུན་མེང་གཞི་རིམ་དུ་སྨན་པ་མེད་ཅིང་སྨན་རྫས་དཀོན། ཉིན་དེར་ཤང་སྐུ་ཞབས་གྲོང་ཁྱེར་དུ་སློབ་ཁྲིད་ལ་བུད་སོང་། ནམ་གུང་ལ་ངས་མི་མངགས་ནས་ཁྱོད་ཀྱི་ཨ་མ་གདན་འདྲེན་ཞུས་པ་ཡིན། རྗེན་སྐུ་ཞབས་དང་མཉམ་དུ་ཡོང་མཁན་དེ་སྔོན་ལ་བུད་སོང་། ཁྱོད་ཀྱི་ཨ་མ་བསྡད་ནས་ང་ལ་ལྟ་རྟོག་བྱས་ཤིང་། ང་རང་པང་ནས་ཞག་གང་པོར་བསྡད། ཕྱི་ཉིན་ད་གཟོད་ཅི་ཀྲི་བཙས་པ་ཡིན། གལ་ཏེ་ཁྱོད་ཀྱི་ཨ་མ་མེད་ཚེ། ང་དང་ངའི་བུ་གཉིས་ཀྱིས་སྡུག་མང་པོ་མྱོང་དགོས"ཞེས་ཟེར།

དཔྱིད་ཀྱི་རྒྱལ་མོས་མེ་ཏོག་སྣ་བརྒྱ་བཀྲོལ་བ་ནང་བཞིན། ཨ་མས་སེམས་ཤུགས་བརྟོན་ནས་གསོ་སྐྱོང་གནང་བ་དང་། ལམ་འདྲེན་བྱེད་བཞིན་མཆིས།

སྙིང་ཉེ་བའི་ཨ་མའི་འཁྲུངས་སྐར་ནི་མེ་ཏོག་མཆོད་པའི་དུས་ཆེན་རྗེས་ཀྱི་ཉིན་བཅུ་པ་ཡིན།

1993ལོའི་ཟླ5པར།

ཀླི་ལམ་ཏུ་མོན་ཙི་ཏུ་ལོག་པ།

ངའི་ཕ་ཡོ་སྐྲུ་ཞབས་ཧྥིན་ཡིའུ་ལན་ལ་མཚོན་ན། མོན་ཙི་ནི་དོན་སྙིང་ཁྱད་པར་ཅན་ལྡན་པའི་ས་ཆ་ཞིག་ཡིན།

ཆིག་སྟོང་དགུ་བརྒྱ་སོ་བརྒྱད་ལོའི་དཔྱིད་ཀར། པེ་ཅིང་སློབ་ཆེན་དང་ཆིན་ཧྭ་སློབ་ཆེན། ནན་ཁེད་སློབ་ཆེན་བཅས་གསུམ་ཀ་སྐབས་སྟོད་ཀྱི་ཧེན་ཧྲན་ཞང་ཧྲའི་ནས་ཁུན་མིང་དུ་སྤར་ཏེ། ནུབ་ལྷོ་མཉམ་འབྲེལ་སློབ་ཆེན་ཞིག་བཙུགས། ཁུན་མིང་དུ་མལ་ཁང་འདང་ངེས་ཤིག་མེད་པས། རིག་ཚན་སློབ་གླིང་དང་ཁྲིམས་ལུགས་སློབ་གླིང་གཉིས་མོན་ཙི་ཏུ་སྤར་ནས། ཟླ་བཞི་ནས་བརྒྱད་འགོར། ང་ཚོ་ཀའི་ལིན་སྲང་ལམ་གྱི་ཤང་ལྷེ་ཡུས་གཞིས་མཁར་དུ་བསྡད་ཅིང་། དེ་ནི་ཕྱི་ནང་གཉིས་ཀར་དཀར་ཁུང་ཡོད་པ་དང་ཐོག་ཁང་སྟེང་འོག་ཅན་གྱི་ཡུན་ནན་དམངས་ཁྲོད་སྡོད་ཁང་ཞིག་ཡིན། ན་གཞོན་བཟའ་ཟླ་གཉིས་སྟེང་ཁང་དུ་བསྡད་ཡོད་པ་དང་། ཕོ་ཚོ་ནི་ཁྲིན་མོན་ཙ་དང་ཀྲའོ་ལོ་རའི་རྣམ་གཉིས་རེད། ང་ཚོ་གཤམ་ཁང་དུ་བསྡད་པ་ཡིན། གཤམ་ཁང་གི་ཁང་མིག་གྱུན་ཆུང་ཞིག་ཏུ་ཨ་ཕས《གནས་ལུགས་རིག་པ་གསར་བ》ལ་བཟོ་བཅོས་བརྒྱབ་ཚར་ནས། དཔར་བསྐྲུན་ཁང་ཞིག་ཏུ་ཇོ་དཔར་དུ་བཏབ་པ་ཡིན།

《གནས་ལུགས་རིག་པ་གསར་བ》ནི་མཚན་ཉིད་རིག་པ་བ་ཧྥིན་ཡིའུ

ལན་གྱི་མཚན་ཉིད་རིག་པའི་མ་ལག་གི་སྣང་འདིང་བརྩམས་ཆོས་ཡིན། ཐོག་མའི་མ་ཟིན་ནི་ནན་ཡའོ་ནས་བྲིས་པ་དང་། གླེང་གཞི་རུ"མ་ཟིན་བྲིས་རྗེས་ནན་ཡའོ་ནས་ཁྲུན་མིང་ལ་སོང་བ་དང་། མོན་ཙེ་རུ་སླེབ་རྗེས། ཡང་བསྐྱར་ལྷ་འདྲེ་ཞེས་པའི་ལེའུ་གཅིག་བྲིས་པ་ཡིན། ལེའུ་བཞི་པ་དང་ལེའུ་བདུན་པ་ལ་བཟོ་བཅོས་ཆེན་པོ་བརྒྱབ་ཡོད། ལེའུ་གཞན་རྣམས་ལའང་ཚིག་སྦྱོར་གྱི་ཐད་ནས་བཟོ་བཅོས་བརྒྱབ་ཡོད། དམག་འཐབ་དང་འཕྲད་པས། མ་ཟིན་པོར་བརླག་ཏུ་འགྲོ་བར་དོགས་ནས། དངོས་སུ་མ་དཔར་གོང་རྗེ་དཔར་བརྒྱབ་སྟེ་གྲོགས་པོ་འགར་ལེགས་སྐྱེས་སུ་ཕུལ་བ་ཡིན"ཞེས་བྲིས་ཡོད། དེ་ནི《གནས་ལུགས་རིག་པ་གསར་བ》ཡི་པར་གཞི་ཆེས་ཐོག་མ་ཡིན། མདུན་ཤོག་ནང་མ་རུ་སྙན་ངག་ཅིག་བྲིས་ཡོད་དེ། "ཧྲིན་ཧྲུན་ཡུལ་དུ་བྲིས་པའི་དཔེ་ཆ་དཔར་བའི་རྗེས། ལྷོ་མཚོར་ཕྱོགས་ནས་བསམ་བློ་ཡང་དང་ཡང་དུ་བཏང་། བརྩམས་ཆོས་ཁྲིད་དུ་ནོར་འཁྲུལ་མང་དུ་མཆིས་པ་ལ། རྒྱལ་ཁབ་དཀའ་ཁག་འཕྲད་དུས་སྐུལ་ཕྱིར་འཕྱུ་མ་འཚལ།" སྤུན་ཆེ་བ་སྡིན་ཀྲུང་ལའོ་ཡི་ཕྱིར་དྲན་བྱས་པ་ལྟར་ན། ཨ་ཕས་རྩོམ་ཡིག་འབྲི་སྐབས། ཁོས་བཤུས་འབྲི་བྱེད་རོགས་བྱས་མྱོང་། ཕལ་ཆེར《སེམས་ཉིད》དང《དོན་ལུགས》། 《ལྷ་འདྲེ》བཅས་ཀྱི་ལེའུ་འགའ་ཡིན། ང་རང་ལོ་ན་ཕྲ་ཞིང་ཡི་གེ་འབྲི་མི་ཤེས་པས། ཕྲ་ཆལ་བྱེད་པ་ལས་ཟིན་བྲིས་དང་འཛལ་མ་ཐུབ།

《གནས་ལུགས་རིག་པ་གསར་བ》ཡི་རྗེ་དཔར་དེབ་གཅིག་མ་གཏོགས་ལྷག་མེད་དེ། མི་དམངས་སློབ་གྲྭ་ཆེན་མོའི་རྗེ་ཙུན་དགེ་བཤེས་ཀྱིས་ཉར་ཡོད། ཤོག་བུར་ཙུང་སེར་ཤ་ཆགས་ཤིང་ཤིན་ཏུ་སྲབ། ཡི་གེ་གསལ་པོ་ཡིན། དཔེ་ཆ་འདི་ཕལ་ཆེར་སོལ་སྣུམ་སྒྲོན་མེ་དང་ཡང་ན་སྲན་སྣུམ་སྒྲོན་མེའི་

འོག་ནས་བལྟས་ཡོད་པ་འདྲ།

སོན་ཅོ་ནི་སྙིང་ཉེ་བའི་གྲོང་ཁྱེར་ཆུང་ཆུང་ཞིག་ཡིན། རྩོམ་རིག་གླིང་ནི་གྲོང་ཁྱེར་ཕྱིའི་ལྟོ་མཚོའི་མཐའ་རུ་སྟེ། སྔོན་ཆད་ཀྱི་མཚོ་འགག་གི་གནས་སྙིང་དུ་ཡོད། ཕུ་ཞའོ་ཧྲུན་གྱིས་བཀོད་པ་ལྟར་ན། “སྔོ་ཆེན་ནང་དུ་འཛུལ་མ་ཐག ལམ་གྱི་འགྲམ་གཉིས་སུ་གསོམ་ཤུག་བསྐོར་ཡོད་པ་དང་། ཆེན་ཧྭ་ཀུང་ཡིག་ཚོམས་ཆེན་ས་རྒྱུད་ཀྱི་ཡུལ་རྣམ་དང་འདྲ་པོ་ཡོད། དེ་བས་སློབ་མ་ཚོས་ཀུ་རེའི་ཚུལ་གྱིས་ཁུན་མིང་ནི་པེ་ཕིང་དང་འདྲ་ལ། སོན་ཅོ་ནི་ཏེ་ཏིན་དང་འདྲ་ཟེར།” ཨ་ཕ་ཉིན་རྒྱུན་ལྟར་གཞུང་སྒྲུབ་ཁང་དུ་འགྲོ་དགོས་པས། ང་དང་ནུ་བོ་ཀྲུང་ཡའོ་གཉིས་རྗེས་འབྲངས་ནས་སོང་བ་ཡིན། ང་ཚོས་སྔོན་ལ་སློབ་སྦྱོང(《ཡིག་གསུམ་གཞུང》ལྟ་བུ་བཀླགས་མྱོང)བྱས་རྗེས། གང་ས་གང་དུ་འཆམ་པ་ཡིན། ལྷུམ་རའི་ནང་གི་ནགས་ཤིང་སྟུག་པ་དང་སྐྱེ་དངོས་ཀྱི་རིགས་ཤིན་ཏུ་མང་སྟེ། ཚང་མ་ཚང་ཚོང་དུ་སྐྱེས་ཤིང་སྤྲོ་སེམས་འཕེལ་བ་ཞིག་ཡིན་པས། ང་ཚོ་བྱང་ཕྱོགས་ཀྱི་བྱིས་པ་ཚོ་ཏ་ལས་ཧོན་ཐོར་བྱེད་དུ་འཇུག ལམ་དུམ་བུ་ཞིག་ཡོད་པ་སེ་རྐོད་མེ་ཏོག་གི་ཁེབས་ནས། སློབ་གྲྭ་ཆེན་མོ་བ་ཚོ་དེ་གར་བསྡད་ནས་དཔེ་ཀློག་བྱེད་བཞིན་ཡོད་པ་དྲན་ཐུབ། མེ་ཏོག་གི་ཚོམ་བུས་གནས་སྐབས་སུ་དམག་འཁྲུག་གི་མེ་ལྕེ་བཀག་ཡོད། རྫིང་བུ་འགའ་ཡོད་པ་བག་ཆགས་སུ་འཛིགས་སུ་རུང་བ་དང་གཏིང་མི་དཔོག་པ་ཞིག་ཡིན། རྟག་ཏུ་ཆུ་ནང་ནས་འདྲེ་སྲིན་འཛུལ་འོང་བའི་ཚོར་བ་ཡོད། ང་ཚོས་སྐྲག་ནས་དེ་ལ་འབྲུག་ནག་རྫིང་བུ་དང་འབྲུག་དཀར་རྫིང་བུ། འབྲུག་སེར་རྫིང་བུ་ཞེས་སུ་འབོད། ད་ལྟ་ལྟ་རུ་སོང་ན་དེ་འདྲའི་འཆར་རྟོག་ཅིག་ཡོད་མེད་མི་ཤེས།

酱

སྐབས་དེར་སྐྲ་ཞབས་ཁ་ཤས་ཤིག་གི་ཁྱིམ་མི་ད་དུང་ཡོང་མེད་པ་དྲན་ཐུབ། ཨ་མས་རྒྱུན་དུ་གཟའ་སྤེན་པའི་ཉིན་རེས་མོས་བྱས་ནས་ཕོ་ཚོ་ཁྱིམ་དུ་ཕོས་ནས་ཟ་མ་སླུད་པ་རེད། རྒྱུན་ཟས་ལ་ཐུག་པ་དང་བྱ་སྒོང་བརྫོས་མ། རྒྱ་སྲན་བརྫོས་ཚལ་སོགས་ཡོད། ཕྱིས་སུ་ཁྱུང་མེང་ལ་ཡོང་རྗེས་རྒྱ་སྲན་བརྫོས་ཚལ་དེ་འདྲ་ཞིམ་པོ་ཞིག་ཟས་མ་མྱོང་།

ལྷོ་མཚོའི་ཆུ་ཟབ་ཅིང་མཚོ་འགྲམ་དུ་ལྕང་མ་ཡོད་པ་དང་མཚོ་ནང་དུ་ཨུཏྤལ་གྱི་རིགས་ཡོད་པས་ལྟ་རིན་ཡོད་པ་ཞིག་ཡིན། སྐབས་འགར་ཕ་མས་ང་ཚོ་ཁྲིད་ནས་མཚོ་འགྲམ་དུ་འཁྱམ་འཁྱམ་བྱས་པ་ཡིན། སྐབས་དེར་ཨ་ཕ་ལོ་ཞེ་གསུམ་ཡིན་པ་དང་སྨྲ་ར་སྐྱེས་ཡོད། ལྭ་རིང་ཞིག་གྱོན་ཞིང་དལ་བུར་སྐྱོད། ཆིག་སྟོང་དགུ་བརྒྱ་སོ་གསུམ་ལོར་ཕ་ལོ་ཞང་ནས་ཧེ་ནན་དུ་བསྐྱོད་པའི་ལམ་བར་དུ། གྲིན་ནན་ཀོན་བརྒྱུད་དུས་དཔུང་བ་བཅགས་པས། སྐབས་མི་བདེ་བར་སྨྲ་ར་བཞག་པ་རེད། ཕོ་ནི་རང་གི་སྨྲ་ར་སྐྱེས་པ་མགྱོགས་པ་ལ་ཁེངས་དྲེགས་རྒྱས་ཤིང་། ལོ་དེར་ཝུན་ཡི་ཏོ་སྐུ་ཞབས་ཀྲང་ཐང་རུ་ཁག་ཏུ་ཞུགས་ཏེ། ཁྲང་ཧྲ་ནས་གོམ་པ་རེ་རེ་བཞིན་ཁུན་མིང་དུ་སླེབ་པས། ཕོས་ཀྱང་སྨྲ་ར་བཞག་ཡོད། ཝུན་སྐུ་ཞབས་ཀྱིས་ཡུལ་དུ་བསྐུར་བའི་འཕྲིན་ཡིག་གི་ནང་དུ“ཁྲིམ་གཞིས་སྒྱུར་ཐེངས་འདི་ལ་སྨྲ་ར་མང་པོ་སྐྱེས་སོང་སོད། འོན་ཀྱང་ཚང་མས་ང་དང་ཝུན་སྐུ་ཞབས་རྣམ་གཉིས་ཆེས་མཛེས་ཟེར”ཞེས་བྲིས་འདུག

སྐབས་དེར་སྐུ་ཞབས་ཁ་ཤས་ཤིག་གི་ཁྲིམ་མི་ད་དུང་ཡོང་མེད་པ་དྲན་ཐུབ། ཨ་མས་རྒྱུན་དུ་གཟའ་སྤེན་པའི་ཉིན་རེས་མོས་བྱས་ནས་ཕོ་ཚོ་ཁྲིམ་དུ་བོས་ནས་ཟ་མ་བླུད་པ་རེད། རྒྱུན་ཟས་ལ་ཐུག་པ་དང་བྱ་སྒོང་བརྗོས་མ། རྒྱ་སྲན་བརྗོས་ཚལ་སོགས་ཡོད། ཕྱིས་སུ་ཁུན་མིང་ལ་ཡོང་རྗེས་རྒྱ་སྲན་བརྗོས་ཚལ་དེ་འདྲ་ཞིམ་པོ་ཞིག་ཟས་མ་མྱོང་། ཐེངས་ཤིག་ལ་ཨ་ཕས་ཨ་མར་བཤད་རྒྱུར། ཀྲུའུ་ཙི་ཆིན་སྐུ་ཞབས་ཀྱིས་ཟ་མ་ཟ་རུ་ཡོང་བའི་གྲོགས་པོ་ཚོར་ཐ་ཚིག་བསྒྲགས་ནས། ཝུན་ཚང་གི་ཐུག་པ་ཏ་ཙང་ཞིམ་པོ་ཡིན་སོད། འོན་ཀྱང་མང་མི་རུང་། དེ་མིན་ན་ལྟོ་བ་སྤྲས་ནས་བཟོད་དཀའ་

ཞེས་བཤད་པས་ཚང་མ་ཧབ་ཤོར་སོང་ཟེར་བ་དྲན་འདུག

སྐབས་དེའི་ཏེན་སྒོར་གསར་པ་དང་ཀྲུང་དབྱང་དངུལ་ལོར་གྱི་བསྡུར་ཐང་ནི་བཅུ་ཆའི་གཅིག་ཡིན་ཞིང་། ཏེན་སྒོར་རྙིང་པ་དང་ཏེན་སྒོར་གསར་པའི་བསྡུར་ཐང་ཡང་བཅུ་ཆའི་གཅིག་ཡིན་ཏེ། ཚང་མ་བགོལ་བཞིན་ཡོད། དངུལ་ལོར་གྱིས་བརྩིས་ན་སྒོར་ཟུར་གཅིག་གིས་བྱ་སྒོང་བརྒྱ་ཙམ་ཐུབ། དངུལ་ལོར་སླ་ཕོགས་བྱེད་པའི་མིས་སྒོར་མོས་མི་འདང་བར་སེམས་ཁྲལ་བྱེད་མི་དགོས། ལོ་བརྒྱད་ཀྱི་འཇའ་འགོག་དམག་འཁྲུག་གི་དཀའ་སྡུག་ཆེ་བའི་ལོ་ཟླའི་ནང་། མོན་ཙོ་ནི་ཟླ་བ་དུ་མ་ཞིག་ལ་དྲག་རྒྱུན་ནང་གི་ཞི་འཇམ་གྱི་བཞུར་རྒྱུན་དུམ་བུ་ཞིག་ལྟར་གནས་ཏེ། བསམ་ཞིང་བསམ་ན། ཧག་ཏུ་གྲོང་ཁྱེར་ཆུང་ཆུང་འདི་ནི་སྙིང་ཉེ་ཞིང་སྙན་ཚོག་གིས་སྤྲུག་པ་ཞིག་རེད།

སྐབས་དེར་འཚོ་བ་ཅུང་ངན་ངོན་ཡིན་པ་དང་། མི་རྣམས་ཀྱི་དམག་འཁྲུག་གི་སྦྱོང་རོལ་ཟབ་པ་མ་ཟད། འཇའ་འགོག་དམག་འཁྲུལ་ལ་རྒྱལ་ཁ་ཐོབ་པའི་ཡིད་ཆེས་བརྟན་པོ་ཡོད་ཅིང་། དེ་ནི་མི་རིགས་ཡོངས་ཀྱི་ཡིད་ཆེས་ཤིག་ཀྱང་ཡིན། སོ་བརྒྱད་ལོའི་ཟླ་བདུན་པའི་ཚེས་བདུན་གྱི་ཉིན་སློབ་གྲྭ་དང་ས་དེ་གའི་དམངས་ཚོགས་ཀྱིས་མཚོ་འགག་རྙིང་པའི་ཐང་ཆེན་དུ་འཇའ་འགོག་རྗེས་དྲན་འདུ་ཚོགས་སྤེལ། ཨ་ཕ་དེར་ཞུགས་ནས་གཏམ་བཤད་གནང་ནས། ལོ་གཅིག་རིང་གི་འཇའ་འགོག་གི་གྲུབ་འབྲས་བློ་ཡིད་ཚིམ་པ་ཞིག་ཡིན་ཞིང་། ཀྲུང་གོས་རྒྱུན་སྲིང་དམག་འཁྲུག་རྒྱུན་འཁྱོངས་བྱེད་པ་ནི་རེ་བཞག་ཅན་ཞིག་ཡིན། ས་ཆ་གཅིག་དང་གྲོང་ཁྱེར་གཅིག་ཤོར་བ་དེར་བློ་འཁྱོད་སྐྱེ་མི་དགོས་ཏེ། ཀྲུང་གོས་མཇུག་མཐར་རྒྱལ་ཁ་ལོན་པར་གདོན་མི་ཟ། དམག་འཁྲུག་ལངས་ན་གཏོར་བརླག་ཐེབས་ངེས་པ་དང་།

དུས་མཚུངས་སུ་དཔལ་ཡོན་ལྡན་པའི་ཡར་རྒྱས་ཡོང་ཐུབ་པ་མ་ཟད། རིག་གཞུང་ལས་རིགས་ཁམས་ཀྱི་ཕན་ནུས་མཐོར་འདེགས་གཏོང་བའི་སྐུལ་མ་ཐོབ་ཐུབ་ཅེས་ནན་བཤད་བྱས། ཕུ་ཞའོ་ཕྲུན་གྱིས་ཐེངས་དེའི་གཏམ་བཤད་ནི“དོན་ཟབ་གནད་ཁེལ”ཞིག་རེད་ཅེས་བཤད།

སྐབས་དེའི་དམག་འཁྲུག་གི་མེ་ལྕེ་འབར་བའི་ལོ་ཟླ་རུ། སློབ་མ་ལ་རྒྱུན་དུ་འགྲོ་འོང་ཡོད་ཅིང་། མི་ལ་ལར་ངར་སེམས་དྲག་ཏུ་སྐྱེས་ནས་གཡུལ་སར་འགྲོ་རྒྱུའི་རེ་འདུན་བརྟོན། མི་ལ་ལས་བདེན་ལུགས་སྙེག་ནས་ཡན་ཨན་དུ་སོག ཨ་ཕའི་དེའི་ཕྱོགས་ཀྱི་ལྟ་སྟངས་ནི་སྔར་བཞིན་སོ་བདུན་ལོར་འཛམ་འགོག་དམག་འཁྲུག་མ་ལངས་གོང་ཆེན་ཧྭ་རུ་ཡོད་སྐབས་སུ།《ཙོ་པའི་དེབ་ཐེར》ལས་དྲངས་པའི་ཚིག་འགག་ནང་བཞིན་ཡིན་ཏེ། “སྟོད་ས་མེད་ན་རྒྱལ་ཁམས་ཇི་ལྟར་སྐྱོང་། ལག་ལེན་མེད་ན་མཐའ་མཚམས་སུ་ཡིས་སྲུང་”ཞེས་པ་དེའོ།། རྒྱལ་ཁབ་ཀྱི་བདེ་སྡུག་གི་དོན་དུ་འབད་པ་དང་སློབ་གྲྭ་ནས་སློབ་གཉེར་བྱེད་པ་གང་ཡིན་རུང་ཚང་མ་འགན་འཁྲི་ལྕབས་ཆེན་ཞིག་ཡིན་ཞིང་། གང་ཞིག་སྒྲུབ་རུང་ཚང་མ་ལེགས་པོར་སྒྲུབ་དགོས།

ཆེན་ཧྭ་ཡི་སྐབས་བཅུ་པ་ནི་སྨོན་ཙི་ནས་མཐར་ཕྱིན་པ་དང་། ཨ་ཕས་མཐར་ཕྱིན་སློབ་མ་ཚོར་ལག་བྲིས་གནང་བ་སྟེ། “གོང་མས་ལོ་རྒྱུས་ཀྱི་འགན་ལྕི་ཁོ་བོར་སྤྲོད་དོན་ནི། ཐོག་མར་ཁོ་བོའི་འདུན་པ་ལ་བར་ཆད་བཟོ་བ་དང་། རྩ་རྒྱུས་རུས་ཀྲང་ངལ་དུབ་ཏུ་གཏོང་བ། ལུས་པོ་སྐྱི་ལྷགས་བཀྲེས་ལྟོགས་སུ་གཏོང་བ། གཟུགས་གཞི་ཐང་ཆད་ཤུགས་ཟད་དུ་གཏོང་བ། བྱས་པ་ཀུན་ལ་འགལ་རྐྱེན་ཟིང་སློང་བཟོས་པར་བརྟེན། ཁོའི་སེམས་

འདུན་ལ་ངར་བླུད་ནས་གཤིས་རྒྱུད་སྲ་བརྟན་དུ་བཏང་སྟེ། སྟེར་མེད་འཇོན་ནུས་སྐྱེད་སྲིང་བྱེད་པར་བྱ། སྐབས་བཅུ་པའི་སློབ་མ་རྣམས་པེ་ཅིང་ནས་ཁྲང་ཧྲ་ཧེན་ཧྲན་བར་དུ་དང་། ཁྲང་ཧྲ་ཧེན་ཧྲན་ནས་ཁྲུན་མིང་མོན་ཙིའི་བར་དུ། དཀའ་སྤྱད་འབད་བརྩོན་བྱས་ནས། ཐངས་ཅད་ཉམས་སུ་མྱངས་ན། ཕན་པ་བརྒྱ་འགྱུར་འབྱུང་། མོན་ཙིའི་སྐད་ཆ་འདི་དྲངས་ནས་མཐར་ཕྱིན་གྱི་རྗེས་དྲན་དུ་ཕུལ་བ་ཡིན། ”

ཆིག་སྟོང་བརྒྱད་ཅུ་གྱ་བརྒྱད་ལོར་སྐབས་བཅུ་པའི་སློབ་མ་མཐར་ཕྱིན་ནས་ལོ་ལྔ་བཅུ་འགོར་བས། རྗེས་དྲན་གྱི་དུས་དེབ་ཅིག་སྤེལ་བ་རེད། ཕང་ཡའོ(སྐབས་བཅུ་པའི་སློབ་མ)དགེ་བཤེས་ཀྱིས་ཨ་ཕ་ལ་ལག་བྲིས་ཤིག་འབྲི་རྒྱུའི་རེ་བ་བཏོན་པ་དང་། ཨ་ཕས་ཕྱག་བྲིས་གནང་བ་སྟེ། “མེ་ཏོག་བཞད་ཐེངས་བརྒྱད་ལ་གཟིགས་མོལ་གནངས།། སྤྲོ་བས་བལྟམས་ནས་ལྷོ་ཕྱོགས་ཡུལ་དུ་བསྐྱོད།། ཡང་བསྐྱར་ཕྱག་བྲིས་གནང་བའི་བཤུལ་ལམ་དུ།། ལོ་ངོ་ལྔ་བཅུའི་འབྲས་བུའི་མགོ་སྩོག་དུད།། ”

ད་ལྟ་སླར་ཡང་ལོ་ལྔ་ཕྱིན་པ་དང་། དྲིན་ཆེན་ཕ་ལོ་ཡང་སྐུ་གཤེགས་ནས་ལོ་འཁོར་གསུམ་ལྷག་འགོར། ལོ་ཟླ་རིང་མོ་བསྟར་ལ་བརྒྱུས་ཤིང་། ཤེས་རིག་གི་གློང་བརྗོལ་བའི་མིའི་མཛད་རྗེས་ཀྱིས་ང་ཚོའི་བསམ་གཞིག་བསླངས།

1994ལོའི་ཟླ1པའི་ཟླ་དཀྱིལ་དུ།

གང་ཟག་སྙིང་གི་མིའུ་ཐུང་གི་གཏམ།

ཆིག་སྟོང་དགུ་བརྒྱ་གོ་དགུ་ལོར་སྐུ་ཞབས་ལྷུན་ཡེ་ཧྲོ་འཁྲུངས་ནས་ལོ་འཁོར་བརྒྱ་ལོན། ཁོ་རང་ང་ཚོ་དང་ཁ་བྲལ་ནས་ཀྱང་ལོ་འཁོར་ལྔ་བཅུ་ལྷག་འགོར་སོང་། མི་རྣམས་ཀྱིས་འདྲ་པར་ལས་ཁོའི་བརྗིད་ཉམས་ལ་ཞལ་མཇལ་བྱེད་པ་རེད། འདྲ་པར་ཞིག་རྒྱུགས་ཤིན་ཏུ་ཆེ་སྟེ། དེ་ཡིས་སྐུ་ཞབས་ལྷུན་ལགས་ཀྱི་སྙན་ངག་པའི་གཤིས་ཀ་དང་མཁས་དབང་གི་ཉམས་འགྱུར་མཚོན་ཐུབ། ཁོའི་མགོ་བོ་གཡོན་ཡོད་པ་དང་ཁའི་ནང་དུ་གང་ཟག་བཟུང་འདུག འདྲ་པར་གྱི་གང་ཟག་གི་སྙིང་དུ་མིའུ་ཐུང་ཞིག་ཡོད་པ་དེ་ང་ཡིན།

ང་རང་འདྲ་པར་གྱི་ནང་དུ་ལོ་ངོ་བཞི་བཅུ་ལྷག་ལ་བསྡད་པ་དང་། ཆིག་སྟོང་དགུ་བརྒྱ་གོ་གཅིག་ལོར་སྔན་ཁང་དུ་སྡོད་སྐབས་ད་གཟོད་ང་ཡིན་པ་ཤེས། ང་རང་དགའ་བ་འབུམ་གྱིས་ཁེངས་སོང་། འདྲ་པར་དེ་ངའི་སྲུང་འཁོར་ལྟ་བུར་གྱུར་ནས། གདོན་འདྲེ(ནད་གདོན་ཡང་འདུ)སྣ་ཚོགས་དང་འཐབ་རེས་བྱེད་སྐབས། འདྲ་པར་འདི་དྲན་ཐེངས་རེ་ལ་སྐུ་ཞབས་ལྷུན་ལགས་དྲན་པ་དང་། དེ་ནས་སྟོབས་ཤུགས་རྒྱས་པ་རེད།

མི་གང་མང་ཞིག་གིས་སློབ་དེབ་ཀྱི་ཁྲིད་དུ་སྐུ་ཞབས་ལྷུན་ལགས་ཀྱི《ཆེས་མཇུག་མཐའི་གསུང་བཤད་གཅིག》ཅེས་པ་བཀླགས་མྱོང་ཡོད། སྔོ་ལས་བྱུད་ཚེ་ཕྱིར་མི་ལོག་པའི་སྙིང་སྟོབས་ཀྱིས་མི་མང་པོ་ཞིག་ལ་ཤུགས་

རྐྱེན་བཟློས་པ་དང་། སློབ་གསོ་ཐེབས་སུ་བཙུག

སྐུ་ཞབས་ལྷུན་ལགས་ཀྱིས་སྐད་ཆ་དྲང་མོར་བཤད་རྒྱུར་སྐུལ་ཞིང་། ཁོས་ཇི་ལྟར་བསམས་ན་དེ་ལྟར་བཤད་རྒྱུ་ལག་ལེན་བྱས། འཇའ་འགོག་གི་དུས་མཇུག་ཏུ། གཏམ་བརྗོད་མང་པོ་སྤེལ་བ་དང་། ཆེས་མཐོའི་དབང་སྒྱུར་མཁན་ལ་སྐྱོན་བརྗོད་ཚ་པོ་བྱས་ཏེ། རང་གི་བདེ་འཇགས་ལ་དོགས་སྣང་སྤྲུ་ཙམ་ཡང་མི་བྱེད། ཁོང་གི་དཔའ་མི་ཞུམ་པའི་སྙིང་སྟོབས་ཆེན་པོ་འདི་སྲིན་དཀར་བང་རིམ་དུ་སླེག་ཡོད། ཁོང་ནི་སྐྲག་འཇིགས་མེད་པ་ཞིག་ཡིན་མོད། འོན་ཀྱང་ལས་གྲོགས་ཚོ་ལ་གུ་ཡངས་བཟོད་སྒོམ་བྱེད་པ་དང་། རྒྱུན་པར་གཞན་དོན་བསམས་པ་ཡིན་ལ། གནག་སེམས་གནོད་འཚེའི་སྐད་ཆ་ཅི་ཡང་ཐོས་མ་མྱོང་། ངས་བསམས་ན་ཁོང་ཉིད་དེང་གི་དབང་སྒྱུར་མཁན་ལ་ཞེ་འཁོན་ལངས་པ་ནི་མི་དམངས་ཀྱི་ཕྱོགས་ནས་ལངས་པ་ལས། རང་དོན་གྱི་ཆེད་དུ་མིན་པར། མི་སྣེར་བར་གྱི་རྗོད་པ(རེ་འགའ་འབྱུང་སྲིད)སེམས་སུ་མི་འཛིན་པར་འདོད། དེ་བས“དབང་ཤེད་ཅན་ལ་ཁྲོ་བའི་སྡང་མིག་ལྟ། བྱིས་པས་ཞོན་པའི་བ་གླང་བྱེད་པར་མོས”ཞེས་པ་ཡི་མིག་དཔེ་ཞིག་ཡིན་ཞེས་བཤད་ཚོག

སྐུ་ཞབས་ལྷུན་ལགས་ཀྱི་གསར་བརྗེའི་སྙིང་སྟོབས་སུ་སྙན་ངག་པའི་གཉིས་ཀ་འདུས་ཏེ། “འདི་ནི་རེ་ཐག་ཆད་པའི་ཆུ་འཁྱིལ་ཞིག་ཡིན་ལ། དཔྱིད་རླུང་གིས་ཆུ་རིས་སློང་མི་ཐུབ། ” (《ཆུ་འཁྱིལ》ལས་བཤུས) “དཔྱིད་ཀྱི་དཔལ་མོ་ལྗང་ལོ་རེ་རེའི་སྟེང་ནས་མངོན་པ་དང…… ལྷའི་ཕོ་ཉ་ཁྲུ་གཅིག་གིས་མཚམས་སྲིན་དུ་ཉེན་ཟོན་སྐོར་ཞིབ་བྱེད་པ་ནང་བཞིན …… གློ་བུར་དུ་ཁྲིམ་སྲུང་གི་ཕྱུགས་ནས་སྐད་དྲངས་མོ་ཞིག་གྲག་ཡོང་བ་

སྟེ། ‘ཨ་གནམ་ རྐན་མ། ང་དམུས་ལོང་འདི་ལ་སྙིང་རྗེ་ཞིག་སྐྱོམ་དང་’ ཟེར། ”(《དཔྱིད་དཔལ》ལས་བཤུས) ཁོང་གིས་བརྩེ་དུང་ཟབ་མོས་སྤྲོ་ཚོགས་ཡོངས་ལ་གཟིགས་སྐྱོང་གནང་བ་རེད། ང་རང《ཡིན་ཤེས་ཆེ》ཞེས་པའི་སྨྱུ་ངན་ཞུ་སྐྱུ་ལ་དགའ་སྟེ། “ང་ཡིས་ཁྱོད་ཀྱི་ལུས་སྲུ་ས་གཞི་ཡང་མོར་འགེབས། ཤོག་བུའི་སྐོར་མོ་དལ་གྱིས་བསྐུར་བར་བྱེད། ” འདི་ནི་བརྩེ་དུང་གཞན་ཞིག་ཡིན་པ་དང་། འཆི་བ་མི་རྟག་པ་ཤེས་ཚོ་འཛིགས་སྣང་མེད་མོད། འོན་ཀྱང་བརྩེ་དུང་ཟབ་མོ་ཆགས་ཡོད། སྐྱ་ཞབས་ཕྲུན་ལགས་ཀྱིས《དགུ་སྨྱུ་གནའ་སྨྱུའི་གློས་གར་གྱི་འགྲེལ་བ》ཞེས་པ་བརྩམས། འདི་ནི་ཁོང་གིས་ཆུས་ཡོན་གྱི《དགུ་སྨྱུ》གཞིར་བཟུང་ནས་བྲིས་པའི་གློས་གར་གྱི་འཁྲབ་གཞུང་ཡིན་ལ། བསམ་པའི་བཀོད་ཤུགས་དྲག་པོ་ལྡན། ངས་ཁོང་གི་འཁྲབ་སྟོན་ལ་ཤིན་ཏུ་བལྟ་འདོད། རེ་འདུན་ཅིག་ཤོས་ནི་ཨེ་ལོ་ཞན་ཁེ་ཡི《ཁམ་མདོག་གི་སྤྲིན》གྱི་འཁྲབ་སྟོན་ལ་ལྟ་རྒྱུ་དེ་ཡིན། ངས་བསམ་ན་ཚེ་འདིར་བལྟ་མི་ཐུབ་པར་འདོད།

ཉེ་ཆར། ཕྲུན་ཏའི་སྲིང་མོས་ང་ལ་སྐྱ་ཞབས་ཕྲུན་ལགས་ཀྱི《སྙན་གཞུང་སྤྱི་འགྲེལ》ཞེས་པའི་དཔེ་ཆ་གཅིག་བྱིན། འདི་ནི་མ་ཟིན་ཞིག་ཡིན་ཞིང་ཕྲུན་ཏའི་ཡིས་ཞུ་དག་བྱས་ནས་བསྒྲིགས་པ་རེད། ངས་བལྟས་རྗེས་དེར་ཡིག་འབྲུ་རེ་རེ་བཞིན་འགྲེལ་བརྒྱབ་ཡོད་ཅིང་ཤིན་ཏུ་རྒྱས་པ་ཞིག་ཡོད་པས། “ཐོག་ཁང་ལས་ནི་འབབ་དོན་མེད”ཅེས་པའི་སྙིང་སྟོབས་དེ་བས་སྤྱོང་རོལ་བྱེད་ཐུབ། གནའ་མིས་བཤད་རྒྱུར། “ལོ་གསུམ་གླིང་ག་མ་གཉེར་ན། སྐྱིད་པོའི་འབྲས་བུ་ཐོབ་པ་མེད”ཅེས་པས། ད་གཟོད་རྒྱུད་ལ་ཡོན་ཏན་འཁྱོར་ཐུབ་ཟེར། ཡོན་ཏན་སློབ་ན་གླིང་ག་མི་གཉེར་བ་དང་ཐོག

ཁང་ལས་མི་འབབ་པའི་སྙིང་སྟོབས་ཤིག་དགོས།

ཆིག་སྟོང་དགུ་བརྒྱ་ཞེ་བདུན་ལོར། ང་རང་ནན་ཁེད་སློབ་ཆེན་དུ་འགྲིམས་བཞིན་ཡོད། ཟླ་ལྔ་པ་དང་དྲུག་པའི་བར་དུ། སྙན་ངག་གི་དགོང་ཚོགས་ཤིག་ཚོགས་ནས། སྐུ་ཞབས་ཤུན་ཡུས་ཧྲོ་ལ་རྗེས་དྲན་མཛད། སྐུ་ཞབས་རྒྱུན་པེ་ཅིང་ནས་དགོང་ཚོགས་སུ་སླེབ་པ་དང་། གསུང་བཤད་གནངས། ཚོགས་འདུའི་རྗེས་སུ། ངས་སྙན་ངག་ཅིག་བྲིས་པ་དང་། དེ་ནི་ངས་ཐེངས་དང་པོར་སྤེལ་བའི་སྙན་ངག་གསར་པ་ཞིག་ཡིན། ཚན་པ་གཅིག་འདིར་བཤུས་འབྲི་བྱས་ཡོད་དེ། སྙན་ངག་གི་ཁ་བྱང་ནི《ང་རང་ཁྱོད་ཀྱི་གམ་དུ་གཏན་ནས་བཅར་མ་སྐྱོང》ཞེས་པ་དེ་ཡིན།

ང་རང་ཁྱོད་ཀྱི་གམ་དུ་གཏན་ནས་བཅར་མ་སྐྱོང་།
རེད་ཡ། ང་རང་ཁྱོད་ཀྱི་གམ་དུ་གཏན་ནས་བཅར་མ་སྐྱོང་།
ཚང་མ་གཉིད་དུ་ཡུར་བའི་ངོ་གདོང་ལས་ངས་མཐོང་བྱུང་།
ཁྱོད་ཀྱི་བཞིན་རས།
ཚང་མའི་དུ་ཤུབ་ཀྱི་སྐད་སྒྲ་ལས་ངས་ཐོས་བྱུང་།
ཁྱོད་ཀྱི་སྐད་སྒྲ།
ངས་དེ་རིང་ད་གཟོད་ཁྱོད་ཉིད་རྙེད། ཁྱོད་ཉིད་རྙེད་བྱུང་།
ཁྱོད་ཉིད་རྙེད་བྱུང་སྟེ།
ང་ཚོའི་གྲས་སུ་མཆིས།

ཤུན་ཡུས་ཧྲོ་ནི་ན་གཞོན་གྱི་ཁྲིད་དུ་རྟག་བརྟན་དུ་གནས་པ་དང་། ཁོང་གི་སྙིང་སྟོབས་ནམ་ཡིན་ཡང་ན་གཞོན་ཞིག་ཡིན། ལོ་འདི་གཞི་རིང་ལ།

ང་ཚོས་ལྷུན་ཡུས་ཧོ་དེ་འདྲ་མི་དྲན་ཞིང་། ཁོང་གི་སྙིང་སྟོབས་དང་རིང་དུ་བྲལ་བས། ང་ཚོར་ཁོང་གི་སྙིང་སྟོབས་ཤིན་ཏུ་དགོས་མཁོ་ཆེ་སྟེ། གཏུམ་སྤྱོད་ཅན་ལ་འཇིགས་པ་མེད་ཅིང་། མི་དཀྱུས་མ་ལ་སྙིང་ནས་བརྩེ་བ་དང་། བསམ་པའི་བཀོད་ཤུགས་ལྡན་སྲུམ་ཚོགས་པའི་མཛེས་དཔྱོད་ཀྱི་ལྟ་བ། ད་དུང་ནན་ནན་ཏན་ཏན་དང་ལན་མེད་སྙུག་སྡོད་བྱེད་ཐུབ་པའི་སློབ་གཉེར་གྱི་རྣམ་འགྱུར་བཅས་སོ།། ངས“ཐོག་ཁང་ལས་འབབ་དོན་མེད”ཅེས་པའི་ཁྲིད་དུ་ལན་མེད་སྙུག་སྡོད་མ་གཏོགས་མེད་པ་ཤེས་ཡོད།

དེ་ནས་སླར་ཡང་འདྲ་པར་དེར་བལྟ་དང་། ཆིག་སྟོང་དགུ་བརྒྱ་ཞེ་ལྔ་ལོའི་ལོ་མགོར། ནུབ་ལྷོའི་མཉམ་འབྲེལ་སློབ་ཆེན་གྱི་ཡིའུ་ཡིའུ་ལུས་རྩལ་ཚོགས་པས་ཧྲེ་ལིན་དུ་འགྲོ་རྒྱུ་རྩ་འཛུགས་བྱས་པ་དང་། སྐུ་ཞབས་ལྷུན་ལགས་དེར་ཞུགས་རྒྱུའི་གདན་འདྲེན་ཞུས། སྐུ་ཞབས་ལྷུན་ལགས་ཀྱིས་ལི་ཏེའོ(ལེ་དབྱིན)ཕྱུན་ཟླ་དང་ང་། དེ་མིན་ཀྱང་ཡའོ་བཅས་ཁྲིད་ནས་སོང་། སྐབས་དེར་ཧྲེ་ལིན་དུ་འགྲོ་ན་མི་འཁོར་དུ་སྡོད་པ་དང་རྟར་ཞོན་དགོས་ལ། བེ་ཅི་སློབ་ཆུང་དུ་སླེབ་རྗེས་ཐང་ནས་ཉལ་དགོས། ཡུལ་ལྗོངས་ལ་ལྟ་རུ་འགྲོ་ནའང་རྐང་ཐང་དུ་སྐྱོད་དགོས་པས། ཚང་མ་འགྲོ་མཁན་ཏག་ཏག་ཡིན། ཉིན་ཞིག་གི་ཚོས་ཇའི་སྐབས་སུ། ཟ་ཁང་ཆུང་ཆུང་ཞིག་ཏུ་ཟ་མ་ཟོས་པ་དང་། སྐུ་ཞབས་ལྷུན་ལགས་ཀྱིས་འབྲས་སྐྱུད་བླངས། ང་ཚོ་བྱིས་པ་རེ་རེར་དཀར་ཡོལ་གང་རེ་ཡོད་པ་མ་ཟད། ཚང་མར་ལྟ་སྐྱོང་བྱས་ནས་སྔོན་ལ་ཟ་རུ་བཅུག ཕྱིས་སུ་ཁྲང་ཧོ་མཆེའུ་ཡི་འགྲམ་དུ་མཉམ་སྤྲོའི་ཚོགས་འདུ་འཚོགས་པས། འདྲ་པར་ནི་དེ་དུས་བླངས་པ་ཡིན།

ང་རང་གང་ཟག་གི་སྟེང་དུ་བསྟད་མོད། འོན་ཀྱང་ཕྱིན་སྙུག་འཁྲིགས་

པའི་ཚོར་བ་མ་བྱུང་བར། སེམས་སྨུག་དང་སེམས་ཁྲེལ་སྐྱེས་པ་རེད། དེ་ནི་གང་ཟག་གི་སྙིང་དུ་སྡོད་པའི་རྐྱེན་གྱིས་ཡིན་ནམ་ཞེ་ན། ང་ལ་སེམས་སྨུག་སྐྱེས་པ་ནི་ང་ཚོ་ལྷུན་ཡུས་ཏོ་དང་རིང་དུ་བྲལ་བས་ཡིན་ལ། སེམས་ཁྲེལ་བྱུང་བ་ནི་ང་ཚོ་ལྷུན་ཡུས་ཏོ་དང་རིང་བྲལ་ག་ཚོད་བྱས་སོང་བ་མི་ཤེས་པས་ཡིན།

1998ལོའི་ཟླ12པར་རྫིང་ལུའུ་ནས།

གཟའ་ལྷག་པའི་དགོང་ཟ།

ན་ཞིང་གི་དཔྱིད་ཀ་སླེབ་དུས། ང་རང་སྨན་ཁང་དུ་བསྡད་ཡོད། ལྡུམ་རའི་ནང་གི་ས་སྐྱ་སྔོན་པར་གྱུར་པ་དང་། རྩྭ་ཕྲན་གང་ས་གང་དུ་འབུས་ཡོང་བ་མཐོང་བས། དངོས་གནས་སེམས་གསོ་ཐོབ་པ་དང་དགའ་སྤྲོ་འཕེལ་བ་ཞིག་རེད་དེ། "གསོན་ཐུབ་ན་ངོ་མ་སྐྱིད་པོ་རེད"ཅེས་རང་གིས་རང་ལ་ལབ་པ་ཡིན།

སྐབས་དེར་ཉིན་རེར་བསམ་བཞིན་པ་ནི་སྨན་པ་དང་མཉམ་འབྲེལ་བྱས་ནས་ནད་ཇི་ལྟར་གསོ་རྒྱུ་དེ་ཡིན། ལུས་སྟོབས་གསོ་ཆེད་བཟའ་བཏུང་དེ་དོན་ཆེན་ཞིག་ཏུ་གྱུར་ཡོད། དུས་རྒྱུན་ང་རང་སྤྱིད་ལུགས་ཡིན་པས"ཟ་རྒྱུ་མེད་ཀྱང་ཟ་མ་མི་བཟོ"བའི་རྩ་དོན་ལག་བསྟར་བྱས་པ་ཡིན། གཞན་གྱིས་ཟས་ཞིམ་པོ་ཞིག་ལས་ཡོད་ན་ང་རང་ཟ་རྒྱུར་སྤྲོ་བ་ཡོད་པ་སྨོས་མ་དགོས་མོད། འོན་ཀྱང་རང་ཉིད་སྤྱིད་ལུགས་དུ་བསྡད་ནས་ཟ་མ་མི་བཟོ། ནད་ཐོག་རྗེས། གཞན་གྱིས་ཟ་མ་བཟོ་བ་དང་ངས་ཟ་བ་ནི་འོས་ཤིང་འཚམ་པ་ཞིག་ཏུ་གྱུར་ཅིང་། ད་དུང་ཞིམ་པོ་མིན་པར་འཛེམ་པ་རེད། ཟ་མ་བཟོ་མཁན་ལ་ཀྱང་ཧེ་ཡི་ཚ་མོ་ཧྲིན་སུའུ་ལས་གཞན། ད་དུང་ཐག་ཉེ་རུ་ཡོད་པའི་མ་རྒྱུད་ནུ་བོ་དང་མ་རྒྱུད་ནུ་མོ་ཡོད་ལ། ལོ་དུ་མང་གི་གྲོགས་པོ་ལི་ཧེ་འོ(པེ་དབྱིན)ཡོ་ཤུག་ཀྱང་ཡོད།

ལི་ཧེའོ་ནི་སྐྲ་ཞབས་ཕྲུན་ཡུས་ཧྲོ་ཡི་བུ་གཉིས་པ་ཡིན་ཞིང༌། ང་དང་ན་ཟླ་ཡིན། ང་དང་ཕོའི་ཕྲུ་གུ་ལི་ཧྥེ་གཉིས་འཛིན་གྲྭ་གཅིག་པ་ཡིན་མོད། འོན་ཀྱང་ང་དང་ཕྲུན་སྲས་གཉིས་པ་ཡི་འབྲེལ་བ་ནི་ང་དང་ཕྲུན་སྲས་ཆེ་བ་ཡི་འབྲེལ་བ་ལས་བཟང་དོན་ཅི་ཡིན་པ་ངས་མི་ཤེས། ལི་ཧེའོ་ཡིས་ངའི་གནས་ཚུལ་ཤེས་རྗེས། གཟའ་ལྷག་པའི་དགོང་ཇ་ཁས་ལེན་བྱས་ནས། ཐུག་འཕྲད་ཀྱི་དུས་ཚོད་ཀྱང་ལ་ཕྱིན་པ་རེད། རྒྱུ་མཚན་ནི་གཟའ་ལྷག་པར་ཐུག་འཕྲད་བྱེད་མི་ཆོག་པས། ཁ་ཡག་ཇོ་དགའ་མང་པོ་བཤད་ན་ད་གཟོད་ནད་ཁང་དུ་འགྲོ་ཆོག་པས་སོ།། ལི་ཧེའོ་ཡིས་ཐེངས་རེ་རེར་ཕོང་གི་རྒྱལ་ཁ་དགའ་ལྷང་ལྷང་གིས་བཤད་པ་ཡིན་ལ། ཕྱིས་སུ་ངའི་ལུས་པོ་རིམ་བཞིན་ཇེ་བདེ་རུ་ཡོང་ནས་ཐོག་ཁང་གི་གཤམ་དུ“ཟ་མ་ལེན་དུ་སོང”བ་ཡིན། ཕོས་ཟས་སྣོད་བཟུང་སྟེ་བར་འཁྱམས་ནས་ཡོང་བ་མཐོང་འཕྲལ། ཏག་ཏུ་ཏ་ལས་པ་ཞིག་བྱུང་ལ། མ་གཞིར་ང་ཚོ་ཚང་མ་བགྲེས་པོ་ཡིན།

བྱ་ཤའི་ཁུ་བའི་ཐུག་པ་དཀར་ཡོལ་གང་རེད། ཚོལ་ཞག་བླངས་ནས་གཙང་མ་བྱས་འདུག སྔོ་ལྡོང་ལྡོང་གི་ཚལ་ལོ་འགའ་ཁར་གཡེང་ཡོད་པས་ཡི་ག་ཆེ་ཆེར་ཕྱེ་སོང༌། ཐེངས་ཤིག་ལ་འབྲས་སྐྱུད་བསྐོལ་ཡོད། བྲོ་རྫས་ཅི་ཞིག་བཏབ་ཡོད་པའང་མ་ཤེས་པར། དཀར་ཡོལ་གང་པོ་འཐུང་ཚར་སོང༌། ལི་ཧེའོ་ཡིས་ད་དུང་བསམ་འཆར་བསྡུ་ལེན་བྱེད་པ་སྟེ། “རྗེས་མར་ཅི་ཞིག་བཟའ་འདོད”ཅེས་དྲིས་པར། ཁྲུང་ཧྭ་ལྷུམ་མོ་ནི་ཧྲན་ཞིའི་མི་ཡིན་པ་ཤེས་པས། ངས་བསམ་བློ་མ་བཏང་བར“ཉིང་ཕེ་ཙེ”ཞེས་བཤད།

“ཁྱོས་ཇོ་མ་འདེམས་ཤེས། ” ཕོས་དགོད་ཞོར་དུ“ཁྱོད་འདི་ནི་ལྷན་སྐྱེས་ནས་གཞན་གྱིས་ཞབས་ཏོག་སྒྲུབ་དགོས་པ་ཞིག་རེད”ཟེར།

ཡང་གཟའ་ལྷག་པའི་ཉིན་མོ་ཞིག་ཡིན་ལ། དངོས་གནས་ཉིང་ཕེ་ཙོ་ཁྱེར་ཡོང་བ་རེད། ཟས་རིགས་འདི་བཟོ་བར་ལྷག་ཏུ་དཀའ་ལས་ཆེ། ཆེད་སྒྲུད་ཀྱི་སྣེར་མ་ཞིག་གི་ནང་དུ་ཕྱེ་འབག་གང་བླུག་ནས། ཆུ་ཁོལ་གྱི་ནང་དུ་དཀྲུགས་དགོས། བྲོ་བ་སྤར་བཞིན་ཞིམ་མངར་ལྡན་པ་དང་། ཟས་སྣོད་ཀྱི་ནང་དུ་ད་དུང་སྣེར་མ་ཆུང་ངུ་ཞིག་ཡོད་དེ། སིལ་ཙོ་རིལ་འགའ་བཞག་ཡོད། ལི་ཧྲེའོ་ཡིས་འདི་ནི་བྲོ་རྫས་ཀྱི་ནང་དུ་སྣོག་པ་ཡོད་པས། ཟ་མ་ཟས་རྗེས་ཙོ་རིལ་ཟས་ན་སྣོག་དྲི་ལེན་ཐུབ་ལ། ཁྲུང་ཧྭ་ཡིས་གྲ་སྒྲིག་བྱས་པ་རེད་ཟེར།

ངས་སྐབས་དེར་ང་རང་སངས་དྲག་མི་ཡོང་བའི་གནས་ལུགས་ཤིག་མེད་པར་འདོད།

ལི་ཧྲེའོ་ཡིས་དགོང་ཇ་ཁྱེར་ཡོང་བ་མ་ཟད། ད་དུང་དཔེ་ཆ་འགའ་ཡང་ཁྱེར་ཡོང་བ་རེད། མང་ཆེ་བ་འཇའ་འགོག་སྐབས་ཀྱི་ཁྲུན་མེང་གི་འཚོ་བའི་སྐོར་གྱི་དཔེ་ཆ་རེད། ཐེངས་ཤིག་ལ་ཆིག་སྟོང་དགུ་བརྒྱའི་ཞེ་ལྔ་ལོར་སྐུ་ཞབས་ལྷུན་ཡུས་ཧྥོ་དང་མཉམ་དུ་ཧྲི་ལིན་དུ་སོང་བ་གླེང་ནས། སྐུ་ཞབས་ལྷུན་ལགས་ཀྱི་ཁའི་ནང་དུ་གང་ཟག་བཙུག་པའི་འདྲ་པར་དེ་ཧྲི་ལིན་ཉེ་འདབས་ཀྱི་བེ་ཅོ་སློབ་ཆུང་གི་ལུས་སྦྱོང་ར་བར་བླངས་པ་ཡིན་ཞེས་ཟེར།

ངས"བཤད་ཡོང་ན་ང་ལ་འདྲ་པར་དེ་མེད"ཅེས་བཤད།

"གཅིག་བསྒྲུས་པས་ཆོག" དངོས་གནས་ཐེངས་རྗེས་མར་འདྲ་པར་དེ་ཁྱེར་ཡོང་བ་དང་། རྒྱུན་ལྡན་ལས་ཅུང་ཆེ། སྐུ་ཞབས་ལྷུན་ལགས་ཀྱི་སྨིན་མ་སྟུག་པོའི་འོག་གི་མིག་ཟུང་ལ་གཟི་མདངས་འཆར་བ་དང་། ང་ཚོར་བལྟས་འདུག་ལ། གང་ཟག་ལས་ཏུ་ཞག་འཕྱུར་བ་རེད།

སྐུ་ཞབས་ལྷུན་ལགས་ཀྱི་ལྟག་རྒྱབ་ཏུ་མིའུ་ཐུང་ཤ་རིད་ཅིག་ཐང་དུ་བསྡད་ཡོད། ལྦ་བ་གསལ་པོར་མི་མཐོང་ལ་སྐྲ་ཙུང་རིང་ཞིང་འཁྱིལ་ཡོད། “ཨ་ཙེ། འདི་ནི་སུ་རེད། ” ངས་དེ་ལྟར་འུར་བརྒྱབ།

ཕྱིར་ནས་ཚུར་སྣང་རྟུལ་པོ་ཡིན་པའི་ཀྲུང་གིས་ད་ཐེངས་བལྟས་མ་ཐག་ངོ་ཤེས་སོང་ལ། ཁོས་ལོ་ཆུང་དུས་ཀྱི་ང་རང་ངོ་མི་ཤེས་མོད། “འདི་སུ་རེད། འདི་ནི་ང་ཚོའི་ནད་པ་མ་ཡིན་ནམ”ཞེས་ཟེར།

ལི་ཧྲེའོ་ཡིས་མ་གཞིར་མཉམ་འཛོག་མ་བྱས་པས། སྐབས་འདིར་ངོས་ལེན་ཐག་གཅོད་བྱས། ངའི་འཁྲིས་སུ་ད་དུང་ན་གཞོན་ཞིག་ཡོད་དེ། ལི་ཧྲེའོ་མིན་ལ་ནུ་བོའང་མིན། གང་ལྟར་ཡང་སྐབས་དེའི་ངོ་ཤེས་ཤིག་ཡིན་ཁོ་ཐག་རེད།

ཕྱིར་ནས་རང་ཉིད་མཆོག་ཏུ་འཛིན་པ་དང་འདྲ་པར་རྒྱག་རྒྱུར་མི་དགའ་ལ། མི་མང་བའི་སྐབས་སུ་རྒྱང་བཀྱེད་ནས་འདུག་པ་ཞིག་ཡིན། ད་རེབ་ཅི་ཞིག་བྱུང་སོང་ངམ། ང་རང་སྐུ་ཞབས་ལྷུན་ལགས་དང་ཐག་མི་ཉེ་མོད། འོན་ཀྱང་འདྲ་པར་བླངས་འདུག་པ་མ་ཟད། ད་དུང་ཏ་ལམ་ལོ་ལྔ་བཅུ་ཡི་རྗེས་སུ་ད་གཟོད་ཤེས་པ་ཡིན། འདྲ་པར་གྱི་ནང་དུ་རང་གིས་སྐུ་ཞབས་ལྷུན་ལགས་ལ་ཞབས་ཕྱི་སྒྲུབ་པ་མཐོང་ནས་ཏ་ཙང་དགའ་སོང་།

ཁུན་མིང་དུ་སྡོད་པའི་སྐབས་ཤིག་ལ་ངེད་ཚང་དང་ལྷུན་ཚང་གཉིས་ཁྱིམ་མཚེས་ཡིན། སྒོའི་མདུན་དུ་ནུབ་ཟས་ཅོག་ཙེའི་ཆེ་ཆུང་ལྟ་བུའི་ཐང་ཞིག་ཡོད་དེ། རྒྱ་སྨན་ལྗང་བུ་བཏབ་ནས་ལོ་མ་སོས་པ་འཐོག་རྒྱུ་ཡོད། ཨ་མ་དང་ལྷུན་ཨ་ནེ་གཉིས་རྒྱུན་པར་རང་རང་གི་ཚལ་ཞིང་དུ་ལངས་ནས་ཁ་བརྡ་བྱེད་པ་རེད། ནུ་བོ་ལི་ཧྲི་ལྟར་ལངས་ནས་རྐང་པ་བགྲུ་བའི་ཐབས

སྦྲུང་ནས། ང་ལ་ཁྲིད་པ་ཡིན། ཁྲུས་གཞོང་རྐུབ་བཀྱག་གི་ཐོག་ཏུ་བཞག་པ་དང་། མི་སར་ལངས་ནས་རྐང་པ་གཉིས་རེས་མོས་བྱས་ཏེ་གསེར་བྱ་རྐང་གཅིག་གི་རྣམ་པ་ལྟར། དགོད་ཞོར་དང་འཕྲུད་ཞོར་བྱས་པ་ཡིན། ལི་ཧྲི་ལ་འཛོན་ཐང་ལྡན་ཏེ་རི་མོ་འབྲི་ཤེས་ཤིང་ཟློས་གར་འཁྲབ་ཤེས་ལ། དབྱིན་ཇིའི་སྐད་ལའང་མཁས། གལ་སྲིད་འདོན་སྤེལ་གང་ལེགས་བྱེད་ཐུབ་ཚེ། ཉུ་ཡོ་གསུམ་པ་ལི་ཕིན་ལྟར་སྒྱུ་རྩལ་པ་ཞིག་ཏུ་འགྱུར་ཐུབ། ཟློ་ཕངས་པ་ཞིག་ལ་ཆིག་སྟོང་དགུ་བརྒྱ་ཞེ་དྲུག་ལོར་ཕོ་སྐུ་ཞབས་ལྷུན་ལགས་དང་མཉམ་དུ་གཤིན་རྗེའི་འཕྲང་དུ་ཉུལ་ཐེངས་གཅིག་བྱས་པ་དང་། ཆིག་སྟོང་དགུ་བརྒྱ་ང་བདུན་ལོར་ནོར་འཁྲུལ་གྱིས་སྐྱོན་བརྗོད་ཐེབས་པ་མ་ཟད། ཚད་པ་ཁེལ་ནས་དཀའ་སྡུག་མང་པོ་མྱངས་ཤིང་། སེམས་ཁམས་དུས་ཡུན་རིང་པོ་ཞིག་ལ་ཡིད་མུག་ཏུ་བཏང་། ཕོ་ནི་ཆིག་སྟོང་དགུ་བརྒྱ་གྱ་གཅིག་ལོར་ནད་ཀྱིས་ཤི་སོང་ལ། ན་ལྷའི་ཁྲིད་ཀྱི་ཚེས་སྤྱ་མོར་ཤི་བ་ཡིན་པ་འདྲ།

ཐེངས་དེར་ཧྥེ་ལིན་དུ་སྐྱོད་པ་ནི་ཉུབ་ལྷོའི་མཉམ་འབྲེལ་སློབ་ཆེན་གྱིས་རྩ་འཛུགས་བྱས་པ་ཡིན་ཞིང་། སྐུ་ཞབས་ལྷུན་ལགས་གདན་དྲངས་ཡོད། སྐབས་དེར་ལི་ཧྲི་དང་ལི་ཏའོ་སྲུན་ཟླ། ཉུ་ཡོ་དང་ང་བཅས་ཚང་མ་མཉམ་འབྲེལ་སློབ་ཆེན་གྱི་སློབ་མ་ཡིན་ལ། སྐུ་ཞབས་ལྷུན་ལགས་ཀྱི་རྗེས་འབྲངས་ནས་སོང་བ་ཡིན། སྟོན་ལ་མི་འཁོར་དུ་བསྡད་ནས་ལུའུ་ནན་དུ་སླེབ་པ་དང་། དེ་ནས་རྐེའུ་ཞིག་ལ་ཞོན་ནས་འགྲོ་དགོས། སྐབས་དེར་ང་ཚོ་ཚང་མར་དགུན་ལྭ་བར་ཚངས་ཅན་མེད་པས། ཐང་སྟོང་དུ་གྲང་རླུང་བསུས་ཏེ་རྐེའུ་ལ་ཞོན་ནས་སོང་ན། གྲང་ངར་མི་བཟོད་པའི་ཚོར་བ་ཞིག་སྐྱེར། རྟར་ཞོན་ནས་བེ་ཅོ་ལ་སླེབ་རྗེས། བེ་ཅོ་སློབ་ཆུང་དུ་ཞག་སྡོད་བྱས་

པ་ཡིན། དེའི་འཕྲོར་ས་ཆ་གང་དུ་འགྲོ་དགོས་ན་ཚང་མ་ཀྲང་ཐང་དུ་འགྲོ་དགོས། སྔོན་ལ་ཧྲི་ལིན་གྱི་ཉམས་འགྱུར་འདྲ་མིན་སྣ་ཚོགས་ལ་སྤྱོད་རོལ་བྱས་ཏེ། ལྷ་ཡི་ཚོ་འཕྲུལ་ལ་བསྟུགས་བརྗོད་འཛད་མེད་བྱས་པ་དང་། དེ་ནས་ཐབ་ཚུ་ཆེ་ཆུང་གཉིས་ཀ་མིག་གི་ལོངས་སུ་སྤྱད། ང་ལ་བག་ཆགས་ཆེས་ཟབ་པ་ནི་པེ་ཙོ་ཉེ་འདབས་ཀྱི་ཁྲང་ཧོ་མཚོའུ་ཡིན། མཚོའུ་འགྲམ་གྱི་རྗེ་ཡ་མ་གཟུགས་ལྷ་ན་སྡུག་ཅིང་། ཤིང་སྡོང་གི་རིགས་སྣ་ཤིན་ཏུ་མང་། ལྗང་ལོའི་གྲིབ་གཟུགས་ཆུ་ནང་དུ་ལྡོག་འཆར་བྱས་ནས་འོད་མདངས་བཀྲ། ཆུ་ངོས་ཤིན་ཏུ་འཛུགས་ཤིང་སློ་བདེ་བག་ཕེབས་ཤིག་ཡིན་ལ། མཛེས་ཉམས་ཀྱིས་ཁེངས་འདུག དེའི་རྗེས་སུ་ངས་འདི་འདྲའི་མཛེས་ཉམས་ལྡན་པའི་མཚོའུ་ཞིག་མཐོང་མ་མྱོང་། ཆིག་སྟོང་དགུ་བརྒྱ་བརྒྱད་ཅུའི་ལོར་ཕྱིར་ཁུན་མིང་དུ་ལོག་ནས། སླར་ཡང་ཧྲི་ལིན་དུ་སོང་མོད། གང་ས་གང་དུ་མིས་བཟོས་ཀྱི་རྗེས་ཤུལ་བཞག་ཡོད་པ་དང་། ལྷ་ཡི་ཚོ་འཕྲུལ་གྱི་ཚོར་བ་ཇེ་ཞན་དུ་སོང་ཡོད། ཁྲང་ཧོ་མཚོའུ་གླིང་མཁན་གཅིག་ཀྱང་མེད་ལ། མ་གཞིར་འཛིག་རྟེན་ལས་འདས་པའི་གཞུང་དྲང་བཙོས་མིན་གྱི་ཡུལ་ལྗོངས་ལ། གྲོམ་གཞུང་གི་རྣམ་པས་ཁྱབ་པ་མཐོང་རྒྱུར་འཛེམ་ནས། ཡང་བསྐྱར་དུ་འགྲོ་འདོད་མ་བྱུང་།

འདྲ་པར་འདིའི་ནང་དུ་ཡུལ་ལྗོངས་མེད་དེ། སྐབས་དེར་སློབ་གྲོགས་ཆེ་བ་ཚོའི་རྩ་འཛུགས་ཀྱི་དམིགས་ཡུལ་ཀྱང་ཡུལ་ལྗོངས་ལ་ལྟ་སྐོར་བྱེད་པ་མིན། ང་རང་སྔུན་འཐོམས་པས། ལུས་སྦྱོང་ཐང་དུ་སྐོར་བ་ཆེན་པོ་ཞིག་བསྐོར་ནས། ཨ་ཞིའི་ཞབས་བྲོ་སྦྱོང་བ་དང་། སྐུ་ཞབས་ལྷུན་ལགས་ཀྱིས་གསུང་བཤད་གནང་བ། སློབ་གྲོགས་ཆེ་བ་ཚོས་སྟན་ངག་གྱེར་འདོན་བྱེད་

པ། གླུ་དབྱངས་ལེན་པ་སོགས་ཡོད་པ་དྲན་མོད། འོན་ཀྱང་ནང་དོན་ཕལ་ཆེར་བརྗེད་འདུག

ཆིག་སྟོང་དགུ་བརྒྱ་བརྒྱད་ཅུའི་ལོར་སྔར་སྐུ་ཞབས་ལྷུན་ལགས་ཀྱི་འདས་པོའི་གྲོན་ཆས་བང་སོ་ལ་སྙན་ངག་ཅིག་བྲིས་མྱོང་། དེའི་མཇུག་ཏུ་སྙན་ཚིག་འདི་འདྲ་ཞིག་བྲིས་ཡོད་དེ། "འབར་བཞིན་པའི་གང་ཟག་དེ་ཡིས། ཁྲང་ཏོ་མཆོའུ་འགྲམ་གྱི་མཐའ་ཡས་པའི་སྨུག་སྤྲིན་མངོན་སུམ་དུ་མཐོང་ལ། བང་སོ་འདིའི་ནང་དུ་གྲོན་ཆས་ལས་གཞན། ད་དུང་སྨུག་སྤྲིན་དེ་འདྲ་ཡོད་པ་ངས་ཤེས་ཐུབ།" མ་གཞིར་འདྲ་པར་གྱི་ནང་དུ་དེ་ཡོད་པ་མ་ཟད་ད་དུང་ང་ཡང་ཡོད་པ་ཡིན།

སྐུ་ཞབས་ལྷུན་ལགས་རྐྱེན་ལམ་དུ་འདས་རྗེས། ཆེན་ཏྲ་ཡིས་སྡོད་གནས་མགོ་སྐྱོང་མི་བྱེད་པ་རེད། ཕ་མས་གནས་ཚུལ་དེ་ཐོས་ནས་ལྷུན་ཨ་ནེ་བྱིས་པ་ཚོ་དང་བཅས་པ་པེ་སླི་ཞི་སྲང་ལམ་གྱི་ཁྱིམ་དུ་གདན་དྲངས། ང་ཚོ་ལྷས་ར་ནང་མ་རུ་སྡོད་པ་དང་། ལྷུན་ཨ་ནེ་ཁྱིམ་ཚང་གང་པོ་ལྷས་ར་ཕྱི་མ་རུ་བསྡད་ཡོད། ང་རྒྱུན་དུ་ལི་ཧེའོ་དང་ནུ་བོ་བཅས་གསུམ་པོ་དང་མཉམ་དུ་ལྕགས་རྟར་ཞོན་པ་ཡིན། སྐབས་དེའི་སྲང་ལམ་གྱི་ལྕགས་རྟ་ད་ལྟ་ནང་བཞིན་འཚང་ཁ་ཤིག་ཤིག་བྱེད་པ་ཞིག་མིན་པས། གསུམ་པོས་དཔུང་གཤིབ་བྱས་ནས་ཞོན་ཡང་ཐེ་གཏོགས་བྱེད་མཁན་མེད། ད་ལྟ་སྐབས་དེར་པེ་ཏའི་ནས་བླངས་པའི་འདྲ་པར་འགའ་ཞིག་ཡོད་དེ། གཅིག་ནི་ལི་ཧེའོ་དང་ངེད་གཉིས་མཆོད་རྟེན་དཀར་པོའི་གཤམ་དུ་ལངས་ཡོད་ཅིང་། ངའི་སྒྲ་ནི་ཕར་བཞིན་སྐུ་ཞབས་ལྷུན་ལགས་ཀྱི་འདྲ་པར་སྙིང་གི་དེ་དང་གཅིག་པ་ཡིན། ཕྱིས་སུ་ང་ཚོ་ཆེན་ཏྲ་རུ་གཞིས་སྤར། ཁོ་ཚང་རྩ་འཛུགས་ཀྱིས

བཀོད་སྒྲིག་བྱས་ནས་བཅིངས་འགྲོལ་ཁུལ་དུ་སྤར། མིག་རྗེབ་དབང་གཅིག་གིས་ལོ་ངོ་བཅུ་ཕྲག་འགའ་འགོར་སོང་།

ཁུན་མེང་དུ་ཡོད་སྐབས། དགེ་རྒན་ཆེན་མོ་ཚོར་འཚོ་བའི་རྐྱེན་གྱིས་ཞོར་ལས་ཀྱི་ལས་རིགས་མི་གཉེར་ཐབས་མེད་བྱུང་། སྐུ་ཞབས་ལྷུན་ལགས་ལྕགས་རིགས་ལུགས་ཡིག་ལ་མཁས་པ་དང་། མཛེས་དཔྱོད་རིག་པ་དང་གནའ་ཡིག་ལའང་ཡོན་ཚད་མཐོན་པོ་ཡོད་པས། སྐབས་འདིར་ཐམ་ག་དང་རི་མོ་དཔར་བརྐོ་བྱས་ཏེ། རྡོ་ཐམ་ཡིག་འབྲུ་རེ་ལ་སྒོར་མོ་ཆིག་སྟོང་ཉིས་བརྒྱ་དང་། བ་སོའི་ཐམ་ག་ཡིག་འབྲུ་རེ་ལ་སྒོར་མོ་སུམ་སྟོང་ཡིན། ལི་ཏེའོ་དང་ལི་ཧྲི་ཕྲུན་ལྷ་གཉིས་ལ་སློབ་སྦྱོང་གི་གོ་སྐབས་ལེགས་པོ་ཞིག་འཛོམས་ནས་དངོས་རྒྱུད་ཐོབ་པས། སྐབས་འགར་ལས་རོགས་བྱེད་པ་རེད། ལི་ཏེའོ་གསར་བརྗེ་རུ་ཞུགས་རྗེས་དུས་ཡུན་རིང་པོར་དྲིལ་སྒྲིག་གི་བྱ་བ་བསྐྱུབས་ནས། ཆིག་སྟོང་དགུ་བརྒྱ་གྱ་བརྒྱད་ལོར་ལས་བྲལ་ངལ་གསོ་བྱས་ཏེ། ཁྲིམ་ནས་གསར་དུ་བསྒྲིགས་པའི《ལྷུན་ཡུས་ཧོ་ཡི་གསུང་རྩོམ་ཕྱོགས་བསྒྲིགས》ལས《འཕྲིན་ཡིག་པོད》རྩོམ་སྒྲིག་བྱེད་པ་ལས་གཞན། ད་དུང་ཞི་ཧྲའི་ལྷུན་ཡུས་ཧོའི་རྗེས་དྲན་ཁང་གི་རྒྱུས་འགོད་དང་འགྲེམས་སྟོན་གྱི་འཕྲབ་གཞུང་དེབ་རྩོམ་འབྲི་བྱེད་པར་གདན་འདྲེན་ཞུས་ཡོད། ཉེ་ཆར་ཡང་སྐུ་ཞབས་ལྷུན་ལགས་ཀྱི་འདྲ་པར་ཕྱོགས་བསྒྲིགས་ཏེ《མི་དམངས་ཀྱི་དཔའ་བོ་ལྷུན་ཡུས་ཧོ》ཞེས་པ་སྒྲིག་མགོ་བརྩམས་པ་རེད། བལྟས་ཡོང་ན་ཁོང་ཉིད་ལས་བྲལ་ངལ་གསོ་བྱས་ཡོད་རུང་། དོན་དག་ཤིན་ཏུ་མང་བས་དུས་ཚོད་ཀྱིས་མི་འདང་།

བལྟས་ཡོང་ན་བུ་ཚ་བོ་ནི་ཤིན་ཏུ་གལ་ཆེ། སྐུ་ཞབས་ལྷུན་ལགས་ལ་བུ་

ཡོད་པ་མ་ཟད་ཚ་བོའང་ཡོད། 《ལྷུན་ཡུས་ཧྥོའི་དགུང་ཚིགས་རབ་གསལ》ནི་ལི་ཏེ་ཧྥོ་ཡི་བུ་ལྷུན་ལི་མེང་གིས་རྩོམ་སྒྲིག་བྱས་པ་ཡིན། ལི་མེང་ནི་དཔྱད་ཡིག་ཀློག་ན་ཞིབ་མོ་ཡིན་ཞིང་། ལུན་མེང་དུ་ཕྱིན་ནས་ཚགས་པར་རྙིང་པ་ཀློག་པ་དང་། ཕྱིན་ཨ་མྱེས་ཀྱི་དཔྱད་ཡིག་མཐོང་ནའང་བཤུ་འབྲི་བྱེད་པ་རེད། མོན་ཙོ་ནས"གནའ་ཁང"གི་འདྲ་པར་བསྐྲུར་ཡོང་བ་དང་། "ཕུ་གུའུ"ནི་ཁང་པ་འདི་ཨེ་རེད་ཅེས་དྲིས་བྱུང་། ཁང་པ་མིན་མོད། འོན་ཀྱང་མི་རབས་གསུམ་པའི་སེམས་ཁོང་དུ་བྱམས་བརྩེ་ཡོད་པས། མི་ལ་སེམས་འགུལ་ཐེབས་སུ་ཅི་མི་འདུག

ཕ་ལོ་གཞིས་ནིང་ལོར་འདས་རྗེས། ལི་ཏེ་ཧྥོ་ཡིས་བརྩེ་དུང་ཟབ་པའི་འཕྲིན་ཡིག་བྲིས། འཕྲིན་ཡིག་གི་ནང་དུ་ཁོ་ཚོ་མིང་སྤྲིང་བཞི་བོའི་མིང་ཚབ་ཏུ་ཉེ་ཧྥོག་གི་མཆོད་པ་ཕུལ་བ་ལས་གཞན། ད་དུང"ཨ་ཁུ་འདས་པ་ནི་རྒྱལ་ཁབ་དང་མི་དམངས་ཀྱི་གྱོང་གུད་ཆེན་པོ་ཞིག་རེད། ངས་དུས་ནམ་ཡིན་ཡང་ང་ཚོ་ཆེས་དཀའ་ངལ་ལ་འཕྲད་པའི་སྐབས་སུ། ཨ་ཁུ་དང་ཨ་ནེ་རྣམ་གཉིས་ཀྱི་བྱམས་བརྩེ་དང་རོགས་རམ། སེམས་གསོ་བརྗེད་མི་ཐུབ། ངེད་ཅག་ཁྱིམ་ཚང་གཉིས་ཀའི་མི་རབས་གཉིས་ཀྱི་མཛའ་བརྩེ་ནི། ངའི་སེམས་ཁོང་དུ་རྗེ་བཀོས་རི་མོ་ལྟར་བསུབ་རྒྱུ་མེད་པའི་མཛེས་སྡུག་གི་ཕྱིར་དྲན་ཞིག་ཡིན"ཞེས་བྲིས་འདུག

ཅིག་ཅེའི་ཆེ་ཆུང་ལྟ་བུའི་སྲན་ཞིང་དུ། ཁྲང་ཧྥོ་མཆེའུ་སྙེང་གི་དུ་ཞགས་ལས། མཛའ་བརྩེའི་རྒྱུན་བསྲིངས་ཡོད་ཅིང་། གཟའ་ལྷག་པའི་དགོང་ཟས་ཟས་པ་ལས་མུ་མཐུད་དུ་རྒྱུན་བསྲིངས་ཡོད། ང་ནི་ཁེར་ལུས་ཡིན་རུང་ང་ལ་མང་པོ་ཞིག་ཐོབ་ཡོད། ང་ལ་བློས་ཐུབ་ཀྱི་གྲོགས་པོ་ཡོད་པ་

དང་། མིང་སྲིང་སྤུན་ཟླ་མང་པོ་ཡོད་ལ། རབས་སྔ་མ་ནས་བརྩེ་དུང་གི་རྒྱུན་བསྲིངས་པའི་ཁྱིམ་རྒྱུད་མང་པོའི་མིང་སྲིང་སྤུན་ཟླ་ཡོད།

"རིག་གསར"སྐབས་ཀྱི་ནད་ལྡི་ཕོག་པའི་ཡ་ངའི་ཡིད་སྐྱོ་དང་བསྡུར་ན། ད་རེབ་ཀྱི་ནད་གཞི་ནི་ངོ་སོ་ཤིན་ཏུ་ཆེ་བས། འཇིག་རྟེན་འདི་དང་འབྲལ་ག་ལ་འདོད།

གསོན་ཐུབ་ན་སྐྱིད་རེད།

1992ལོའི་ཟླ3པར་བྲིས་ཤིང་། ཟླ4པའི་ཟླ་མཇུག་ཏུ་བཟོ་བཅོས་བརྒྱབ།

མཚེའུ་ནང་གི་མཆོད་རྟེན་གྱི་གྲིབ་མ།

ཁྱུག་རྟ་གཞིས་ཀ་ལས་ཁ་བྲལ་བའི་མི་ཞིག་ཡིན་ན། རི་ཆུའི་དུ་ཞགས་ཀྱི་དུང་བ་ལས་ཐར་དཀའ། ཞོགས་པར་སྨྱུག་མའི་ཚལ་ནས་དཔེ་ཀློག་བྱེད་པ་དང་། ས་སྲོས་སུ་ཆུ་ཁའི་ལྷུང་མའི་འོག་ནས་འཁྱམས་འཁྱམས་སུ་འགྲོ་བ་རེད། ཚང་མ་དེ་ལ་སོབས་པས། རང་ཤུགས་སུ་ཁྱུག་རྟ་གཞིས་ཀའི་ནངས་དགོང་ནི་དེ་གའི་རྩེ་ཤིང་རེ་རེ་དང་རྫོ་རེ་རེར་འདྲེས་ཡོད་པར་བསམ་ནས། འབྲལ་དཀའ་བར་གྱུར། ཡུལ་སྦྱོངས་མང་པོའི་ཁྲིད་ལས། མི་རྣམས་ཀྱི་དྲན་པའི་ངོས་སུ་ལྡིང་སྐོར་རྒྱུག་སླ་བ་ནི་ཕལ་ཆེར་མཚེའུ་ནང་གི་མཆོད་རྟེན་གྱི་གྲིབ་མའི་པར་ངོས་དེ་ཡིན་སྲིད་མོད། འོན་ཀྱང་པར་ངོས་འདི་ཤོག་བུའི་ཐོག་ཏུ་དངོས་སུ་ཕབ་ན། དོན་དམ་པས་ཇི་ལྟར་འབྲི་དགོས་པ་ངས་མི་ཤེས།

ཆུང་དུས་སུ། རྒྱུན་པར་མཚེའུ་འགྲམ་ནས་སོང་བ་ཡིན། དེ་བས་མཚེའུ་འདིའི་ཆུ་ངོ་མ་ལྗང་མདོག་ཅན་ཡིན་ཏེ། ཆུ་འགྲམ་གྱི་རྩྭ་སྟུག་པོ་དང་འདྲ་ཞིང་། གང་ཞིག་ནི་རྩྭ་དང་གང་ཞིག་ནི་ཆུ་ཡིན་པའི་དབྱེ་བ་འབྱེད་དཀའ་བར་འདོད་པ་དང་། ཡང་མཚེའུ་འདི་ངོ་མ་ཆེ་སྟེ། ཆེན་ཧྭ་ཡི་པད་མའི་རྫིང་བུ་ལས་ཤིན་ཏུ་ཆེ་བར་འདོད། དེ་མིན་ན་གཅིག་ལ་རྫིང་བུ་དང་། གཅིག་ལ་མཚེའུ་ཟེར་དོན་མེད། ཕ་རོལ་གྱི་ཆུ་འགྲམ་བལྟས་ཚོད

ཀྱིས་ཐག་མི་རིང་མོད། འོན་ཀྱང་ཡུན་རིང་ཞིག་ལ་འགྲོ་དགོས་ཏེ། པད་མའི་རྫིང་བུ་ལྟར་རྒྱུགས་ཐེངས་གཅིག་གིས་སྐོར་བ་གཅིག་རྒྱག་ཐུབ་པ་ཞིག་མིན། མཚོའུ་ཡི་དཀྱིལ་དུ་ལྗང་མདོག་གི་གླིང་ཕྲན་ཆུང་ངུ་ཞིག་ཡོད་དེ། ཕར་བལྟས་ན་ནགས་ཚལ་ཤིན་ཏུ་སྟུག་པོར་སྐྱེས་ཡོད་པ་དང་། བྲག་རི་བསྟོལ་མར་འདྲེས་ཡོད། གླིང་ཕྲན་གྱི་ཤར་རྒྱུད་དུ་རྡོ་གྲུ་དཀར་པོ་ཞིག་ཡོད་པ་རྟག་བརྟན་དུ་དེ་གར་བསྡད་ཡོད། ཤིན་ཏུ་ཐག་ཉེ་རུང་ང་རང་གླིང་ཕྲན་གྱི་ཐོག་ཏུ་གཏན་ནས་འགྲོ་མ་མྱོང་བར། ཆུ་འགྲམ་ནས་ཉ་མོ་རྣམས་གླིང་ཕྲན་གྱི་ཕྱོགས་སུ་རྐྱལ་ནས། ཆུ་ངོས་སུ་གཉེར་མ་སྐྱར་པ་རེ་རེ་གྲལ་འཁྲིག་པར་གཡོ་བར་བལྟས། “ཉ་མོ་སྐྱར་ཡོད།” ངའི་དེ་ལྟར་བསམ་པ་ཡིན། རྨི་ལམ་དུ་ང་རང་ཡང་ཉ་མོའི་གྲལ་སྐྱར་དུ་ཞུགས་ནས། གླིང་ཕྲན་གྱི་གསང་བར་འཚོལ་དཔྱད་བྱེད་དུ་སོང་།

མིག་རྗེབ་དབང་ཙམ་གྱིས་ལོ་ངོ་བཅུ་ཕྲག་འགའ་འགོར། འདི་གར་དྲག་ཏུ་ཆེལ་བའི་ཐ་ཀླབས་ག་ཚོད་འཕྱུར་བ་རེད་ཨང་། ངས་མི་ཡུལ་གྱི་སྐྱིད་སྡུག་མྱོང་ཞོར་དུ། ཁྱུག་རྟའི་གཞིས་ཀའི་གྲུ་བྲུར་རེ་རེར་གོམ་པའི་འདེགས་མགྱོགས་བསྒྱུར་ནས། མི་རྟོག་བཞད་པའི་ཞོགས་པ་དང་ཉ་གང་གསལ་བའི་མཚན་མོ་ཉམས་སུ་མྱངས་ཤིང་། དུས་བཞིའི་ཡུལ་ལྗོངས་ལོངས་སུ་སྤྱད། མིང་མེད་མཚོའུ་ཡིན་རུང་མཚོ་ངོས་སྤར་བཞིན་ཞི་འཛགས་ཡིན། མཆོད་རྟེན་དེ་ཡང་མིང་མེད་མཆོད་རྟེན་ཡིན་མོད། འོན་ཀྱང་དེ་ལྟར་འབོད་མཁན་གཅིག་ཀྱང་བྱུང་མ་མྱོང་། དེ་མཚོའུ་ཡི་འགྲམ་དུ་ཀྲོང་ངེར་ལངས་ཤིང་། མཆོད་རྟེན་གྱི་གྲིབ་མར་བརྗིད་ཉམས་ལྡན། དེ་ནི་མ་གཞིར་དངོས་སྤྱོད་ཀྱི་ཆུ་ལྟོག་ཅིག་ཡིན་མོད། འོན་ཀྱང་བཟོ་སྐྲུན་བྱེད་

སྐབས་མཚོའུ་ལ་མཛོས་སྡོངས་ཤིག་འགོད་རྒྱུར་བསམ་བློ་བཏང་ནས། ཐུང་ཀྲོའུ་ཡི་རྩེག་རིམ་བཅུ་གསུམ་ཅན་གྱི་མཆོད་རྟེན་དཔེར་བྱས་ནས་སྐྲུན་པ་ཡིན། ཐུང་ཀྲོའུ་མཆོད་རྟེན་གྱི་སྐོར་ལ། ངག་རྒྱུན་གཏམ་རྒྱུད་སྣ་མོ་མང་པོ་ཡོད་པ་དང་། མིང་མེད་མཆོད་རྟེན་འདིའི་མི་རྣམས་ཀྱིས་ཆེས་བརྩེད་དཀའ་བ་ནི་མཚོའུ་ནང་གི་དེའི་གྲིབ་མ་ཡིན། གནམ་ངོ་ཐང་ཡོད་པའི་སྐབས་སུ། མཚོའུ་འགྲམ་གྱི་མཆོད་རྟེན་དགུང་དུ་ཟུག་ཡོད་ལ། མཚོའུ་ནང་གི་མཆོད་རྟེན་མཚོ་ཞབས་སུ་ཟུག་ཡོད། མཚོ་ཆུ་ཤིན་ཏུ་ལྷང་ཞིང་གྲིབ་མ་མཚོའུ་ཡི་ཆུ་རིས་ཁྲོད་དུ་གསལ། འདབ་འོག་གི་ཆུ་སྲིན་གསལ་ལྷང་ངེར་མཐོང་། ཆར་སིམ་འབབ་སྐབས། སྤྲིན་ནག་གིས་མཚོའུ་འགྲམ་གྱི་མཆོད་རྟེན་མནན་འདུག་པས། མཚོའུ་ནང་གི་མཆོད་རྟེན་ཡང་མི་གསལ། ཆར་ཐིགས་མཚོའུ་ཡི་ངོས་སུ་གར་དུ་རྩེན་པ་དང་། ཆུ་རླབས་བསླངས་ནས་མཆོད་རྟེན་གྱི་གྲིབ་མ་ཡོ་འགུལ་བྱེད་ཅིང་ཐོར་བཤིག་ཏུ་འགྲོ། རེ་ཞིག་ཏུ་སླར་ཡང་ཆགས་ནས་མི་ལ་མགོ་འཐོམ་པར་བྱེད། སྨུག་པ་འཐིབས་སྐབས། མཚོའུ་དང་མཆོད་རྟེན་ཚང་མར་སྨུག་རིམ་གྱིས་གཡོགས་འདུག ཁ་བའི་འདབ་མ་ལྷིང་སྐབས། ཉེ་རྒྱུང་གང་ཙུང་དུ་འདྲ་གཏུབ་མ་བྱས་པའི་གདན་དཀར་བཏིང་འདྲར་སྣང་།

ཟླ་འོད་གསལ་བའི་མཚན་མོར་མཚོའུ་སྟེང་དུ་དེ་བས་ཉམས་འགྱུར་ལྡན། མཚོའུ་ཡི་ནུབ་འགྲམ་དུ་དུས་ཙོང་སྐྲུན་ཡོད་པའི་དེའུ་འབུར་ཞིག་ཡོད། དེའུ་འབུར་དེའི་འགྲམ་ལོགས་སུ་ཤིང་སྡོང་དང་སྤང་རྩྭ། ལམ་ཕྲན་བཅས་ཡོད། ཟླ་འོད་འདི་གར་ཙུང་ཟད་བག་འཁྱུམ་པ་ཞིག་ཡིན། ལམ་ཕྲན་དེད་དེ་རི་འདབས་སུ་བསྐོར་བ་བརྒྱབ་ན། མིག་ལམ་དུ་གློ་བུར་གསལ་

ཆ་ལེར་འགྲོ་སྟེ། ཟླ་འོད་དཀར་ལམ་ལམ་བྱེད་ཅིང་མཚོའུ་ཉིན་མོ་ལས་ཤིན་ཏུ་ཆེ་བར་འདྲ་ལ། ཆུ་རིས་ཀྱིས་ཟླ་འོད་ཐོགས་ནས་ཕྱོགས་གང་དུ་འགྲོ་བའང་མི་ཤེས་སོད། འོན་ཀྱང་བྱང་མཐའི་ནགས་ཚལ་ཁྲོད་ཀྱི་སྒྲོན་འོད་ཀྱིས་མཚོའུ་ཡི་མུ་མཐའ་གསལ་བར་བྱས་ནས། མིང་མེད་མཚོའུ་ཡི་མཛེས་ཉམས་མངོན་པར་བརྗོད་འདུག མཐའ་འཁྲམ་དུ་བཙར་ན་ལྷུང་མའི་ལྷུག་ཐྲན་རིང་མོ་མཚོའུ་ནང་དུ་འཕྱང་ཡོད་ཅིང་། ཆུའི་འོད་མདངས་ལས་འཕྲོས་པ་ནི་གྲོང་ངེར་ལངས་པའི་མཆོད་རྟེན་གྱི་གྲིབ་མ་ཡིན་ལ། ནམ་མཁའི་ཕ་མཐའི་འོད་མདངས་ཀྱི་འོག་ཏུ་གྲོང་ངེར་འགྱིང་བའི་མཆོད་རྟེན་དེ་ཉིད་རེད། མཚོའུ་དཀྱིལ་གྱི་གླིང་ཐྲན་དེ་གསལ་ལ་མི་གསལ་བ་ཞིག་ཏུ་སྣང་། ས་ངོས་ཀྱི་ཟླ་འོད་དེ་ཆུའི་ནང་གི་ཟླ་འོད་དང་མི་འདྲ། མཚོའུ་ངོས་ཀྱི་ཟླ་བའི་འོད་ཟེར་ཡོ་ལང་བྱེད་དེ། རོལ་ཆས་དལ་གྱིས་དཀྲོལ་བའི་རྒྱུད་དང་མཚུངས་ཤིང་། ས་ངོས་ཀྱི་ཟླ་བའི་འོད་ཟེར་ནི་རབ་རིབ་ངེས་མེད་ཅིག་ཏུ་སྣང་ཞིང་། སྣག་རིས་ནང་གི་ཧ་ཅང་ཆ་མི་སྙོམས་པའི་རྨུག་རིས་ཤིག་དང་འདྲ།

ལམ་ཐྲན་དེད་ནས་ཤར་སྐྱོད་བྱས་ཏེ་རྗེ་ཟམ་ཞིག་གི་གམ་དུ་སླེབ་རྗེས། གཡས་སུ་དཀྱུགས་པ་ན། མིང་མེད་མཚོའུ་དང་འདྲེས་པའི་ཆུ་འཁྱིལ་ཞིག་ཡོད། ཆུ་ངོས་མི་ཆེ་ཞིང་ཕྱོགས་གསུམ་གཟར་ངོས་ཡིན་པས། ཆུ་འཁྱིལ་ཤིན་ཏུ་ཟབ་པའི་ཚོར་བ་ཞིག་སྐྱེར། གཟར་ངོས་ཀྱི་ཤིང་ནགས་སྟུག་ཅིང་ཆུ་འཁྲམ་གྱི་རྗེ་རྩ་དང་འདྲེས་ནས་ཡོད། ཟླ་འོད་ཤིང་ནགས་ཀྱི་གསེབ་ནས་ཆུ་འཁྱིལ་ནང་དུ་འཕྲོས་ཚེ། ཆུའི་ནང་ནས་འོད་གྲང་མོ་ཞིག་ཕྱོག་འཕྲོ་བྱེད་པས། སྐབས་འདིར་ངང་དཀར་ཞིག་ཆུ་ངོས་ནས་རྐྱལ་བའི་རྣམ་པ་ཞིག

མིག་རྗེབ་ཙམ་གྱིས་ལོ་ངོ་བརྒྱ་ཕྲག་འགའ་འགོར། འདི་གར་དྲག་ཏུ་ཆེལ་བའི་ཐ་རླབས་ག་ཚོད་འཕྱུར་བ་རེད་ཨང་། ངས་མི་ཡུལ་གྱི་སྐྱིད་སྡུག་སྦྱོང་ཞོར་དུ། ཁྲུག་རྩའི་གཉིས་ཀའི་གྲུ་བྲུར་རེ་རེར་གོམ་པའི་འདེགས་མགྱོགས་བསྒྱུར་ནས། མེ་ཏོག་བཞད་པའི་ཚོགས་པ་དང་ཉ་གང་གསལ་བའི་མཚན་མོ་ཉམས་སུ་མྱོངས་ཤིང་། དུས་བཞིའི་ཡུལ་ལྗོངས་ལོངས་སུ་སྤྱད། མིང་མེད་མཚོའུ་ཡིན་རུང་མཚོ་ངོས་སྟར་བཞིན་ཞི་འཛགས་ཡིན། མཆོད་རྟེན་དེ་ཡང་མིང་མེད་མཆོད་རྟེན་ཡིན་མོད། འོན་ཀྱང་དེ་ལྟར་འཕོད་མཁན་གཅིག་ཀྱང་བྱུང་མ་སྦྱོང་། དེ་མཚོའུ་ཡི་འགྲམ་དུ་གྱོང་ངེར་ལངས་ཤིང་། མཆོད་རྟེན་གྱི་གྲིབ་མར་བརྗིད་ཉམས་ལྡན།

ཡོད་ན་སྙམ་པ་དང་། དེ་ལ་བརྟེན་ནས"ངང་པ་དཀར་མོ་རྫིང་བུ་གྲང་མོའི་ངོས་སུ་གཡེང་རྒྱལ་བྱེད། ཟླ་བའི་བསིལ་ཟེར་གྱིས་ནི་སྙན་ངག་པ་ཡི་ཡིད་སེམས་དཀྲོགས"ཞེས་པར་རིས་འགྲེལ་ཞིག་ཀྱང་སྤྲིན་པ་ཡིན་པར་སྙམ།

ཞོགས་པའི་འཁྱམས་འཁྱམས་ཤིག་ལ། སྤུ་དྲགས་པས་མཚེའུ་འགྲམ་རྒྱུད་མི་མེད་དབེན་སར་ལུས་ཤིང་། འབུ་འཛིང་འཛིང་གིས་ཉིན་གཅིག་གི་སྐད་གསེང་སྒྲོག་པའི་མགོ་བཙམས་པ་ལས་ཅི་ཡང་མི་གོ། ང་རང་དེའུ་འབུར་དང་མཚེའུ་བར་གྱི་ཀང་ལམ་དུ་རྒྱུ་བ་ཡིན་ལ། སློ་བུར་དུ་སྐབས་འདིར་འདི་གར་ང་གཅིག་པུ་མ་ཡིན་པར། རི་འདིའི་སྟེང་དུ་སྐུ་ཞབས་ཨེ་ཏི་ཙ.སི་ནོ་ཡི་རུས་གདུང་ཡོད་པ་དྲན་བྱུང་། སི་ནོ་བང་སོ་ནི་མིང་མེད་མཚེའུ་ངོགས་ཀྱི་གནའ་ཤུལ་མིང་གྲགས་ཤིག་ཏུ་གྱུར་ཡོད། སྐབས་བདེ་བབ་ཆགས་ཀྱི་བང་སོའི་རྡོ་རིང་གི་ངོས་སུ"ཀྲུང་གོ་མི་དམངས་ཀྱི་ཨ་རིའི་གྲོགས་པོ"ཞེས་པའི་ཡིག་འབྲུ་འགའ་བརྐོས་ཡོད། ངག་རྒྱུན་དུ་བང་སོའི་ས་ནི་མེ་ཏོག་སྐྱིང་ལྷ་མཆོད་ཁང་གི་ས་ཡིན་ཟེར། མཚེའུ་ཡི་འགྲམ་ངོགས་ཏེ་བང་སོའི་དྲང་ཐད་ཕ་རོལ་དུ། རྡོ་དང་ཀྱོ་མོག་དམར་པོས་བརྩིགས་པའི་ལྷ་ཁང་རྙིང་པའི་སྒོ་ཞིག་ཡོད། དེ་ནི་ལྷ་ཁང་གི་སྔོན་ཆད་ཀྱི་སྒོ་ཡིན་རྒྱུ་རེད་བསམ་བྱུང་། ངའི་སེམས་སུ་ཀྲུང་གོའི་མེ་ཏོག་སྐྱིང་ལྷ་ཡིས་ང་ཚོའི་གྲོགས་པོ་འདི་ལ་ལྷ་སྐྱོང་གང་ལེགས་བྱེད་སྲིད་སྙམ། ཡིན་ཡང"གྲོགས་པོ"ཞེས་པའི་མིང་བརྗོད་འདི་ལས་མཚོན་པའི་བརྩེ་དུང་ཟབ་མོ་ནི། ང་ཚོ་དང་འཛམ་གླིང་ཡོངས་ཀྱི་མི་དམངས་བར་གྱི་འབྲེལ་བའི་དོན་སྙིང་ཡིན།

སྒོ་དམར་པོའི་མདུན་ནས་མཚེའུ་དཀྱིལ་གྱི་གླིང་ཕྲན་ལ་རྒྱང་བལྟ་བྱས་ན། རྡོ་དཀར་པོའི་གྲུ་གཟིངས་དེ་སྔར་བཞིན་དེ་གར་ལྡིང་འཛུགས་སུ

བསྡད་ཡོད་ལ། ཤིང་སྡོང་གིས་རང་ཉིད་ཀྱི་ལྡང་མདོག་ཁོ་ན་བསམ་ཡོད། ཡིན་ནའང་ལོ་འདི་གའི་རིང་ལ། ལྡང་མདོག་གི་ཁྲོད་དུ་རླུམ་ཕྱེད་རྣམ་པའི་ལྷུགས་ཀྱི་དྲ་བ་ཞིག་དེ་གར་གནམ་ལ་འཁོར་ནས་བརྩེངས་འདུག དེ་ནི་གློག་ཆྭབས་གནམ་དཔྱད་རྒྱང་ཤེལ་ཞིག་ཡིན་ཏེ། སྐར་མའི་གོ་ལ་གཞན་པའི་གློག་ཆྭབས་སྡུད་ལེན་བྱེད་པར་སྤྱོད། གྲོགས་པོ་ལ་ལས་དེས་རང་བྱུང་གི་མཛེས་སྡོངས་ལ་གནོད་བརླག་ཐེབས་ཡོད་ཟེར་མོད། འོན་ཀྱང་ངས་བལྟས་ན་དེས་མཚོའུ་ཡི་འོད་སྣང་དང་མཚོད་རྟེན་གྱི་གྲིབ་མའི་བར་ནས་མིའི་རིགས་ཀྱི་ཤེས་རིག་གི་གཟི་འོད་མཚོན་ཡོད་འདོད། བྱིས་པའི་དུས་ཀྱི་རྩི་ལམ་ཞིག་ངའི་མིག་ལམ་དུ་འཆར་ནས། འཚོལ་ཞིབ་བྱེད་དགོས་པའི་གླིང་ཕྲན་ཆུང་ངུ་དེའི་གསང་བ་སྤྱི་མོ་ནས་རྒྱང་ཤེལ་འདིས་འཛིག་རྟེན་ཁམས་སུ་ཁྱབ་བསྒྲགས་བྱས་སོང་འདོད།

རེ་ཞིག་ལ་མནོ་བསམ་བཏང་མཐར། མིང་མེད་མཚོད་རྟེན་དེའི་ལྟག་རྒྱབ་ཏུ་མཚམས་ཁྲིན་ལྷང་། དུས་རྒྱུན་དུ་སྐབས་འདིར་སླེབ་ཚེ་མཚོའུ་འགྲམ་གྱི་མི་ཚོགས་རིམ་བཞིན་ཇེ་མང་དུ་འགྲོ་བ་རེད། ལ་ལ་རྒྱུགས་པ་དང་ལ་ལས་དཔེ་ཀློག་བྱེད་དེ། མཚོའུ་ངོགས་ཡོངས་ལ་གསོན་ཤུགས་རྒྱས་སུ་འཇུག སྐབས་འདིར་ལོ་བདུན་བརྒྱད་ཀྱི་བྱིས་པ་གཉིས་མ་གཏོགས་ངའི་རྩིབ་ན་མི་མེད། ཁོ་ཚོ་དུས་ནམ་ཞིག་ལ་ཡོང་ནས་མཚོའུ་འགྲམ་རྒྱུད་ཀྱི་རྡོ་ཐོག་ཏུ་ཙོག་སྡེ། བློ་སེམས་གཅིག་སྒྲིམ་གྱིས་ཆུའི་ནང་གི་ཉ་མོ་ལ་ལྟ་ཞིབ་བྱེད་པ་མ་ཤེས། ངས་ད་ལྟར་དབྱར་གནང་བཏང་ཟིན་པས། བྱིས་པ་ཚོར་ཁོམ་ལོང་བྱུང་ནས་ཞོགས་པར་མཚོའུ་འགྲམ་དུ་ཡོང་བ་དྲན་བྱུང་།

“རྫོས་དང་། ཉ་མོ། ཉ་མོ་རྣམས་གྲལ་དུ་བསྒར་ཡོད།” ཁོ་ཚོ་

དགའ་སྤྲོ་སྐྱེས་ནས་སྐད་གསེང་སྒྲོག་ཞོར་དུ། མཛུབ་མོས་ཆུ་ངོས་ཀྱི་གྲལ་འགྲིག་པའི་ཆུ་རིས་བསྟར་པ་རེ་རེར་སྟོན་ལ། ཆུ་རིས་གླིང་ཕྲན་གྱི་ཕྱོགས་སུ་བསྐྱོད་སོང་།

ངས་རང་དབང་མེད་པར་དགོད་ཞོར་དུ། “ཉ་ལ་ཞོན་ནས་མྱུལ་དཔྱད་དུ་འགྲོ་ཨེ་འདོད”ཅེས་དྲིས།

“ཁྱོད་ཀྱིས་ཇི་ལྟར་ཤེས་པ་ཡིན། ” ཕོ་ཆོས་ང་ལ་མིག་རྗེབ་ཙམ་བྱས་ནས། འཕྲལ་དུ་ཉ་ཆེན་པོ་དེ་ལ་བལྟ་བ་རེད། ངས་དོན་འདི་ཤེས་པ་མ་ཟད་ད་དུང་གླིང་ཕྲན་འདིའི་ཡོད་ཚད་ཀྱང་ཤེས་ཡོད། ཕོ་ཆོའི་རྨི་ལམ་ཡང་འཛིག་རྟེན་གྱི་གསང་བ་འཚོལ་ཞིབ་བྱེད་རྒྱུ་དེ་ཡིན་འོས།

ངས་ཕོ་ཆོའི་སེམས་པ་དཀྲུགས་པར་འཛེམ་ནས་ཁ་བྲལ་སོང་། འཁྱམ་འཁྱམ་བྱས་ནས་དཔེ་མཛོད་ཁང་ཆེན་པོའི་སྦུན་དུ་སླེབ། དཔེ་མཛོད་ཁང་འདི་ལ་དངོས་གནས་པེ་ཅིང་སློབ་གྲྭ་ཆེན་མོའི་ཁྱད་ཆོས་ལྡན། རྩིག་རིམ་བཞི་པའི་ཁང་གླད་མཐའ་འཁོར་དུ་བརྒྱན་པའི་ཪྫ་གཡམ་རྩེ་མའི་ཐོག་ཏུ། ཞོགས་པའི་ཉི་གཞོན་འཁྲོས་ནས་འོད་ལམ་ལམ་བྱེད་པ་དང་། མདུན་སྒོའི་སྦུན་དུ་སྦྲང་ཐང་ཆེན་པོ་གཉིས་ཡོད་དེ། དྭངས་གཙང་གི་ཇིང་བུ་གཉིས་དང་དབྱེར་མ་མཆིས། ཕྱི་རུ་འབུར་བའི་སྒོ་ཐེམ་གྱི་གཤམ་དུ་མེ་རིན་ཚོ་སྟར་པ་རིང་པོ་གཉིས་ལ་མེ་ཏོག་བཞད་འདུག མེ་རིན་ཚོ་ཡི་གཞུག་ཏུ་འོ་སེ་ཤིང་ཡོད་ལ། སྨུག་སྐྱ་དང་དཀར་གཙང་གི་མེ་ཏོག་གིས་ཡལ་ག་རྣམ་པར་བརྒྱན་ཡོད། དཔེ་མཛོད་ཁང་གི་སྒོ་ཆེན་གྱི་སྟེང་དུ“པེ་ཅིང་སློབ་ཆེན་གྱི་དཔེ་མཛོད་ཁང”ཞེས་པའི་ཡིག་འབྲུ་ཆེན་པོ་བརྒྱད་བྲིས་པའི་བྱང་བུ་བཀལ་ཡོད། འདི་གར་དཔེ་སྙིང་སུམ་ཁྲི་ཉིས་སྟོང་ཉར་ཡོད་པ་དང་། སྟོད་

གནས་ཉིས་སྟོང་ཡས་མས་ཤིག་ཡོད་མོད། འོན་ཀྱང་ཉིན་མཚན་གང་བོར་སྟོད་ས་སྟོང་བ་གཅིག་ཀྱང་མེད། དུས་རྒྱུན་དུ། ཉིན་རེའི་ཞོགས་པར། རྟག་ཏུ་མི་མང་པོ་ཞིག་གིས་སྒོ་ཁ་ནས་སྒུག་ཡོད། ཐེངས་འགའ་ཞིག་ལ། ན་གཞོན་འདི་དག་གིས་སྤར་མེད་གསར་སྒྲིམ་བྱས་ནས། རང་རང་གི་དཔེ་ཆ་བཀང་བཅུག་ཡོད་པའི་དཔེ་ཁུག་ཕོག་ནས། དཔེ་ཁུག་གིས་གྲལ་སྒར་རིང་པོ་ཞིག་བསྒྲིགས་པ་རེད། དཔེ་ཁུག་ཉ་མོ་ལྟར་ཚུ་ལ་རྐྱལ་མི་ཤེས་མོད། འོན་ཀྱང་མི་རྣམས་ཀྱི་སྣེ་ཁྲིད་ནས་ཤེས་བྱའི་མཚོ་མོའི་གླིང་ནས་འཚོ་བཅུད་བསྡུ་ལེན་བྱས་ཏེ། གོམ་པ་རེ་རེ་བཞིན་ཡང་རྩེར་འཛེག་པ་རེད། ན་གཞོན་འདི་དག་གི་ཁྲིད་ལས་ཁག་གཅིག་མེས་རྒྱལ་གྱི་ཕྱོགས་བཞི་མཚམས་བརྒྱད་དུ་སོང་ནས། བསླབས་པའི་ཤེས་བྱ་སྦྱིད་དེ་འཇུགས་སྐྱུན་དུ་ཞུགས་པ་རེད། དེང་ཕྱིན། དེ་ལས་མང་བའི་ན་གཞོན་འདིར་འདུས་ནས་སློབ་སྦྱོང་བྱས་ཏེ། ཤེས་བྱའི་ཉིང་བཅུད་ལ་སྤྱོང་རོལ་བྱེད་སྲིད།

སྐབས་འདིར། ང་རང་མིང་མེད་མཚོའུ་ཡི་འགྲམ་རྒྱུད་དུ་མེད་རུང་། མཚོའུ་ནང་གི་མཆོད་རྟེན་གྲིབ་མའི་རི་མོ་ཞིག་དྲན་བྱུང་བ་རེད། མཚོའུ་ཡི་འོད་སྣང་དང་མཆོད་རྟེན་གྱི་གྲིབ་མ། ཇི་ལྟར་བྲིས་ཀྱང་མཛེས་པ་ཞིག་ཡིན་མོད། འོན་ཀྱང་མཚོའུ་འགྲམ་རྒྱུད་ཀྱི་རྡོ་ཆེན་པོ་ཞིག་གི་ཐོག་ཏུ་དཔེ་ཆས་ལྟེམས་ཤིང་གསར་མ་རྙིང་གི་དཔེ་ཁུག་ཅིག་བྲིས་ཡོད་ལ། དཔེ་ཁུག་གི་འོག་ཏུ་ང་ཚོའི་རླབས་ཆེན་མེས་རྒྱལ་གྱི་མཛེས་སྡུག་ལྡན་པའི་ས་ཁྲ་བྲིས་ཡོད་པའི་ཤོག་བུ་གཅིག་མནན་ཡོད་པ་དེ་མ་བརྗེད་ཅིག

1979ལོའི་ཟླ8པར།

ང་རང་ཁྲུག་ཧྲ་གཞིས་ཀར་དགའ།

ང་རང་ཁྲུག་ཧྲ་གཞིས་ཀར་དགའ།

ཞིབ་དཔྱད་བྱས་ན། ང་ནི་པེ་ཅིང་སློབ་ཆེན་དང་ཡང་ན་ཡན་ཅིན་གྱི་སློབ་མ་ཞིག་མིན་ལ། པེ་ཅིང་སློབ་ཆེན་ནས་དཔེ་ཁྲིད་བྱེད་པའམ་ཡང་ན་གཞུང་དོན་གཅིག་སྒྲིགས་ཀྱང་གཏན་ནས་བྱས་མ་མྱོང་། ང་ནི་སྡོད་དམངས་ཤིག་ཡིན་ལ། འདི་གར་ལོ་ངོ་སོ་ལྔའི་གཞི་སྡོད་ཀྱི་ཐོབ་ཐང་ཡོད་པའི་སྡོད་དམངས་ཤིག་ཡིན། ལོ་ཟླ་ནི་ཆུ་རྒྱུན་དང་དུ་ཞགས་བཞིན་འདས་སོང་ལ། གྲུབ་འབྲས་ཤིན་ཏུ་ཉུང་མོད། འོན་ཀྱང་སེམས་སུ་རྗེ་བརྗོས་རི་མོ་ལྷ་བུའི་བརྩེ་དུང་ཞིག་ཆགས་ཡོད་དེ། ང་རང་ཁྲུག་ཧྲ་གཞིས་ཀར་དགའ་བ་དེ་ཡིན།

ང་རང་ཁྲུག་ཧྲ་གཞིས་ཀའི་ཁ་དོག་ལ་དགའ། ལོ་རབས་ལྔ་བཅུ་པར། དཔྱིད་ཀ་ནི་སྨུག་སྐྱའི་ཁམ་བུ་མེ་ཏོག་ལས་འཆར་བ་རེད། སྲབ་ཅིང་ཁེར་རྐྱང་དུ་ཡོད་པའི་འདབ་མ་རེས་རྡོད་རེས་འཁྲུག་གི་གྲང་རླུང་ཁྲོད་དུ་ལྷབ་ལྷབ་ཏུ་གཡོ་བ་མཐོང་ཚེ། ཧག་ཏུ་སྲབ་ཅིང་ཡང་བའི་འདབ་མའི་ཐོག་ཏུ་བཙན་གྱིས་བབས་པ་དྲང་གཞག་མིན་པར་འདོད། དེ་ནི་དོན་དངོས་སུ་སེལ་སྟོང་མེ་ཏོག་ལས་ཙུང་སྟ་བ་ཙམ་ཡིན་ལ། ད་དུང་དེའི་དོན་དུ་ཀྱོད་ལོག་མ་བརྒྱབ་གོང་ལ། མེ་ཏོག་ཕར་ཞོག སྡོང་པོ་དང་བཅས་པ་སྐྲ་རེའི་རྗེ་

ངར་གྱི་དཔལ་ལས་ཐར་མ་ཐུབ་པར། རྩ་བ་ནས་བཅད་སོང་། དེར་བརྟེན་ཏག་ཏུ་གསེར་མདོག་གི་ལེན་ཚའོ་ཡིས་དཔྱིད་དཔལ་བསུ་བ་རེད། དེ་ནི་སྨན་དུ་འཇུག་པའི་རྐྱེན་གྱིས་སློབ་གྲྭའི་སྨན་ཁང་གི་མཐའ་འཁོར་དུ་མང་པོ་ཞིག་ཡོད། དེའི་འཁྲུར་ཡོ་འགོག་གི་མེ་ཏོག་བཞད་ཡོད་ཞིང་། ཚོམ་བུ་རུ་བཞད་པས་མི་ལ་སྤྲོ་བ་སློང་ཐུབ། ཨ་ག་ར་དཀར་པོ་དང་སྨུག་པོ་ཡི་དྲི་བསུང་ཕྱོགས་བཞིར་འཐུལ་ནས། སོག་སོག་གི་ཟླ་འོད་དང་ལྡན་དུ་དཔྱིད་ཀྱི་རྒྱལ་མོ་མི་རེ་རེའི་སེམས་རྒྱུད་དུ་བསྐྱལ་བ་དང་མཚུངས།

རྩྭ་ལྗང་གི་གསེང་དུ་གང་འདོད་ལྟར་བཞད་པའི་ཨེར་ཡོ་ལན་ནི་རྒྱས་བཤད་རྒྱས་འབྲི་བྱེད་རིན་ཡོད་པ་ཞིག་ཡིན་ལ། དེ་ནི་རི་སྐྱེ་མེ་ཏོག་ཡིན་ཞིང་སྨུག་སྐྱའི་ནང་དུ་དཀར་ཞད་འདྲེས་ཏེ། འོད་ཐིག་ཅིག་མེ་ཏོག་གི་གསེང་ནས་འཁྲིས་ཡོང་བ་དང་འདྲ། དེ་ནས་བསིལ་བུ་ཆླུང་གིས་དལ་གྱིས་གཡོ་བ་ན། སོས་པ་སོས་རྐྱང་གི་ཚོར་བ་ཞིག་སྤྲེར་བ་དང་། གསོན་ཤུགས་ལྡན་ཞིང་སྐྱེས་སྟོབས་ཀྱིས་ཕྱུག་པས། ངོ་མ་འཕྲལ་མི་འདོད་པ་ཞིག་རེད། སྨུག་མདོག་ལ་འགྱུར་བ་སྣ་ཚོགས་བྱུང་རྗེས། མཇུག་མཐར་འོ་སེ་ཤིང་དུ་གྱུར། འོ་སེ་ཤིང་ལ་སྨུག་ཞད་ཅུང་ཆེ་བས་འོད་སྐྱ་བོ་ཞིག་ཡོད་དེ། ལྗང་ལོའི་ཁྲོད་དུ་གསལ་ལ་མི་གསལ་བ་ཞིག་ཡིན། སྐབས་འདིར་ཧང་སངས་གོ་རྟོགས་ཤིག་འབྱུང་སྲིད་པ་དང་། དཔྱིད་མཇུག་ཏུ་སླེབ་ཟིན།

དབྱར་ཁའི་མདོག་གཙོ་བོ་ནི་ལྗང་ཁུ་ཡིན། གྲོང་ཁྱེར་དུ་ཉིན་གཅིག་གི་རིང་ལ་ཡར་རྒྱུགས་མར་རྒྱུགས་བྱས་ནས་ཕྱིར་སློབ་གྲྭའི་ནང་དུ་ལོག་པ་ན། མིག་ལམ་དུ་ལྗང་མདོག་གིས་ཁྱབ་པ་དང་། གློ་བུར་དུ་ཧང་སངས་ནས་སྐྱོ་སྣང་ཡོད་ཚད་སློབ་རའི་ཕྱི་རོལ་ཏུ་བསྐྱུར་བ་ཡིན། ལྗང་མདོག་ནི་

རྒྱང་གཞི་ཡིན་ཞིང་། ཡོད་ཚད་རྒྱང་གཞི་དེ་རུ་འདྲེས་ཐུབ་ལ། བརྗོད་སྙིང་ནི་ཨུཏྤལ་དམར་པོ་དེ་ཡིན། དབྱར་ཁའི་པད་སྙིང་ནི་ངས་གྲོགས་པོ་ཚོ་ལ་སྣེ་ལེན་བྱེད་པའི་གཞིར་བཞག་ནང་དོན་གཅིག་ཡིན། མེང་ཧེ་གླིང་ག་རུ་སྟོན་ཚད་ཨུཏྤལ་མང་པོ་ཡོད་པ་དང་། དཀར་དམར་སྣོལ་མར་བཞད་ཅིང་དྲི་བསུང་ཕྱོགས་བཞིར་ཁྱབ། ལོ་དུ་མང་ལ་ཟིང་འཁྲུག་བྱུང་རྗེས། དེ་དག་མི་མཐོང་བར་གྱུར། ད་ལྟ་ཏེན་ཡོན་གླིང་གའི་ཉེ་འདབས་དང་ལིང་རོང་གླིང་གའི་ཟམ་པའི་འགྲམ་རྒྱུད་ཚང་མར་ཨུཏྤལ་དམར་པོ་ཡོད། ཆེས་ཡག་པ་ནི་ཅིན་ཁྲུན་གླིང་གའི་སྙིང་བུ་དེ་ཡིན་ལ། དེའུ་འབུར་ཞིག་ཕག་ཏུ་ཡིབ་འདུག ཀུག་ཀྱོག་གི་ལམ་ཕྲན་བརྒྱུད་པ་ན་ད་གཟོད་མིག་ལམ་དུ་འཆར་ཐུབ། ཨུཏྤལ་དམར་པོའི་དམར་མདངས་ནི་ཁམ་བུ་དང་མི་འདྲ་བར། ཡུས་ལན་དཀར་པོར་ལྗིང་འཇགས་ཀྱི་ཁྲོད་དུ་རྩ་ཆེན་ཞིག་མངོན་པ་ནང་བཞིན། མཛེས་སྡུག་ཡིད་འོང་གི་ཁྲོད་ལས་ཚུལ་ལྡན་ཞིག་མངོན་འོང་། ངས་ལྷ་ཡི་བཞུགས་ཁྲི་དེ་ཨུཏྤལ་གྱི་རྣམ་པར་བཟོ་བའི་དགོས་པ་མི་ཤེས་མོད། ཞིབ་འདང་ཞིག་བརྒྱབ་ཆེ་ཕྱི་ཚུགས་དང་སྤྱོད་ལམ་གང་གི་ཕྱོགས་ནས་བཤད་ན། ཨུཏྤལ་ལས་ཀྱང་འཚམ་པ་ཞིག་མེད་པས་སོ། །

སྟོན་ཁའི་བཞིན་མདངས་ཀྱིས་མི་ལ་འཛུམ་པོ་དང་མོད་པོའི་སྣང་བ་ཞིག་སྟེར། འོ་སེ་ཤིང་གི་མེ་ཏོག་ལ་སྨུག་པོ་དང་དཀར་པོ་གཉིས་ཀ་ཡོད་པ་དང་། ཙི་པེ་མེ་ཏོག་ལ་སྨུག་པོ་དང་དམར་པོ་གཉིས་ཀ་ཡོད། མེ་རིན་ཙེ་ལ་ཁ་དོག་སྣ་ཚོགས་ཡོད་པ་དང་། སྤང་རྒྱན་མེ་ཏོག་ནི་གཡང་ཏི་ལྟར་དཀར་ཞིང་གཙང་། སྟོན་མདོག་ཆེས་གསལ་བ་ནི་སྟོང་ལོའི་འགྱུར་ལྡོག་ཡིན། ལིན་ཧོའུ་ཞོན་གྱི་སྙིང་བུའི་བྱང་མཐའ་རུ་ཁམ་སྟོང་མཐོན་པོ་སྤར་པ་གཅིག་

ཡོད་དེ། སྔོན་ཁ་སླེབ་ཚེ་གསེར་མདོག་གི་གྱང་མཐོན་པོ་ཞིག་ཏུ་སྣང་ཞིང་། སྔོང་རྩ་ཀྲ་ལྷུང་བའི་ལོ་མའང་གསེར་འོད་ལམ་ལམ་བྱེད། དེའི་ཐོག་ཏུ་གོམ་པ་སྤོས་ཚེ་རང་དབང་མེད་པར་དྲན་འཆར་སྣ་ཚོགས་འབྱུང་། རྫིང་བུའི་ནུབ་མཐའ་རུ་སྔོན་ཐུང་གི་ཚལ་ཞིག་ཡོད་མོད། འོན་ཀྱང་མིང་མི་ཤེས། ལོ་ཡུ་གཅིག་གི་སྟེང་དུ་དཀྱུས་རིང་བའི་ལོ་མ་ཟུང་རེ་སྐྱེས་ཤིང་། ཆར་བས་བརླན་རྗེས་ལྷག་ཏུ་གསལ། གཞིས་ནིང་ལོར་ངས་དེ་ལ《སྔོན་ཁའི་དབྱངས་རྟ》ཞེས་པའི་རྩོམ་ཐུང་ཞིག་བྲིས། ན་ནིང་ཡང་བསྐྱར་ལྟད་མོར་ཕྱིན་པ་ན། ཤིང་སྡོང་གཡས་ལོག་གཡོན་འཁྱིལ་བྱས་ནས། ཹང་ལམ་ཞིག་བཏོད་འདུག ཡང་བསྐྱར་དམར་མདངས་ཤིག་ཆགས་སུ་འཇུག་དགོས་ན་ལོ་ག་ཚོད་ཅིག་དགོས་པ་མི་ཤེས། ང་རང་འཁྱིལ་ཡོད་པའི་ཡལ་གའི་ཁྲོད་ནས་ཡུད་ཙམ་ལ་ཡར་འགྲོ་མར་འགྲོ་བྱས་རྗེས། སླར་སྐྱེས་མེད་པར་ཞི་སྙང་ལངས། “རིག་གནས་གསར་བརྗེ་ཆེན་པོ”ཡི་ཁྲོད་དུ་ངན་ལོབས་སུ་སོང་བའི་གཏོར་བརླག་གི་ངན་གཤིས་དེ་དུས་ནམ་ཞིག་ལ་བསྒྱུར་ཐུབ་བམ།

སུ་མཐའ་མེད་པའི་ཁ་བའི་མཛེས་སྡོང་ཤིན་ཏུ་ལྟ་ན་སྡུག་མོད། འོན་ཀྱང་ལོ་འདི་གའི་རིང་ལ་ཁ་བའི་འབབ་ཚད་ཉུང་བས། དགུན་ཁའི་བཞིན་མདངས་ནི་སྐྱ་ཐོ་ཐོ་ཞིག་ཡིན། གནམ་ངོ་ཐང་བའི་སྐབས་སུ་མིང་མེད་མཚོའུ་ཡི་མཐའ་རུ་ལངས་ནས་རྒྱང་ལྟ་བྱས་ན། མཁའ་དབྱིངས་ཤིན་ཏུ་སྔོ་ལ་སུ་མཐའ་རིམ་བཞིན་སྐྱ་བོར་འགྱུར་བས། ཤིང་སྐམ་ཡལ་ག་དང་ཁང་པའི་སུ་ཁྱུད་རྣམ་པ་སྣ་ཚོགས་སུ་མངོན་ནས། སྐྱ་ཐིག་ལས་ཚོན་བྱུགས་མེད་པའི་སྨྱུག་རིས་ཤིག་དང་ཀུན་ནས་མཚུངས།

ང་རང་ཁུག་རྟ་གཞིས་ཀའི་ཐིག་རིས་ལ་དགའ། མཚོའུ་ནང་གི་མཚོད

རྟེན་གྱི་གྲིབ་མ་དེ་རྒྱུན་པར་ཁྲུག་རྟ་གཞིས་ཀ་ལས་ཁ་བྲལ་བའི་མིའི་རྨི་ལམ་དུ་འཁོར་བ་རེད། ནམ་མཁའི་དབྱིངས་སུ་ཟུག་པའི་མཆོད་རྟེན་དེ་སྨོས་མ་དགོས་ལ། ཆུའི་ནང་དུ་ཤར་བའི་མཆོད་རྟེན་གྱི་གྲིབ་མའི་སྐུ་ཁྲུད་འཁྱོག་ཅིང་ཡོ་ལང་བྱེད་མོད། འོན་ཀྱང་ཐིག་རིས་ནི་དེ་འདྲའི་མཛེས་པ་ལ། མཚོ་སྙིང་གླིང་ཕྲན་འཁྲམ་གྱི་རྗོ་དཀར་གྱུ་གཟིངས་ཀྱི་རྟེ་གཉིས་ཡར་འཁྱིལ་ནས། གཞུ་ཚད་ཅིག་གྲུབ་ཡོད་པས། ཟླུམ་ཞིང་འཇམ་ལ་བདེ་ལྷག་འཁྱུག་པོ་ཞིག་མངོན་ཡོད། ངག་རྒྱུན་དུ་གནའ་དཔེ་བཟོ་བཀོད་འགའི་མདའ་ཡབ་ལ་གཞུ་ཚད་གྲུབ་མེད་པས། བཟོ་སྐྲུན་དཀྱུས་མ་ཞིག་ཏུ་གྲུབ་ཡོད་ཟེར། མཆེའུ་ནུབ་མཐའི་དེའུ་འབུར་སྟེང་གི་ཅོང་ཁང་ལས། ཁང་པར་ཁང་པའི་སྐུ་ཐིག་དང་ཅོང་ལ་ཅོང་གི་སྐུ་ཐིག་ཡོད་ཅིང་། ཅོང་གི་ཐོག་ཏུ་འབྲུག་རིས་བཅོ་བརྒྱད་དང་སྤུར་ཁ་བརྒྱད་བྲིས་ཡོད། རིང་ཐུང་མི་སྙོམས་པའི་འཕྲེད་ཐིག་དུ་མ་ལས་གྲུབ་པའི་སྟར་སྲིག་སྒར་སྲིག་དེར་ལོ་ངོ་སྟོང་ཕྲག་འགའི་རིང་ལ་ཞིབ་འཇུག་བྱས་ཀྱང་མ་རྟོགས།

ང་རང་ཁྲུག་རྟ་གཞིས་ཀའི་ངང་ཚུལ་ལ་དགའ། དེ་ནི་མིའི་བྱེད་སྒོ་ལས་གྲུབ་པ་རེད། ལོ་རེའི་སྟོན་ཁར། སློབ་ལོ་གསར་པའི་མགོ་བརྩམས་པ་དང་། གཞིས་ཀའི་ནང་དུ་བག་ཡོད་ཚུལ་ལྡན་གྱི་བཞིན་རས་མང་པོ་ཞིག་མངོན་ཡོང་། “དགེ་རྒན་ལགས། གཞིས་ཀ་དྲུག་པ་གང་དུ་ཡོད།” “དགེ་རྒན་ལགས། སློབ་ཁང་དང་པོར་ཇི་ལྟར་འགྲོ་དགོས།” ཁོ་ཚོས་མི་ཚེའི་བཞུད་ལམ་འདྲི་བ་ནང་བཞིན་བློ་སེམས་རྩེ་གཅིག་གིས་འདྲི་བ་རེད། ལོ་རེའི་དབྱར་ཁར། སློབ་ལོ་མཇུག་རྫོགས་པ་དང་། ལམ་གཏམ་ཉན་བཤད་བྱེད་པ་སྟེ། “ཁྱོད་ཉིད་གང་དུ་བགོས་ཡོད།” “ཁྱོད་ནམ་ཉིན་

འགྲོ་རྒྱུ་ཡིན།” བཛ་ཁྲབ་བྱང་བུའི་ངོས་སུ་མེ་འཁོར་པ་སེ་བརྒྱུད་བཤུག་དང་། དངོས་ཟློག་རྙིང་པ་བརྒྱུད་འཚོང་བྱེད་པའི་འཕྲིན་ཐུང་མཐོང་ཐུབ། མཐར་ཕྱིན་སློབ་མ་སྐྱི་ཚོགས་སུ་ཞུགས་དགོས། ཕོ་ཚོས་ལོ་བཞིའི་རིང་ལ་སྦྱར་གསལ་ཆ་མེད་པའི་དོན་བྱ་ལ་རྒྱུས་ལོན་ག་ཚོད་བྱུང་ཡོད་པ་མི་ཤེས་ཤིང་། དེང་ཕྱིན་གནས་ཚུལ་ཇི་འདྲ་དང་འཕྲད་རྒྱུ་ཡང་མི་ཤེས། ངའི་སྙིང་ཚོར་ཞིག་ལ་འདི་ནི་མི་ཚེའི་དབྱངས་རྟ་ཡིན་ཏེ། ཡོད་ཚད་ཀྱི་ཡོད་ཚད་དུས་ཚིགས་བཞི་ལྟར་མངོན་པར་གསལ་བ་ཞིག་ཡིན།

སྐབས་འགར་ས་སྲོས་སུ་ཕྱི་རུ་འཁྱམས་འཁྱམས་ལ་སོང་། འདི་འདྲའི་གོ་སྐབས་བསྡད་གིན་བསྡད་གིན་ཇི་ཙུང་རེད། དཔེ་མཛོད་ཁང་གི་གློག་གསལ་ཆ་ལེར་ཡོད་པ་མཐོང་ཆེ། མཚན་མོར་མཆོ་སྐྱིད་བྱེད་པའི་གྲུ་གཟིངས་ནང་བཞིན། རྟག་ཏུ་ངར་སློང་བྱེད་ཐུབ། དེ་རུ་དགེ་སློབ་གཉིས་ཀྱི་སེམས་ཤུགས་ཀྱི་རིག་པའི་འོད་ཟེར་འདུས་ཡོད་དེ། མུན་ནག་ལ་འོད་སྣང་སྤྲིན་པ་རེད། སྐབས་འདིར་ངས་རྟོགས་ཟིན་པ་ནི་མུན་འཐོམས་ཀྱང་བསམ་ཤེས་སུ་འགྱུར་སྲིད་པ་དེ་ཡིན།

གྲུ་ཟུར་ཁུལ་ལ་གློག་མེད་མོད། འོན་ཀྱང་ཆ་འཕྲིན་ལྟེ་བ་ཆུང་ངུ་ཞིག་ཡིན་ཞིང་། ལོ་སྔ་མ་གཉིས་ལ་ཤིན་ཏུ་འདུ་འཛི་ཆེ་སྟེ། ཕལ་ཆེར་ཉིན་རེར་རིག་གཞུང་སྐན་ཞུ་ཡོད་པ་དང་། འཆད་ཁྲིད་སྣ་ཚོགས་ཡོད་ལ། བསམ་འཆར་སྣ་ཚོགས་ཀྱང་ཡོད་དེ། མི་རེ་རེས་རང་གི་བློ་རིག་ལ་བརྟེན་ནས་བསམ་ཞིབ་བྱེད་པ་མཆོན། མཛེས་སྡུག་ལྡན་པའི་ཡུལ་གྲུ་ནི་རང་བྱུང་ཁམས་ཀྱི་ཚོན་མདངས་རྣམ་པར་བཀྲ་བ་ལས་ཀྱང་ལྷག འདི་ནི་ད་གཟོད་ཁྲུག་རྟ་གཞིས་ཀའི་རང་མདངས་ཡིན། ན་ནིང་ལོ་སྟོད་དུ་གློ་བུར་དུ་འཛམ་

BIGBLUE

མི་ཚེ་གང་ཐོར་དཀའ་སྡུག་མྱངས་པའི་ང་ཡི་དྲིན་ཆེན་ཨ་མས་སེམས་འཁྲིང་དང་ཞེན་ཆགས་ཚད་མེད་བཅངས་ནས། སློབ་གྲྭའི་སྨན་ཁང་དུ་ནད་ཀྱིས་གཟེགས་སོང་སོད། ཕུར་སྨམ་འཁུར་མཁན་གྱི་མི་མང་པོ་ཞིག་མེད། ཉིན་དེར། མོས་ཤིན་ཏུ་ཤ་ཚ་བའི་སེང་ཞེ་མི་ཞིག་གིས་བྱ་མདའ་ཡིས་བསད་ནས། ཐླ་ཁ་མ་གང་བའི་ཞེ་མིའུ་ཞིག་ཤུལ་དུ་བསྐྱུར། ཞེ་མིའུ་དེ་ད་སྐབས་ལོ་བཅུ་གཅིག་ལ་སོན་ཡོད་པ་དང་། རྒན་རབས་པའི་གྲས་སུ་ཚུད།

ཐིང་ངེར་གྱུར་ནས། ཐྲོ་གར་གྱི་བརྡ་ཐོ་དང་སློག་བརྙན་གྱི་བརྡ་ཐོ། བོར་དངོས་འཚོལ་བརྡ་བཅས་མ་གཏོགས་མི་མཐོང་། བོར་དངོས་འཚོལ་བརྡ་ལ་དགོད་བྲོ་བའི་ཆ་ཡོད་རུང་། རྟག་ཏུ་བསམ་དོན་མི་འགྲུབ་པ་དང་ཡིད་སྐྱོ་བའི་ཚོར་བ་འབྱུང་། ཉེ་ཆར་གསོན་ཤུགས་ཅུང་ཙམ་རྒྱས་འདུག ང་རང་བྱེད་སྒོར་ཞུགས་པ་ཉུང་བས། བརྡ་ཁྱབ་ལ་བལྟས་ནའང་སྐྱིད་སྣང་ཞིག་ཡོད།

ང་རང་ཁྱུག་རྟ་གཞིས་ཀའི་རང་ཉིད་ལ་གཏོགས་པའི་དྲན་ཤེས་ལ་དགའ། ངས་རང་ཚང་གི་སྒོ་ཁའི་ཁ་བ་ཕྱགས་སྦྱོང་ལ། འབྲས་ཤུན་གང་སར་འཕེན་པའི་སྐྱེས་པ་སྐྱེས་མ་ཚོར་ཁ་འཛིང་ཡང་བྱས་སྦྱོང་། ངས་རྒན་བཀུར་ཆུང་བྱམས་བྱས་ལ། རྟ་ཆག་ཡིད་སྐྱོའི་གཞིས་ཀའི་ནང་དུ་རྟོབ་རྒྱུགས་ཀྱང་བྱས་སྦྱོང་། ངས་ཁང་པའི་ནང་གི་གྲང་ངར་འཁྱགས་དོང་ལས་ཀྱང་ལྷག་པའི་དགུན་ཟླ་དྲན་ཐུབ་ལ། དུས་རབས་གསར་པའི་ཆུ་དྲོན་ལས་བཟོ་པས་དྲོད་སྐྱིད་ཀྱི་འཛུམ་མདངས་བསྐྱལ་ཡོང་བ་ཡང་དྲན་ཐུབ། མི་ཚེ་གང་བོར་དཀའ་སྡུག་མྱངས་པའི་ང་ཡི་དྲིན་ཆེན་ཨ་མས་སེམས་འཁྲིང་དང་ཞེན་ཆགས་ཚད་མེད་བཅངས་ནས། སློབ་གྲྭའི་སྨན་ཁང་དུ་ནད་ཀྱིས་གཉེགས་སོང་སོང་། ཕུར་སྐམ་འཁྱུར་མཁན་གྱི་མི་མང་པོ་ཞིག་མེད། ཉིན་དེར། མོའི་ཤིན་ཏུ་ཤ་ཚ་བའི་སེང་ཞི་མི་ཞིག་གིས་བྱ་མདའ་ཡིས་བསད་ནས། ཟླ་ཁ་མ་གང་བའི་ཞི་མིའུ་ཞིག་ཤུལ་དུ་བསྐྱུར། ཞི་མིའུ་དེ་ད་སྐབས་ལོ་བཅུ་གཅིག་ལ་སོན་ཡོད་པ་དང་། རྒན་རབས་པའི་གྲས་སུ་ཚུད། དྲན་ཤེས་འདི་དག་མཛེས་སྡུག་ལྡན་པ་དང་ཡིད་སྐྱོ་བ་གང་ཡིན་རུང་། ཚང་མ་རང་ཉིད་ལ་དབང་བས་གལ་ཆེན་ཞིག་ཡིན།

ང་རང་ཁྱུག་རྟ་གཞིས་ཀར་དགའ།

1988ལོའི་ཟླ1པའི་ཚེས18ཉིན།

ཧྲིན་ལུའུ་ཡི་རོལ་མོའི་དྲན་ཐོ།

ཚིན་ཧྭ་གཞིས་ཀའི་ལྷས་ར་ཁ་པ་ནི་སྟོན་ཆད་ངེད་ཚང་ཡིན། དེ་གཞིས་ཀའི་ནང་གི་ཤིང་སྡོང་གི་ཚལ་ཞིག་ཏུ་ཡོད། ཆུང་དུས་སུ་ཤིང་སྡོང་གི་ཚལ་ནི་སྟུག་ཅིང་ཟབ་ལ། ལྷང་ཁུ་མུ་མེད་ཅིག་ཡིན་པ་དང་། དེའི་གསེང་དུ་སོང་ན་རྨི་ལམ་དུ་རྒྱུ་བ་དང་འདྲ་བར་འདོད། འཇའ་འགོག་དམག་འཁྲུག་གི་སྐབས་སུ་ཁུན་མིང་དུ་ཡོད་སྐབས། པེ་ཅིན་གྱི་དྲན་གདུང་ལས་རྟག་ཏུ་ཤིང་སྡོང་གི་ཚལ་འདི་ཡོད། འཇའ་འགོག་དམག་འཁྲུག་ལ་རྒྱལ་ཁ་ཐོབ་རྗེས། སླར་ཡང་ལྷས་ར་ཁ་པ་རུ་བསྡད་པ་ན། ཤིང་སྡོང་གི་ཚལ་འདི་མི་ཆེ་བ་དང་། ཁོམ་པ་འགའ་སོང་ཚེ་མཐའ་རུ་སླེབ་ཐུབ་པ་ཤེས་ཤིང་། དྲན་ཤེས་ཁྲིད་ཀྱི་དེ་འདྲའི་ཚོན་མདངས་ཀྱི་ཕྱུག་པ་ཞིག་ཀྱང་མིན།

དམག་ལོག་བྱས་རྗེས་ཀྱི་ལོ་ཞིག་གི་དབྱར་གཞུང་ལ། མི་ཞིག་གིས་ཤིང་སྡོང་གི་ཚལ་དུ་རོལ་མོ་གཏོང་བཞིན་ཡོད། ཕལ་ཆེར་རོལ་མོའི་ཛ་སྟོན་ཞེས་པ་དེ་ཡིན་སྲིད། སྐེའུ་ཁུང་གི་ཁ་ནས་ལངས་ཏེ་ཉན་པ་ན། རོལ་མོ་ནི་ལྷང་མདོག་གི་གསེང་ནས་མཆེད་ཡོང་བ་དང་། ལྷས་ར་ཁ་པའི་མཐའ་ནས་བསྐོར་ལ། ང་ཡང་མཐའ་ནས་བསྐོར་བ་རེད། རྒྱུན་པར་ཐོས་པ་ལ་ཧྲུའུ་པོ་ཐེའི《ཡོངས་འགྲུབ་མ་བྱུང་བའི་མཉམ་སྒྲིག་རོལ་དབྱངས》ཡོད། འདི་ནི་ཤིན་ཏུ་ཉུང་ཞིང་དབྱངས་རྟ་བརྗེད་མེད་པའི་རོལ་དབྱངས་གྲས་ཀྱི་གཅིག

ཡིན། ད་དུང་པེ་ཧོ་ཧྥུན་གྱི《ལྷམ་ར》དང་མའོ་ཀྲ་ཐེ་ཡི་རྗེ་སྦྲིང་བཞི་སྦྱུར། ཁྲེ་ཁེ་ཧྥུ་སི་ཅེ་ཡི《སྐྱོ་དབྱངས》སོགས་ཡོད། རོལ་དབྱངས་གཏོང་ཐེངས་རེ་ལ་ཤིང་སྡོང་གི་ཚལ་དེ་ཇེ་ཆེར་སོང་ཞིང་ལྗང་མདོག་ཀྱང་ཇེ་ཧྲན་དུ་གྱུར་ནས། ང་ལ་ཡང་ཆུང་དུས་སུ་རྨི་ལམ་གྱི་ཞིང་ཁམས་སུ་སྐྱོད་པའི་ཚོར་བ་ཞིག་བྱུང་།

ཆིན་ཧྭ་ཡི་རོལ་མོའི་ཁང་ཤིན་ཏུ་ཧྲུར་པོ་ཞིག་ཡོད་པ་དང་། སློབ་མའི་ཁྲིད་དུ་འང་རོལ་མོ་ལ་དགའ་མཁན་ཤིན་ཏུ་མང་། སློབ་ཞོར་གྱི་རོལ་མོ་བ་མང་ཞིང་རོལ་མོའི་ཆེད་ལས་མི་སྣ་ཁ་ཤས་ཀྱང་བྱུང་ཡོད། ང་ནི་དེའི་ནང་དུ་མི་ཞུགས་པས། བློ་སེམས་དེ་འདྲ་མི་དཀར་བའི་ཉན་མཁན་ཞིག་ལས་མ་འདས། རྒྱུ་མཚན་ནི་རང་ཉིད་ལ་ཡོད་པའི་སྒྲ་དཔར་མི་མང་བ་དང་། རྒྱུན་པར་སློབ་གྲོགས་ཚོ་དང་མཉམ་དུ་ཨ་རིའི་དགེ་རྒན་ཆེན་མོ་སྐུ་ཞབས་ལྷུན་ཧྲི་ཚང་དུ་སོང་ནས་རོལ་མོ་ལ་ཉན་པས་སོ། ། སྐུ་ཞབས་ལྷུན་ཧྲི་ཡིས་ང་ཚོར་དབྱིན་ཇིའི་སྐད་ངག་དང་ཧྲ་ཧྲི་པིས་ཡ་ཁྲིད་པ་དང་། གནའ་རབས་རོལ་མོ་ལའང་ཆ་རྒྱུས་ཟབ་མོ་ཡོད། ཁོ་ལ་ཁྱིམ་ཚང་མེད་པར་རྩོམ་རིག་དང་རོལ་མོ་གྲོགས་སུ་གྱུར་ཡོད། ཁོང་གི་མདུན་ནས་གསུང་རབ་མང་གྲགས་མང་པོར་ཉན་པ་དང་། མང་ཆེ་ཤོས་སུ་འཁོར་ཐེངས་དོན་བརྒྱད་ཅན་གྱི་སྒྲ་དཔར་བཀོལ་བ་རེད། སྒྲ་དཔར་བརྗེ་ཐེངས་རེ་ལ་ཁོས་སྔ་ཤད་སྙི་མོ་ཞིག་གིས་སྒྲ་དཔར་ཐེངས་གཅིག་ཕྱིས་ཞོར་དུ། འགྲེལ་བཤད་ཀྱི་ཚིག་འགའ་བཤད་སྲིད། དེ་ནི་ཁོས་སློབ་ཁྲིད་བྱེད་པ་མིན་ལ། ལྷ་བ་སྤྲེལ་བསམ་པའང་མིན། དེང་འདིར་ཁོས་སྐབས་དེར་ཅི་ཞིག་བཤད་པ་ཚང་མས་མི་དྲན་མོད། འོན་ཀྱང་ཁོ་ཤིན་ཏུ་མི་དགའ་བ་ནི་ཁྲེ་ཁེ་ཧྥུ་སི་ཅེ་ཡིན་པ་དྲན་

Chopin
33
78

རོལ་དབྱངས་གཏོང་ཐེངས་རེ་ལ་ཤིང་སྡོང་གི་ཚལ་དེ་ཇེ་ཆེར་སོང་ཞིང་ལྗང་མདོག་ཀྱང་ཇེ་རྒྱན་དུ་གྱུར་ནས། ང་ལ་ཡང་ཆུང་དུས་སུ་རྨི་ལམ་གྱི་ཞིང་ཁམས་སུ་སྐྱོད་པའི་ཚོར་བ་ཞིག་བྱུང་།

ཐུབ། ཁོས་ཁྲི་ཁི་ཧྲུ་སི་ཅི་ནི་སྐྱོ་སྣང་ཆེ་བར་འདོད། ཐེངས་ཤིག་ཚོ་པང་ལ་ཉན་སྐབས། ང་ཁང་པ་ཕྱིའི་ཐེམ་སྐས་སུ་བསྡད་ཡོད་ཅིང་། ཟླ་འོད་ཤིང་སྡོང་དང་མེ་ཏོག་གི་གསེང་ནས་འཕྲོས་ཡོང་བ་རེད། ངས་གློ་བུར་དུ་ཚོ་པང་ལ་ཀྲུང་གོའི་ཁྱད་ཆོས་ལྡན་པར་འདོད། ཕྱིས་སུ་ཧྲུ་ལིའི་འཕྲིན་ཡིག་གི་ནང་ནས་ཀྲུང་གོ་བས་ཚོ་པང་ཧུང་ལེན་བྱེད་པར་འཚམ་པ་ཤེས། དུས་ཡུན་རིང་པོ་ཞིག་ལ་ང་རང་ཚོ་པང་ལ་དགའ་བར་གྱུར།

ཕྱིས་སུ་ཧྲིན་ལུའུ་རུ་སྡོད་པའི་ལོ་ངོ་བཞི་བཅུའི་རིང་དུ། རོལ་མོ་ལ་ཉན་པའི་གོ་སྐབས་ཕྱི་རོལ་ཡུལ་གྱི་འགྱུར་ལྡོག་དང་བསྟུན་ནས་སྐབས་རེར་མང་ཞིང་སྐབས་རེར་ཉུང་བར་གྱུར། དེ་བས་གཏན་འཁེལ་གྱི་རོལ་མོའི་བྱེད་སྒོ་མེད་ལ། ཚང་མའི་ཆེད་དུ་སྒྲ་དཔར་བརྗེ་བའི་འོས་འགན་ཁུར་མཁན་ཡང་མེད་པར་གྱུར། ལྷུན་ཏི་དང་འཕྲད་ཐེངས་ཆེས་རྗེས་མ་ནི་པེ་ཅིང་སློབ་ཆེན་གྱི་སློབ་གྲྭའི་སྨན་ཁང་གི་རྫེ་སྐས་ཁ་ཡིན། སྐབས་དེར་ཁོང་ཉིད་ལོ་བརྒྱ་ལ་སོན་ཡོད་ཅིང་། ཀྲུབ་འཁོར་དུ་བསྡད་ཡོད་ལ། ཐོག་ཏུ་བལ་གདན་ཞིག་བཀབ་འདུག ང་འཕྲལ་མར་མདུན་དུ་བཅར་ནས་འཚམ་འདྲི་ཞུས་པ་ཡིན།

ཁོས་དབྱིན་ཇིའི་སྐད་ཀྱིས་ང་ལ“ཁོ་ཚོས་ང་སྒོ་ཕྱིར་འགྲོ་རུ་མི་འཇུག ཁྱེད་ཀྱིས་ཁོ་ཚོར་ང་སྒོ་ཕྱིར་འགྲོ་དགོས། ང་སྒོ་ཕྱིར་འགྲོ་འདོད་ཅེས་ཤོད་ཅིག”ཟེར། ངས་ནད་གཡོག་པ་བཙལ་ནས་གནས་ཚུལ་བཤད་མོད། ནད་གཡོག་པ་གཅིག་གིས་ཆར་བ་འབབ་གིན་ཡོད་པས། ཁོ་སྒོ་ཕྱི་རུ་འགྲོ་མི་ཆོག་ཟེར། ཡང་གཅིག་གིས་ཆར་བ་མི་འབབ་པའི་དབང་དུ་བཏང་ནའང་སྒོ་ཕྱི་རུ་འགྲོ་མི་ཆོག་ཟེར། ང་ཕྱིར་སོང་ནས་ཁ་ཡག་ལ་བསྒྱུར་ཏེ་གོ་གསེད

བྱས། ཁོས་ང་ལ་བལྟས་འདུག་པ་དང་མིག་གི་རྣམ་འགྱུར་ལ་ཞེན་ཏུ་སྐྱོ་སྣང་འཁོར་འདུག ངས་བལྟ་མ་བཟོད་པར་བྲེལ་འཚུབ་ཀྱིས་ཁ་གྱེས་ཞུས་ནས་ཐོག་ཁང་ལས་བབས། ལམ་རྐྱེལ་པོར་ཆར་བ་སིམ་སིམ་དུ་འབབ་པ་དང་། ངས་རྣ་བར་ཁྲི་ཁི་ཧྥུ་སི་ཅི་ཡི་མཉམ་སྒྲིག་རོལ་མོ་ཨང་དྲུག་པའི་ཁྲོད་ཀྱི་ཆེས་ཡིད་སྐྱོ་བའི་གཞས་གདངས་དེ་འཁོར་བྱུང་། སྐུ་ཞབས་ལྷུན་ཏི་ཡིས་ཅི་ཞིག་གོ་སོང་བ་ངས་འདྲི་ཐབས་མ་བྱུང་།

ལོ་འདི་གའི་རིང་ལ་ཅུང་གཏན་ཆགས་ཡིན་ཏེ། རིམ་བཞིན་བློ་སེམས་དཀར་བའི་ཉན་མཁན་ཞིག་ཏུ་འགྱུར་བཞིན་ཡོད། ཏའི་ཏེན་འདི་གར་རོལ་མོའི་དཀྱིལ་ཚོགས་ཡོད་སྐབས། རྒྱུན་པར་སྐྱེས་པ་དང་མཉམ་དུ་བལྟ་རུ་སོང་བ་ཡིན། ཐེངས་འགའ་ཞིག་རོལ་མོ་ཁང་ཡོངས་སུ་ངེད་གཉིས་མ་གཏོགས་སྐྲ་དཀར་པོར་གྱུར་འདུག་པ་ཞིག་མེད་རུང་། ཕྱི་རབས་པ་ཚོའི་གྲས་སུ་ཡོད་པར་འོས་འཚམ་མིན་པའི་ཚོར་བ་མ་བྱུང་། ཐེངས་ཞིག་ལ་ཀྱང་དབྱང་རོལ་མོའི་ཚོགས་པས་སྔོན་ལ་དེང་རབས་ལུགས་སྲོལ་གྱི་བརྩམས་ཆོས་གྲགས་ཅན་ཞིག་དཀྲོལ་བ་དང་། ངལ་གསོ་བྱས་རྗེས་པེ་ཏོ་ཧྥུན་གྱི་མཉམ་སྒྲིག་རོལ་མོ་ཨང་བདུན་པ་རྟུང་དཀྲོལ་བྱས་ཏེ། སྒྲ་དུང་མཚར་ཅན་གྱི་མཐར་གཅོད་འགྲང་ཙམ་མྱུངས་རྗེས། མཉམ་སྒྲིག་རོལ་མོ་ཨང་བདུན་པ་ནི་སྙན་མོ་ཞིག་ཡིན་པའི་ཚོར་སྣང་སྐྱེས། དེ་ནི་ཇི་འདྲའི་སྙན་ཞིང་འཇེབས་པ་ཞིག་རེད་ཨང་། སྐད་ཆ་རྙིང་པ་ཞིག་གིས་ཞིབ་བརྗོད་བྱས་ན། ལུས་ཡོངས་ཀྱི་བ་སྤུའི་བུ་ག་སུམ་ཁྲི་དྲུག་སྟོང་ཐམས་ཅད་ཀྱི་ཁ་གདངས་སུ་འཇུག ཡང་ཐེངས་ཞིག་ལ་སུཙུ་ཀེན་གྱི་རྡོ་སྦྲེང་མཛངས་མ་ཞིག་ཡོང་ནས་ལ་ཧེ་མ་ཉེ་ནའོ་ཧྥུ་ཡི་རྡོ་སྦྲེང་རམ་འདེགས་རོལ་མོ་ཨང་

གཉིས་པ་རྟུང་དཀྲོལ་བྱས། དེར་བརྟེན་སྤྲོ་སེམས་རབ་ཏུ་འཕེལ་ནས་སོང་བ་ཡིན་མོད། མོའི་རྟུང་དཀྲོལ་ནི་དེ་འདྲའི་སྤྲོ་མེད་ཤུགས་མེད་ཅིག་ཡིན་པ་སུས་ཀྱང་མ་འདོད། ཡིན་ཡང་ང་ལ་བློ་ཕམ་ཡིད་ཆད་མ་བྱུང་བར་མགོ་ནས་མཇུག་བར་དུ་ཉན་པ་ཡིན། ཏའི་ཧྲེན་དུ་ནོ་སི་ཐ་ཁེ་ལྷེ་ཆེ་ལ་ཐེངས་འགར་ཉན་པ་དང་། ཁོ་ནི་དེ་འདྲའི་གཏིང་ཟབ་ཅིང་ང་ཚོའི་སེམས་རྒྱུད་དང་ཤིན་ཏུ་ཉེ་བ་རྟོགས། ཆིག་སྟོང་དགུ་བརྒྱ་གོ་གཅིག་ལོའི་དགུན་ཁར། ངས་ཕལ་ཆེར་ལོ་གཅིག་རིང་གི་ནད་ཁྲིའི་འཚོ་བ་མཇུག་རྫོགས་མ་ཐག་ཁྲིམ་མི་ཚོའི་ངོ་རྒོལ་ལ་སྣང་དོགས་མ་བྱས་པར། རྒྱང་ཐག་རིང་བའི་པེ་ཅིང་གི་རོལ་མོ་ཁང་དུ་ཡོང་ནས་མའོ་ཀྲ་ཐེ་ཡི་ལྷ་སྒྲོག་བདེ་འགོད་རོལ་དབྱངས་ལ་ཉན་པ་ཡིན། མའོ་ཀྲ་ཐེ་ཞེས་པའི་ཡི་གེ་དེ་མཐོང་མ་ཐག་ང་ལ་བདེ་སྣང་གི་ཚོར་བ་ཞིག་སྐྱེས་བྱུང་།

གཟབ་ནན་རོལ་མོའི་མདུན་སྤྱོངས་མི་ལེགས་པས། རོལ་མོའི་དཀྲོལ་ཚོགས་ཇེ་ཉུང་ལ་སོང་ཡོད། རོལ་མོ་ཞིག་ལ་ཉན་འདོད་ན་རང་ཉིད་ལ་སྒྲིག་ཆས་ཡོད་དགོས། ང་ལ་དེའི་ཕྱོགས་ཀྱི་འདུན་པ་མེད་ཅིང་། དཔེ་ཆ་ཁོ་ནས་མགོ་འཛོམ་དུ་འཇུག་པས། དེའི་ཁར་སྒྲ་ཐག་དང་སྒྲ་དཔར། CD ལ་སོགས་པ་བསྟན་ན་བཟོད་དཀའ། ང་ཡིས་ཡིད་སྨོན་བྱེད་ས་ནི་ཁྲིམ་གོག་སྟོང་པ་ཡིན། དཔེ་ཆ་གློག་འདོད་ན་དཔེ་མཛོད་ཁང་དུ་འགྲོ་བ་དང་རོལ་མོ་ལ་ཉན་འདོད་ན་སྒྲ་སྡུད་འཁོར་ལོ་མནན་པས་ཆོག རྒྱལ་ཁབ་མང་པོ་ཞིག་ལ་གནའ་རབས་རོལ་མོ་ཆེད་གཏོང་བྱེད་པའི་རྒྱང་བསྒྲགས་ས་ཚིགས་ཡོད། ངའི་རེ་བ་ཡིན་ན་ཕྱོགས་འདི་ནས་ང་ཚོ་རྗེས་ཆོད་དགོས། ཆུ་ཚོད་ཉེར་བཞི་མིན་རུང་ཆུ་ཚོད་བརྒྱད་ཀྱིས་ཀྱང་ཆོག་སྟེ། མཚན་མོར་བཀོད

སྒྲིག་བྱེད་མི་འོས།

དེང་རབས་རོལ་མོའི་གཞུང་ལུགས་པ་ལི་ཚེན་ཀྲུའུ་ཡིས་སྔར་རོལ་མོ་ནི“འཛམ་གླིང་གི་སྐད་བརྡ་ཡིན”ཞེས་བཤད་སྲོང་བ་མ་ཟད། མ་ཧིན・ལུའུ་ཧི་ཡི་སླན་ངག“སུ་ཞིག་གིས་རོལ་མོའི་ལས་ལ་བརྩོན་ཐུབ་ན། ལྷ་ཡུལ་གྱི་ལས་རིགས་ཤིག་ཐོབ་པ་ཡིན”ཞེས་པ་དྲངས་ཡོད། ཁོས་འགྲེལ་བཤད་བརྒྱབ་ནས་བཤད་རྒྱུར། དོན་ལ་རོལ་མོ་ནི་བླ་སྲོག་གི་སྐད་བརྡ་ཡིན་ལ། ལྷ་ཡུལ་ཁམས་ཀྱི་འཇིག་རྟེན་པའི་སྐད་བརྡ་རིགས་ཤིག་ཡིན། རོལ་མོ་ནི་སྒྱུ་རྩལ་སྣ་ཚོགས་པའི་ཁྲོད་ཀྱི་ཚེས་ཐད་ཀར་དུ་བླ་སྲོག་ལ་བརྟེན་པ་དང་། ཚེས་རྒྱལ་མཚམས་མེད་པ་ཞིག་ཡིན། “ལྷ་ཡུལ་གྱི་སྐད་བརྡ”ཞེས་པ་འདིར་ནང་དོན་གཉིས་དྲན་པ་ཡིན་ཏེ། གཅིག་ནི་རོལ་མོའི་མཛེས་སྡུག་ཞིབ་བརྗོད་བྱེད་པར་བཀོལ་བ་དང་། ཅིག་ཤོས་དེར་སྐད་ཆ་ཚིག་གཅིག་གིས་མཚོན་ཚིག་སྟེ། རོལ་མོ་ལ་ཉན་ཐུབ་པའི་མི་ལ་བདེ་སྐྱིད་ལྡན་ཞེས་པ་དེ་ཡིན།

1993ལོའི་ཟླ11པར།

我们小时候

紫藤萝瀑布

宗 璞 著

青海人民出版社

我们小时候

紫藤萝瀑布

宗　璞　著

青海人民出版社

མེ་ཏོག་དང་མི་ཚང་མ་བཀྲ་མི་ཤིས་པ་སྣ་ཚོགས་ལ་འཕྲད་སྲིད་མོད། འོན་ཀྱང་ཚེ་སྲོག་གི་ཆུ་རྒྱུན་ལ་མུ་མཐའ་མེད། ངས་མེ་ཏོག་གི་ཐིའུ་སླུག་པོ་ལ་བྲིལ་བྲིལ་བྱས་པ་དང་། དེ་རུ་ཚེ་སྲོག་གི་ཉིང་བཅུད་ཀྱིས་གཏམས་ཤིང་། འདབ་མའི་གཡོར་མོ་ཡོངས་སུ་བརྒྱངས་ནས། འོད་ལམ་ལམ་གྱི་མེ་ཏོག་གི་ཆུ་རྒྱུན་སྟེང་དུ་ཤར་སྐྱོད་བྱེད། དེ་ནི་མེ་ཏོག་ཁྲི་སྟོང་མང་པོའི་ཁྲོད་ཀྱི་གཅིག་ཡིན་ལ། གང་བུ་རེ་རེས་མེ་ཏོག་སྣ་བརྒྱ་བཞད་པའི་རྒྱུ་འགུལ་གྱི་ཐབ་ཆུ་གྲུབ།

——ཙུང་ཕུས།

目　录

CONTENTS

上　篇

热　土

弯曲的石径从小山坡上伸延下去，坡上坡下，长满了茂密的树木，望去只觉满眼一片浓绿，连身子都染得碧沉沉的。坡底绿草如茵，这里那里，点缀着粉红、淡蓝的小喇叭花。石径穿过草地，又爬上对面的小山坡，消失在绿荫深处。微风掠过这幽深的谷底，清晨芬芳的空气沁人心脾。许久以来，我还是第一次来到这隐秘的所在。

这不是我儿时常来游玩的地方么？对了。那四根白石柱本是藤萝架，曾经开满淡紫色的花朵，宛如一个大的幔帐。记得我和弟弟，还有几个小朋友一起，常在这里跑来跑去捉迷藏。而我们最喜欢的游戏是玩土。小山脚下石径旁，那一块地方土质松软，很像沙土，我们便常在这里进行大规模的建设，造桥、铺路、挖成一个洞，还可以堆起土墙、土房。

我们几乎天天要造一座城池呢。

那正是七七事变后不久，我们几个孩子住在姑母家，因为那时这里是教会学校，可以苟安一时。虽然我们每天只是玩，但在小小的心里也感到国破的厄运了。记得就在这藤萝架下，我给飞蚂蚁咬了一口，哭个不停。弟弟担心地拉着我的手吹着，一个大些的小朋友不耐烦了，说道："这是什么大事，日本兵都打进来了！"

"他们来抢我们的土地吗？"我马上停住了哭，记起了这句大人说过的话。紧接着我就去抚摸我们经常抚摸的泥土，觉得土地是这样温暖，这样可亲可爱。我恨不得把祖国大地紧紧拥抱在胸怀之间，免得被人抢走。我生长在这里，我爱这树、这山、这泥土……

我不觉坐在石径的最下一阶，抚摸着那绿草遮盖的土地，沉入了遐想。

我想起清华校门内的那条林荫道，夹道两行槐树。每年夏初，淡淡的槐花香，便预告着要有一批年轻人飞向祖国各地，去建设我们亲爱的祖国。记得我走上工作岗位那年，我们几个同学在那条路上徘徊了多少次！我们讨论怎样服从祖国的需要，怎样使自己成为一丝一缕，来为祖国、为人民、为革命织造锦绣前程！后来我们全班十一个同学一起写了一份决心书，其中有这样的话语："如果有不如意的时候，请不要跺脚吧！脚下的土地，埋藏着烈士的头颅，浸染着烈士的鲜血。我们没有权利惊扰他们，我们只有义务在他们为之献身的土地上，实现共产主义理想。”记得在大礼堂宣读这份决心书时，会场是那样安静，气氛是那样激动和热烈，每个年轻的心都充满着建设祖国的美好愿望。会后，我走出礼堂，看到门前一片草坪，我又一次想拥抱祖国的土地。我要用每一分力量，使祖国的土地更温暖……

下放劳动时，我亲耳听到一个公社书记也说了类似的话：我们脚下的土地非比寻常，“不要跺脚”。在村中住下了，我才知道确实有“热土”这两个字。我的房东大娘在抗日战争、解放战争中都是积极分子。她常说，这附近十几个村庄，多少里地，每一寸都有她的脚印。“连那桑干河的水波纹，都让我踩平了。”她的儿子没有大枪高就参了军，五十年代末期在张家口地委工作，多次来信请娘去住。我就坐在大门前小凳上给老人家念过几次这样的信。大娘每次听过，总要怔怔地望着村外那一片果树林。村子居高临下，越过那一片雪白的花海，可以望见花林外面的桑干河，闪着亮光，正在滔滔流去。“热土难离啊！”大娘每次都喃喃地说，“热土难离！”

热土难离！我们的泪水、血汗灌溉着它，怎能不热！我们的骨殖身体营养着它，怎能不热！因为我们在这里度过了童年，在这里寄托着青年时代的梦想，我们还要永远安息在这里。因为这是我们的，我们自己的，我们自己的祖国的土地。

可是在六十年代末期，一切过去的和将来的梦，一切美好的人为之生活、战斗的信念，都成为十恶不赦的罪行。正在建设的城池轰然倾倒，热土变成了废墟。那段沉重的日子，说不完写不尽，但有些记忆，也会随着岁月的流逝而淡漠的。可有一个说来平淡的印象，却使我永不能忘。由于各种原因，我好几个月不曾出城。一次终于来到这校园中看望年迈的父母。在经过几个宿舍楼时，感到气氛异常，两边楼顶上都横放着床板，后来知道那是武斗中的防御工事。行人经常来往的大路空荡荡的，到处扔着些破砖烂瓦。虽然阳光照得刺眼，却显得十分荒凉惨淡。不知是怎么回事，我踌躇良久便绕道而行。后来听人说，幸亏没有愣走过去，要是走过去，还不知有怎样的下场！那时，无论怎样的下场，我都不在乎，但我却记下了那空荡荡点缀着碎砖石的路面，阳光照得刺眼。

以后我每想起这制造出来的空荡荡的荒凉惨淡，就想起我们的流过明亮的河水、开着鲜花的热土，就想起曾有的要在这一片热土上建设祖国的热切的心情，就想起幼年时怕失去祖国的恐惧。无论经过怎样的曲折艰险，我总觉得脚下的热土在给我力量，无论怎样迷茫绝望，我从未失去对祖国的信念。

清晨和煦的阳光，从浓密的树荫间照了下来，可以看见一束束亮光里浅淡的白雾，雾气正在消散。一束光恰照在我儿时玩沙土的地方。这里是一片鲜嫩的绿色，我们那幼小的手建造起来的玩具城池，当然不复存在。但我们现在正用成人的坚定的手，在祖国的热土上，建设着新的、各种各样的美好的城池了。即或面对疾风骤雨、惊雷骇电，我们会成功！因为我们是站在亿万人民的血泪和汗水浇灌的热土上，是站在中华民族祖祖辈辈的身体骨殖营养的热土上啊！

我离开这幽静的绿谷，慢慢走回家去，远远看见巍峨的图书馆门前，有一群群背着书包的年轻人在等候……

1979 年 6 月

紫藤萝瀑布

我不由得停住了脚步。

从未见过开得这样盛的藤萝，只见一片辉煌的淡紫色，像一条瀑布，从空中垂下，不见其发端，也不见其终极，只是深深浅浅的紫，仿佛在流动，在欢笑，在不停地生长。紫色的大条幅上，泛着点点银光，就像迸溅的水花。仔细看时，才知那是每一朵紫花中最浅淡的部分，在和阳光互相挑逗。

这里春红已谢，没有赏花的人群，也没有蜂围蝶阵。有的就是这一树闪光的、盛开的藤萝。花朵儿一串挨着一串，一朵接着一朵，彼此推着挤着，好不活泼热闹！

“我在开花！”它们在笑。

“我在开花！”它们嚷嚷。

每一穗花都是上面的盛开、下面的待放。颜色便上浅下深，好像那紫色沉淀下来了，沉淀在最嫩最小的花苞里。每一朵盛开的花像是一个张满了的小小的帆，帆下带着尖底的舱。船舱鼓鼓的，又像一个忍俊不禁的笑容，就要绽开似的。那里装的是什么仙露琼浆？我凑上去，想摘一朵。

但是我没有摘。我没有摘花的习惯。我只是伫立凝望，觉得这一条紫藤萝瀑布不只在我眼前，也在我心上缓缓流过。流着流着，它带走了这些时一直压在我心上的关于生死的疑惑，关于疾病的痛楚。我浸在这繁密的花朵的光辉中，别的一切暂时都不存在，有的只是精神上的宁静和生的喜悦。

这里除了光彩，还有淡淡的芳香，香气似乎也是浅紫色的，梦幻一般轻轻地笼罩着我。忽然记起十多年前家门外也曾有过一大株紫藤萝，它依傍一株枯槐爬得很高，但花朵从来都稀落，东一穗西一串伶仃地挂在树梢，好像在察言观色，试探什么。后来索性连那稀零的花串也没有了。园中别的紫藤萝花架也都拆掉，改种了果树。那时的说法是，花和生活腐化有什么必然关系。我曾遗憾地想：这里再看不见藤萝花了。

过了这么多年，藤萝又开花了，而且开得这样盛，这样密，紫色的瀑布遮住了粗壮的盘虬卧龙般的枝干，不断地流着，流着，流向人的心底。

花和人都会遇到各种各样的不幸，但是生命的长河是无止境的。我抚摸了一下那小小的紫色的花舱，那里满装着生命的酒浆，它张满了帆，在这闪光的花的河流上航行。它是万花中的一朵，也正是由每一个一朵，组成了万花灿烂的流动的瀑布。

在这浅紫色的光辉和浅紫色的芳香中，我不觉加快了脚步。

1982 年 5 月 6 日

好一朵木槿花

又是一年秋来，洁白的玉簪花挟着凉意，先透出冰雪的消息。美人蕉也在这时开放了。红的黄的花，耸立在阔大的绿叶上，一点不在乎秋的肃杀。以前我有“美人蕉不美”的说法，现在很想收回。接下来该是紫薇和木槿。在我家这以草为主的小园中，它们是外来户。偶然得来的枝条，偶然插入土中，它们就偶然地生长起来。紫薇似娇气些，始终未见花。木槿则已两度花发了。

木槿以前给我的印象是平庸。“文革”中许多花木惨遭摧残，它却得全性命，据说原因是它的花可食用，大概总比草根树皮好些吧。学生浴室边的路上，两行树挺立着，花开有紫、红、白等色，我从未仔细看过。

近两年木槿在这小园中两度开花，不同凡响。

前年秋天，我家刚从死别的悲痛气氛中缓过气来不久，又面临了少年人的生之困惑。我们不知道下一分钟会发生什么事，陷入极端惶恐中。我在坐立不安时，只好到草园踱步。那时园中荒草没膝，除我们的基本队伍亲爱的玉簪花外，只有两树忍冬，结了小红果子，玛瑙扣子似的，一簇簇挂着。我没有指望还能看见别的什么颜色。

忽然在绿草间，闪出一点紫色，亮亮的，轻轻的，在眼前转了几转。我忙拨开草丛走过去，见一朵紫色的花缀在不高的绿枝上。

这是木槿。木槿开花了，而且是紫色的。

木槿花的三种颜色，以紫色最好。那红色极不正，好像颜料没有调好；白色的花，有老伙伴玉簪已经够了。最愿见到的是紫色的，好和早春的二月兰、初夏的藤萝相呼应，让紫色的幻想充满在小园中，让风吹走悲伤，让梦留着。

惊喜之余，我小心地除去它周围的杂草，整出一个浅坑，浇上水。水很快渗下去了。一阵风吹过，草面漾出绿色的波浪，薄如蝉翼的娇嫩的紫花在一片绿波中歪着头，带点调皮，却丝毫不知道自己显得很奇特。

去年，月圆过四五次后，几次洗劫的小园又一次遭受磨难。园旁小兴土木，盖一座大有用途的小楼。泥土、砖块、钢筋、木条都堆在园里，像是零乱地长出一座座小山，把植

嗒

我跨过障碍，走近去看这朵从重压下挣扎出来的花。仍是娇嫩的薄如蝉翼的花瓣，略有皱褶，似乎在花蒂处有一根带子束住，却又舒展自得，它不觉环境的艰难，更不觉自己的奇特。

忽然觉得这是一朵童话中的花，拿着它，任何愿望都会实现。因为持有的，是面对一切苦难的勇气。

物全压在底下。我已习惯了这类景象，知道毁去了以后，总会有新的开始，尽管等的时间会很长。

没想到秋来时，一次走在这崎岖山路上，忽见土山一侧，透过砖块钢筋伸出几条绿枝，绿枝上，一朵紫色的花正在颤颤地开放！

我的心也震颤起来，一种悲壮的感觉攫住了我。土埋大半截了，还开花！

土埋大半截了，还开花！

我跨过障碍，走近去看这朵从重压下挣扎出来的花。仍是娇嫩的薄如蝉翼的花瓣，略有皱褶，似乎在花蒂处有一根带子束住，却又舒展自得，它不觉环境的艰难，更不觉自己的奇特。

忽然觉得这是一朵童话中的花，拿着它，任何愿望都会实现。因为持有的，是面对一切苦难的勇气。

紫色的流光抛撒开来，笼罩了凌乱的工地。那朵花冉冉升起，倚着明亮的紫霞，微笑地俯看着我。

今年果然又有一个开始。小园经过整治，不再以草为主，所以有了对美人蕉的新认识。那株木槿高了许多，枝繁叶茂，但是重阳已届，仍不见花。

我常在它身旁徘徊，期待着震撼了我的那朵花。

它不再来。

即使再有花开，也不是去年的那一朵了。也许需要纪念碑，纪念那逝去了的，昔日的悲壮？

1988年重阳

养马岛日出

到海边了，便总惦记着看日出。

最初几日阴雨，天空为云霾锁住，只见海天茫茫，是深深浅浅的灰色。不见太阳，也不辨东西南北。

一天清晨到得阳台上，忽见一侧天边和海面闪着红光，空中云层后面，有个大红球，那是一轮红日，已经升得很高了。没有多久，便不能逼视。

阳台上看日出，毕竟局促。在告别养马岛的这天，特意到海边去等候。

微弱的晨曦中，树木似醒非醒，海是凝重的灰蓝。昨天还是海面的地方，现在露出高高低低的礁石，线条还不十分清晰。一个小小的人影正在那块伸入海中的大礁石上移动着，他是想上得高些，看得远些。那是我们力所不及的。我们只能循着岸边小路选择了一处开阔的地方，等候那伟大的时刻。

天边有云层围护着。渐渐地，东方红了，由浅到深，红得很朴素。似乎云层后面正在燃烧，却看不出那中心在哪里，我们凝望天边，不敢眨一眨眼睛。忽然有一条鱼从水上跳出，接着又是一条。似乎也在盼着太阳。

“快看！快看！”我们彼此叫着，只见云层后面陡然出现一个小红球。那是太阳！那是燃烧的中心。太阳在云霞围绕中跳出了海面！云霞红得耀眼，一条光闪闪的红柱从水面拖过来，每一道水波都发着红光。

这一带几个海岛上都有三官庙，渔民们奉祀天、地和水。我和他们一样，觉得一切是这样神圣。我心中充满感激，感激天有日月、地有泥土。感激太阳辛勤地出没、大海不息地涨落。希腊神话中的日神阿波罗每天驱赶着金色的马车向天上驶去时，是否想到地上水中的生灵在顶礼膜拜？

太阳不停地上升，愈来愈大，水面红柱愈来愈宽而长。终于成为一片落进海水的灿烂的彩色。太阳的红反而淡下来，变成白亮的强光，使我们转过头去。

太阳出来了，新的一天开始了。

太阳是我们的。

1994年7月21日

天边有云层围护着。渐渐地，东方红了，由浅到深，红得很朴素。似乎云层后面正在燃烧，却看不出那中心在哪里，我们凝望天边，不敢眨一眨眼睛。忽然有一条鱼从水上跳出，接着又是一条。似乎也在盼着太阳。

那祥云缭绕的地方

图书馆，在一座大学里，永远是很重要的，教师在这里钻研学问，学子在这里发奋学习，任何的学术成就都是和图书馆分不开的。

我结识清华图书馆是从襁褓中开始的。我出生两个月，父亲执教清华，全家移居清华园。母亲在园中来去，少不得抱着我，或用儿车推着我。从那时，我便看见了清华图书馆。我想，最初我还不会知道那是什么。渐渐地，能认识那是一座大建筑。在上幼稚园时就知道那是图书馆了。

图书馆外面的石阶很高，里面的屋顶也很高，一进门便有一种肃穆的气氛。说来惭愧，对于孩子们，它竟是一个好玩的地方。不记得我什么时候第一次走进图书馆。父亲当时在楼下，向南的甬道里有一间朝东的房间，我和弟弟大概是跟着父亲走进来的。那房间很乱，堆满书籍文件，我不清楚那是办公室还是个人研究室，也许是兼而用之。每次去不能多停，我们本应立即出馆，但常做非法逗留，在房间外面玩。给我们的告诫是不准大声说话，于是我们的舌头不活动，腿却自由地活动。我们把朝南和朝西的甬道都走到头，甬道很黑，有些神秘，走在里面像是探险，有时我们去爬楼梯，跑到楼上再跑下来。我们还从楼下的饮水管中，吸满一口水，飞快地跑到楼梯顶往下吐。就听见水落地“啪”的一声，觉得真有趣。我们想笑却不敢笑，这样的活动从来没有被人发现。

上小学时学会骑车，有时由哥哥带着坐大梁，有时自己骑，当时校中人不多，路上清静，慢慢地骑着车左顾右盼很是惬意。我们从大礼堂东边绕过去，到图书馆前下车，走上台阶，再跑下来，再继续骑，算是过了一座桥。我们仰头再仰头，看这座“桥”和上面的楼顶。楼顶似乎紧接着天上的云彩。云彩大都简单，一两笔白色而已，但却使整个建筑显得丰富。多么高大，多么好看。这印象还留在我心底。

从外面看图书馆有东西两翼，东面的爬墙虎爬得很高，西面的窗外有一排紫荆树，那紫色很好看，可是我不喜欢紫荆，对于看不出花瓣的花朵我们很不以为然。有人说紫荆是清华的校花，如果真是这样，当然要刮目相看。

抗战开始，我们离开清华园，一去八年，对北平的思念其实是对清华园的思念。在清华园中长大的孩子对北平的印象不够丰富，而梦里塞满了树林、小路、荷塘和那一片包括大礼堂、工字厅等处的祥云缭绕的地方。胜利以后，我进入清华外文系学习，在家中虽然有一个小天地，图书馆是少不得要去的，我喜欢那大阅览室。这里是那样安静，每个人都在专心地读书。只有轻微的翻书页的声音。几个大字典架靠墙站着，字典永远是打开的，不时有人翻阅。我总是坐在最里面的一张桌旁。因为出入都要走一段路，就可以让自己多坐一会儿。在那里看了一些参考书，做各种作业。在家里写不出的作文，在图书馆里似乎是被那种气氛感染，很快便写出来，当然也有时在图书馆做功课不顺利，在家中自己的小天地里做得很快。

在这一段日子里，我惊异地发现图书馆变得越来越小，不像儿时印象中那样高大，但它仍是壮丽的，也常有一两笔白色的云依在楼顶。

四年级时，便要做毕业论文，可以进入书库。置身于书库中，真像是置身于一个智慧的海洋，还有那清华图书馆著名的玻璃地板，半透明的。让人觉得像是走在湖水上，也像是走在云彩上。真是祥云缭绕了。我的论文题目是托马斯·哈代的诗，本来我喜欢哈代的小说，后来发现他的诗也是大家，深刻而有感染力，便选了他的诗做论文题目。导师是美国教授温德。在书库里流连徜徉真是乐事，只是在当时火热的革命形势中，不很心安理得，觉得喜欢书库是一种落后的表现。直到以后很多年，经过时间的洗磨，又经过不断改造，我只记得曾以哈代为题做毕业论文，内容却记不起了。有一次，偶然读到卞之琳翻译的哈代的诗，竟惊奇哈代的诗原来这样好。

那时，图书馆里有教室。我选了邓以蛰的美学，便是在图书馆里授课，在哪间房间记不起了。这门课除我之外还有一个男生，邓先生却像有一百个听众似的，每次都做了充分准备，带了许多图片，为我们放幻灯。幻灯片里有许多名画和建筑，我在这里第一次看见蒙娜丽莎，可惜不记得邓先生的讲解了。这门课告诉我们，科学的顶尖是数字，艺术的顶尖是音乐。只是当时没有音响设备，课上没有听音乐。

父亲在图书馆楼下仍有一间房间，我有时去看看，常见隔壁的房门敞开着，哲学系学长唐稚松在里面读书。唐兄先学哲学又学数学，现在在“计算机科学与软件工程”方面有重大成就，享有国际声誉。我们在电话中谈起图书馆，谈起清华，都认为清华教我们自强、严谨，要有创造性，终身不能忘。

从清华图书馆里走出来的还有少年闻一多和青年曹禺。

闻一多一九一二年入清华学堂，在清华学习的九年中，少不了要在图书馆读书，九年中他在课余写的旧体诗文自编为《古瓦集》。去年经整理后出版，可惜我目力太弱，已不能阅读，只能抚摸那典雅的蓝缎面，让想象飞翔在那一片彩云之上。

曹禺的第一部剧作《雷雨》是在清华图书馆里写成的。我想那文科的教育，外国文学的熏陶，那祥云缭绕的书库，无疑会影响着曹禺的成熟和发展。我们不能说清华给了我们一个曹禺，但我们可以说清华有助于万家宝成为曹禺。我想，演员若能扮演曹禺剧中人物，是一种幸运。他的台词几乎不用背，自然就会记得。“太阳出来了，黑暗留在后头，但是太阳不是我们的，我们要睡了。”上中学时，如果有人说一句“太阳出来了”，立刻会有人接上“黑暗留在后头”。“我的中国名字叫张乔治，外国名字叫乔治张”，短短两句话给了多么宽广的表演天地。也许这是外行活，但这是我的感受。

从图书馆走出的还有许多在各方面有成就的人，无论成就大小、贡献大小，都是促使社会进步的力量，想来在清华献出了毕生精力的教职员工都会感到安慰。

我已经把哈代忘了许多年。忽然有一天，清华图书馆韦老师告知我，清华图书馆中保存了我的毕业论文，这真是意外之喜。后知馆中还存有五〇、五一级的部分论文。我即分告同班诸友，大家都很高兴。韦老师寄来了我的论文复印件，可翻译为《哈代诗歌中的必然观念》，厚厚的有二十七页。我拿到这一册东西，仿佛看见了五十年前的自己，全部文章是我自己打出来的，记得为打这篇论文，我特地学了英文打字。原来我是想写一本研究哈代的书，这论文不过是第一章。生活里是要不断地忘记许多事，不然会太沉重，忘得太多却也可惜。我在论文的序言中说，希望以后有时间真写出一本研究哈代的专著以完夙愿。这夙愿看来是完不成了。我已告别阅读，无法再读哈代，也无法读自己五十年前写的文字。我想，若是能读，也读不懂了。

今年夏天，我目疾稍稳定，去清华参观新安排的“冯友兰文库”，便也到图书馆看看。大阅览室依旧，许多同学在埋头读书，安静极了。若是五年换一届学生，这里已换过十届了。岁月流逝，一届届学生的黑发变成银丝，但那自强不息的精神永在。

京西小巷槐树街

这是一条长不足百米的胡同，两侧皆植槐树，掩映着一个个小宅院。名为槐树街，可谓名副其实。这一带街道，再没有种槐树的，若寻槐树街，认准槐树便是。

可能因为短小，人们说到它时，加之以“儿”——槐树街儿，似乎很亲热。树荫后面人家，经过许多变迁了，门前高台阶大都破旧不堪，双扇院门上的对联字迹模糊，很难辨认。有些双扇门已改为房门一样单扇门了，开在胡同里，有点不伦不类。但那门前歪斜的台阶，门上剥落的字迹，以及两行槐树，仍然像北京的数千条胡同一样，给人一种遥远的、宁静的气氛。

这个居民点总称成府，位于北大和清华之间。以前的燕京和清华，现在的北大和清华，都有教职工住在这里。

一个黄昏，我站在槐树街口，目的是看一看槐树街十号。

找到十号。门洞窄小，房子没有格局，直觉地感到不对。一个人出来说，原来的十号改为九号了，请到隔壁。

隔壁有几层台阶，门扇依然完好，若油漆一下，还是很像样的。经过仔细辨认，认清了门上的字："中心育物，和气生春。"

我不记得这副对联。

进门向右，穿过一个小夹道，眼前豁然开朗，这是一个真正的四合院，正门朝北，垂花门开在西侧，正房对面建有南房。四面房屋都很整齐，木格窗，正房还有雕花。

院中几个人在闲坐，拿着蒲扇。旁边一棵石榴树，正开着火红的花朵。正房前搭葡萄架，翠绿的叶子垂下来。多少年不见这样的院子了！

"这是我的出生地，就在这北房里。"寒暄后说明来意。

他们大概是东厢房的住户，很殷勤，却没有邀我进房去参观。只问："走了多少年了？出国了吧？"

其实我出生后两个月，随父母迁到清华。转了几十年，并没有转出北大、清华这一带，很觉惭愧，只好含糊应了一句。

"我们是北大的职工，这房子属北大，新十号属清华。"

他们介绍，“现在这院子住了八家。”

四面房屋前都搭了小棚屋，还停着一辆平板车，上有玻璃罩，写着“米酒”。

“是第二职业了？”我笑问。他们说是邻居的，当然是业余的。

告辞时主人说欢迎常来。我知道我不会常来。

出了门，见斜对过有彩灯一闪一闪，原来是开了一家冷饮小店。记得邻近的蒋家胡同有一间常三酒馆，当年是燕京学生们谈心的好地方，专营海淀莲花白，那酒有的粉红，有的青绿。后来酒馆改为门市部，专营全世界到处买得到的东西。走过时张望了一下，心中诧异，怎么没有听说常三酒馆要重新开张。

走过新建的砖房，简直说不出是什么式样。两墙之间有一条极窄小的胡同，仅容一人行走，通过去不知是哪里。墙上挂着崭新的牌子“新胡同”，也是名副其实。

一阵清脆的笑声，从新胡同跑出几个女孩子。她们是要跳房子还是跳皮筋？我站住等着。她们不跳什么，笑着跑远了，把笑声留在胡同里。

1993年6月5日

萤　火

点点银白的、灵动的光，在草丛中飘浮。草丛中有各色的野花：黄的野菊，浅紫的二月兰，淡蓝的“毋忘我”。还有一种高茎的白花，每一朵都由许多极小的花朵组成，简直看不清花瓣。它的名字恰和“毋忘我”相反，据说是叫作“不要记得我”，或可译作“毋念我”罢。在迷茫的夜中，一切彩色都失去了，有的只是黑黝黝一片。亮光飘忽地穿来穿去，一个亮点儿熄灭了，又有一个飞了过来。

若在淡淡的月光下，草丛中就会闪出一道明净的溪水，潺潺地、不慌不忙地流着。溪上有两块石板搭成的极古拙的小桥，小桥流水不远处的人家，便是我儿时的居处了。记得萤火虫很少飞近我们的家，只在溪上、草间，把亮点儿投向反射出微光的水，水中便也闪动着小小的亮点，牵动着两岸草莽的倒影。现在看到童话片中要开始幻景时闪动的光芒，

老嬷嬷抱我在桥头站着，指给我看那桥边的小道。“回来啦，回来啦——”她唱着。其实这全不是母亲回来的路。夜未深，天色却黑得浓重，好像蒙着布，让人透不过气。小桥下忽然飞出一盏小灯，把黑夜挑开一道缝。接着又飞出一盏，又飞出一盏。花草亮了，溪水闪了。黑夜活跃起来，多好玩啊！我大声叫了：“灯！飞的灯！”

总会想起那条溪水，那片草丛，那散发着夏夜的芳香，飞翔着萤火虫的一小块地方。

幼小的我，经常在那一带玩耍。小桥那边，有一个土坡，也算是山罢。小路上了山，不见了。晚间站在溪畔，总觉得山那边是极遥远的地方，隐约在树丛中的女生宿舍楼，也是虚无缥缈的。其实白天常和游伴跑过去玩，大学生们有时拉住我们的手，说："你这黑眼睛的女孩子！你的眼睛好黑啊。"

大概是两三岁时，一天母亲进城去了，天黑了许久，还不回来。我不耐烦，哭个不停。老嬷嬷抱我在桥头站着，指给我看那桥边的小道。"回来啦，回来啦——"她唱着。其实这全不是母亲回来的路。夜未深，天色却黑得浓重，好像蒙着布，让人透不过气。小桥下忽然飞出一盏小灯，把黑夜挑开一道缝。接着又飞出一盏，又飞出一盏。花草亮了，溪水闪了。黑夜活跃起来，多好玩啊！我大声叫了："灯！飞的灯！"回头看家里，已经到处亮着灯了，而且一片声在叫我。我挣下地来，向灯火通明的家跑去，却又屡次回头，看那使黑夜发光的飞灯。

照说幼儿时期的事，我不该记得。也许我记得的，其实是后来母亲的叙述，或自己更人事后的心境罢。但那一晚我在桥头的景象，总是反复地、清晰地出现在我眼前，那黑夜，那划破了黑夜的萤火，以及后来的灯光——

长大了，又回到这所房屋时，我在自己的房间里便可以看到起伏明灭的萤火了。我的窗正对着那小溪。溪水比以前窄了，草丛比以前矮了，只有萤火，那银白的，有时是浅绿色的光，还是依旧。有时抛书独坐，在黑暗中看着那些飞舞的亮点，那么活泼，那么充满了灵气，不禁想到《仲夏夜之梦》里那些吵闹的小仙子；又不禁奇怪这发光的虫怎么未能在《聊斋志异》里占一席重要的地位。它们引起多么远、多么奇的想象。那一片萤光后的小山那边，像是有什么仙境在等待着我。但是我最多只是走出房来，在溪边徘徊片刻，看看墨色涂染的天、树，看看闪烁的溪水和萤火。仙境么，最好是留在想象和期待中的。

日子一天天热闹起来。解放，毕业，几乎每个人都觉得自己在发光。我们是解放后第三届大学生。毕业前夕，一个星光灿烂的夜晚，和几个好友，曾久久地坐在这溪边山坡上，望着星光和萤光。我们看准一棵树，又看准一只萤，看它是否能飞到那棵树，来卜自己的未来。几乎每一只萤都能飞到目的地，因为没有飞到的就不算数。那时，我们的表格里无一不填着“坚决服从分配，到祖国最需要的地方去”，无论分到哪里，我们都会怀着对美好未来的向往扑过去的。星空中忽然闪了一下，是一颗流星划过了天空。据说流星闪亮时，心中闪过的希望是会如愿的。但我们谁也没有再想要什么。有了祖国，不就有了一切么？我觉得重任在肩，而且相信任何重任我都担得起。难道还有比这种信心更使人兴奋、欢喜，使人感到无可比拟的幸福么？虽然我知道自己很小，小得像萤火虫那样。萤却是会发光的，使得就连黑夜也璀璨美丽，使得就连黑夜也充满了幻想——

奇怪的是，自从离开清华园，再也不曾见到萤火虫。可能因为再也没有住在水边了。后来从书上知道，隋炀帝在江都一带经营过“萤苑”，征集“萤火数斛”，为夜晚游山之用。这皇帝连萤都不放过，都要征来服役，人民的苦难，更可想见了。但那“萤苑”风光，一定是好看的。因为那种活泼的光，每一点都呈现着生命的力量。以后无意中又得知萤能捕食害虫，于农作物有益，不觉十分高兴。便想，何不在公园中布置个“萤苑”，为夏夜增光，让曾被皇帝拘来当劳工的萤，有机会为人民服务呢。但在那十年“浩劫”中，连公园都几乎查封，那“萤苑”的构思，早也逃之夭夭了。

前几天，偶得机缘，和弟弟这个从小的同学往清华走了一遭。图书馆看去一次比一次小，早不是小时心目中的巍峨了。那肃穆的、勤奋的读书气氛依然，书库中的玻璃地板也还在；底层的报刊阅览室也还是许多人站着看报。弟弟说他常做一个同样的梦——到这里来借报纸。底层增加了检索图书用的计算机，弟弟兴致勃勃地和机上人员攀谈，也许他以后的梦，要改变途径了。我的萤火虫却在梦中也从未出现。行向小河那边时，因为在白天，本不指望看见萤火，但以为草坡上的“毋忘我”和“毋念我”总会显出了颜色。不料看见的，是一条干涸的沟，两岸干黄的土坡，春雨轻轻地飘洒，还没有一点绿意。那明净的、潺潺地不慌不忙流着的溪水，已不知何时流往何处了。我们旧日的家添盖了房屋，现在是幼儿园了。虽是假日，还有不少孩子，一个个转动着点漆般的眼睛看着我们。“你们这些黑眼睛的孩子！好黑的眼睛啊。”我不由得想。

事物总是在变迁，中心总要转移的。现在清华主楼的堂皇远非工字厅可比了。而那近代物理实验室中的元素光谱，使人感到科学的光辉，也是萤火虫们望尘莫及的。我们骑着车，淋着雨，高兴地到处留下校友的签名。从一〇年代到七十年代排过来的长桌前，那如同戴着雪帽般的白头发，那敦实可靠的中年的肩膀，那发亮的、润泽的皮肤和眼睛，俨然画出了人生的旅程。我以为，在这条漫长而又短促的道路上，那淡蓝色和纯白的花朵，“毋忘我”和“毋念我”，是必不可少的。因为人世间，有许多事应该永远记得，又有许多事是早该忘却了。

但总要尽力地发光，尤其在困境中。草丛中飘浮的、灵动的、活泼的萤火，常在我心头闪亮。

1980 年 6 月

下　篇

花朝节的纪念

农历二月十二日，是百花出世的日子，为花朝节。节后十日，即农历二月二十二日，从一八九四年起，是先母任载坤先生的诞辰。迄今已九十九年。

外祖父任芝铭公是光绪年间举人，早年为同盟会员，奔走革命，晚年倾向于马克思主义。他思想开明，主张女子不缠足，要识字。母亲在民国初年进当时的女子最高学府北京女子师范学校读书。一九一八年毕业。同年，和我的父亲冯友兰先生在开封结婚。

家里有一个旧印章，刻着“叔明归于冯氏”几个字。叔明是母亲的字。以前看着不觉得怎样，父母都去世后，深深感到这印章的意义。它标志着一个家族的繁衍，一代又一代来到世上扮演各种角色，为社会做一点努力，留下了各种不同的色彩的记忆。

在我们家里，母亲是至高无上的守护神。日常生活全是母亲料理。三餐茶饭，四季衣裳，孩子的教养，亲友的联系，需要多少精神！我自幼多病，常在和病魔作斗争，能够不断战胜疾病的主要原因是我有母亲。如果没有母亲，很难想象我会活下来。在昆明时严重贫血，上纪念周站着站着就晕倒。后来索性染上肺结核休学在家。当时的治法是一天吃五个鸡蛋，晒太阳半小时。母亲特地把我的床安排到有阳光的地方，不论多忙，这半小时必在我身边，一分钟不能少。我曾由于各种原因多次发高烧，除延医服药外，母亲费尽精神护理。用小匙喂水，用凉手巾敷在额上。有一次高烧昏迷中，觉得像是在一个狭窄的洞中穿行，挤不过去，我以为自己就要死了，一抓到母亲的手，立刻知道我是在家里，我是平安的。后来我经历名目繁多的手术，人赠雅号“挨千刀的”。在挨千刀的过程中，也是母亲，一次又一次陪我奔走医院。医院的人总以为是我陪母亲，其实是母亲陪我。我过了四十岁，还是觉得睡在母亲身边最心安。

母亲的爱护，许多细微曲折处是说不完，也无法全捕捉到的。也就是有这些细微曲折才形成一个家。这个家处处都是活的，每一寸墙壁，每一寸窗帘都是活的。小学时曾以“我的家庭”为题作文。我写出这样的警句：“一个家，没有母亲是不行的。母亲是春天，是太阳。至于有没有父亲，不很重要。”作业在开家长会时展览，父亲去看了。回来向母亲描述，对自己的地位似并不在意，以后也并不努力增加自己的重要性，只顾沉浸在他的哲学世界中。

古希腊文明是在奴隶制时兴起的，原因是有了奴隶，可以让自由人充分开展精神活动。我常说父亲和母亲的分工有点像古希腊。在父母那时代，先生专心做学问，太太操劳家务，使无后顾之忧，是常见的。不过父母亲特别典型。他们真像一个人分成两半，一半主做学问，一半主理家事，左右合契，毫发无间。应该说，他们完成了上帝的愿望。

母亲对父亲的关心真是无微不至，父亲对母亲的依赖也是到了极点。我们的堂姑父张岱年先生说：“冯先生做学问的条件没有人比得上。冯先生一辈子没有买过菜。”细想起来，在昆明乡下时，有一阵子母亲身体不好，父亲带我们去赶过街子，不过次数有限。他的生活基本上是水来湿手，饭来张口。古人形容夫妇和谐用举案齐眉几个字，实际上就是孟光给梁鸿端饭吃，若问“是几时孟光接了梁鸿案”，应该是做好饭以后。

旧时有一副对联：“自古庖厨君子远，从来中馈淑人宜。”放在我家正合适。母亲为一家人真操碎了心。在没有什么东西的情况下，变着法子让大家吃好。她向同院的外国邻居的厨师学烤面包，用土豆作引子，土豆发酵后力量很大，能“嘭”的一声，顶开瓶塞，声震屋瓦。在昆明时一次父亲患斑疹伤寒，这是当时西南联大一位校医郑大夫经常诊断出的病，治法是不吃饭，只喝流质，每小时一次，几天后改食半流质。母亲用里脊肉和猪肝做汤，自己擀面条，擀薄切细，下在汤里。有人见了说，就是吃冯太太做的饭，病也会好。

一九六四年父亲患静脉血栓，在北京医院卧床两个月。母亲每天去送饭，有时从城里我的住处，有时从北大，都总是第一个到。我想要帮忙，却没有母亲的手艺。父亲暮年，常想吃手擀的面，我学做过几次，总不成功，也就不想努力了。

母亲把一切都给了这个家。其实母亲的才能绝不只限于持家。母亲结业于当时的女子最高学府，曾任河南女子师范学校预科算术教员。她有一双外科医生的巧手，还有很高的办事能力。外科医生的工作没有实践过，但从日常生活中，从母亲缝补、修理的功夫可以想见。办事能力倒是有一些发挥。

五十年代初至一九六六年，母亲做居民委员会工作，任北大燕南、燕东、燕农、镜春、朗润、蔚秀、承泽、中关八大园的主任。曾为家庭妇女们办起装订社、缝纫社等。母亲

囍
MILK

母亲那时大概不到四十岁，身着银灰色起蓝花的纱衫，坐在房中，鬓发漆黑，肌肤雪白。常见外国油画有什么什么夫人肖像，总想怎么没有人给母亲画一幅。

不畏辛劳，经常坐着三轮车来往于八大园间。这是在家庭以外为社会服务，她觉得很神圣，总是全心全意去做。居委会成员常在我家学习。最初贺麟夫人刘自芳、何其芳夫人牟决鸣等都是成员。后来她们迁往城内，又有吴组缃夫人沈淑园等参加。五十年代有一次选举区人民代表，不记得是哪一位曾对我说："任大姐呼声最高。"这是真正来自居民的声音。

我心中有几幅图像，愈久愈清晰。

一幅在清华园乙所，有一间平台加出的房间，三面皆窗，称为玻璃房。母亲常在其中办事或休息。一个夏日，三面窗台上摆着好几个宽口瓶和小水盆，记得种的是慈姑。母亲那时大概不到四十岁，身着银灰色起蓝花的纱衫，坐在房中，鬓发漆黑，肌肤雪白。常见外国油画有什么什么夫人肖像，总想怎么没有人给母亲画一幅。

另一幅在昆明乡下龙头村。静静的下午，泥屋、白木桌，母亲携我坐在桌前，为我讲解鸡兔同笼四则题。父亲从城里回来，笑说这是一幅乡居课女图。

龙头村旁小河弯处有一个小落差，水的冲力很大。每星期总有一两次，母亲把一家人的衣服装在箩筐里，带着我和小弟到河边去。还有一幅图像便是母亲弯着腰站在欢快的流水中，费力地洗衣服，还要看着我们不要跑远，不要跌进河里。近来和人说到洗衣的事，一个年轻人问，是给别人洗吗？还没到那一步，我答。后来想，如果真的需要，母亲也不怕。在中国妇女贤淑的性格中，往往有极刚强的一面，能使丈夫不气馁，能使儿女肯学好，能支撑一个家度过最艰难的岁月。孔夫子以为女人难缠，其实儒家人格的最高标准“富贵不能淫，贫贱不能移，威武不能屈”，用来形容中国妇女的优秀品质倒很恰当，不过她们是以家庭为中心罢了。

母亲六十二岁时患甲状腺癌，手术后一直很好。从六十年代末患胆结石，经常大发作，疼痛，发烧，最后不得不手术。那一年母亲七十五岁。夜里推进手术室，父亲和我在过厅里等，很久很久，看见手术室甬道那边推出一辆平车，一个护士举着输液瓶，就像一盏灯。我们知道母亲平安，仍能像灯一样给我们全家以光明，以温暖。这便是那第四幅图像了。握住母亲的手时，我的一颗心落在腔子里，觉得自己很有福气。

母亲虽然身体不好，仍是操劳家务，真没有过一天清闲的日子。她总是说，你们专心做你们的事。我们能专心做事，都因为有母亲，操劳一生的母亲！

一九七七年九月十日左右母亲忽然吐血，拍片后确诊为肺门静脉瘤。当时小弟在家，我们商量说，母亲虽然年迈，病还是该怎么治就怎么治，不可延误。在奔走医院的过程中，受到许多白眼。一家医院住院部一位女士说：“都八十三岁了，还治什么！我还活不到这岁数呢。”可以说，母亲的病没有得到治疗，发展很快。最后在校医院用杜冷丁控制疼痛，人常在昏迷状态。一次忽然说：“要挤水！要挤水！”我俯身问什么要挤水，母亲睁眼看我，费力地说，“白菜做馅要挤水。”我的眼泪一下涌了出来，滴在母亲脸上。

母亲没有让人多伺候，不过三周便抛弃了我们。当时父亲还在受审查，她走时很不放心，非常想看个究竟，但她拗不过生死大限。她曾自我排解说，知道儿女是好的，还有什么别的可求呢。十月三日上午六时三刻，我们围在母亲床前，眼见她永远阖上了眼睛。我知道，我再不能睡在母亲身边讨得那样深的平安感了；我们的家从此再没有春天和太阳了。我们的家像一叶孤舟忽然失了掌舵的人，在茫茫大海中任意漂流。我和小弟连同父亲，都像孤儿一样不知漂向何方。

因为政治形势，亲友都很少来往。没有足够的人抬母亲下楼，幸亏那天来了一位年轻的朋友，才把母亲抬到太平间。当晚哥哥自美国飞回，到家后没有坐下，立刻要“看娘去”，我不得不告诉他母亲已去。他跌坐在椅上，停上半晌，站起来还是说“看娘去”。

父亲为母亲撰写了一副挽联：“忆昔相追随，同荣辱，共安危，期颐望齐眉，黄泉碧落君先去；从今无牵挂，斩名缰，破利锁，俯仰无愧怍，海阔天空我自飞。”自己一半的消失使父亲把一切都看透了。以后母亲的骨灰盒，一直放在父亲卧室里。每年春节，父亲必率领我们上香。如此凡十三年。直到一九九〇年初冬那凄惨的日子父母相聚于地下。又过了一年，一九九一年冬我奉双亲归窆于北京万安公墓。一块大石头作为石碑，隔开了阴阳两界。

我曾想为母亲百岁冥寿开一个小小的纪念会，又想到老太太们行动不便最好少打扰，便只就平常的了解或电话上交谈，记下几句话。

姨母任均是母亲最小的妹妹。姨父母在驻外使馆工作时，表弟妹们读住宿小学，周末假日接回我家，由母亲照管。姨母说，三姐不只是你们一家的守护神，也是大家的贴心人。若没有三姐，那几年我真不知怎么过。亲戚们谁没有得过她关心照料？人人都让她费过心血。我们心里是明白的。

牟决鸣先生已很久不见了。前些时打电话来，说：“回想起在北大居住的那段日子，觉得很有意思。任大姐那时是活跃人物，她做事非常认真，总是全力以赴。而且头脑总是很清楚。”

在昆明时赵萝蕤先生和我家几次为邻居。那时她还很年轻，她不止一次对我说很想念冯太太。她说在人际关系的战场上，她总是一败涂地当俘虏。可是和冯太太相处，从未感到战场问题。是母亲教她做面食，是母亲教她用布条打纽扣结。有什么事可以向母亲倾诉。记得在昆明乡下龙头村时，有一次赵先生来我家，情绪不大好，对母亲说，一位军官太太要学英语，又笨又俗又无礼，总问金刚钻几克拉怎么说，她不想教，来躲一躲。母亲安慰她，让她一起做家务事。赵先生走时，已很愉快。

另一位几十年的邻居是王力夫人夏蔚霞。现在我们仍然对门而居。夏先生说："你千万别忘记写上我的话。我的头生儿子缉志是你母亲接生的。当时昆明乡下缺医少药，那天王先生进城上课去了。半夜时分我遣人去请你母亲。冯先生一起来的，然后先回去了。你母亲留下照顾我，抱着我坐了一夜。次日缉志才出世。若没有你母亲，我和孩子会吃许多苦！"

像春天给予百花诞辰一样，母亲用心血哺育着，接引着——

亲爱的母亲的诞辰，是花朝节后十日。

1993 年 5 月

梦回蒙自

对我的父亲——冯友兰先生来说，蒙自是一个有特殊意义的地方。

一九三八年春，北大、清华、南开三校从暂驻足的衡山湘水，迁到昆明，成立了西南联合大学。因为昆明没有足够的校舍，文、法学院移到蒙自，停留自四至八月。我们住在桂林街王维玉宅。那是一个有内外天井、楼上楼下的云南民宅。一对年轻夫妇住楼上，他们是陈梦家和赵萝蕤。我们住楼下。在楼下的一间小房间里，父亲修订完毕《新理学》，交小印刷店石印成书。

《新理学》是哲学家冯友兰哲学体系的奠基之作。初稿在南岳写成。自序云："稿成之后，即离南岳赴滇，到蒙自后，又加写鬼神一章，第四章第七章亦大修改，其余各章字句亦有修正。值战时，深恐稿或散失。故于正式印行前，先在蒙自石印若干部，分送同好。”此即为最初的《新理学》版本。其扉页有诗云：“印罢衡山所著书，踌躇四顾对南湖。鲁鱼亥豕君休笑，此是当前国难图。”据兄长冯钟辽回忆，父亲写作时，他曾参加抄稿。大概就是《心性》《义理》和《鬼神》这几章。我因年幼，涂鸦未成，只能捣乱，未获准亲近书稿。

《新理学》石印本现仅存一部，为人民大学石峻教授所藏。纸略作黄色，很薄。字迹清晰。这书似乎是该在煤油灯或豆油灯下看的。

蒙自是个可爱的小城。文学院在城外南湖边，原海关旧址。据浦薛凤记：“一进大门，松柏夹道，殊有些清华工字厅一带情景。故学生有戏称昆明如北平，蒙自如海淀者。”父亲每天到办公室，我和弟弟钟越随往。我们先学习一阵（似乎念过《三字经》），就到处闲逛。园中林木幽深，植物品种繁多，都长得极茂盛而热烈，使我们这些北方孩子瞠目结舌。记得有一段路全为蔷薇花遮蔽，大学生坐在花丛里看书。花丛暂时隔开了战火。几个水池子，印象中阴沉可怖，深不可测。总觉得会有妖物从水中钻出。我们私下称之为黑龙潭、白龙潭、黄龙潭——不知现在去看，还会不会有这样的联想。

南湖的水颇丰满，柳岸荷堤，可以一观。有时父母亲携我们到湖边散步。那时父亲是四十三岁，半部黑髯（胡子不长，故称半部），一袭长衫，飘然而行。父亲于一九三八年自湘赴滇途经镇南关折臂，动作不便，乃留了胡子。他很为自己的胡子长得快而骄傲。当年闻一多先生参加步行团，从长沙一步步走到昆明，也蓄了胡子。闻先生给家人信中说："此次搬家，搬出好几个胡子。但大家都说，只我和冯芝生的最美。"

记得那时有些先生的家眷还没有来，母亲常在星期六轮流请大家来用点家常饭。照例是炸酱面，有摊鸡蛋皮、炒豌豆尖等菜肴。以后到昆明再没有吃过那样好的豌豆尖了。记得一次听见父亲对母亲说，朱先生（自清）警告要来吃饭的朋友说，冯家的炸酱面很好吃，可小心不可过量，否则会胀得难受。大家笑了半天。

那时新滇币和中央法币的比值是十比一，旧滇币和新滇币的比值也是十比一，都在流通。用法币计算，鸡蛋一角钱可买一百个。以法币为工资的人不愁没钱用。在抗战八年的艰苦的日子里，蒙自数月如激流中一段平静温柔的流水，想起来，总觉得这小城亲切又充满诗意。

当时生活虽较平静，人们未尝少忘战争。而且抗战必胜的信心是坚定的，那是全民族的信心。一九三八年七月七日学校和当地民众在旧海关旷地举行抗战纪念集会。父亲出席做讲演，强调一年来抗战成绩令人满意，中国坚持持久战是

酱

记得那时有些先生的家眷还没有来，母亲常在星期六轮流请大家来用点家常饭。照例是炸酱面，有摊鸡蛋皮、炒豌豆尖等菜肴。以后到昆明再没有吃过那样好的豌豆尖了。

有希望的，一城一地之失，不可悲观，中国必将取得最后胜利。又言战争固能破坏，同时也将取得文明之进步，并鼓励学术界提高效率。浦薛凤说这次讲演“语甚精当”。

在那时战火纷飞的年月，学生常有流动。有的人一腔热血，要上前线；有的人追求真理，奔赴延安。父亲对此的一贯态度还是一九三七年抗战前在清华时引用《左传》的那几句话，“不有居者，谁守社稷？不有行者，谁捍牧圉？”奔赴国难或在校读书都是神圣的职责，可无论做什么都要做好。

清华第十级在蒙自毕业，父亲为毕业同学题词：

“天将降大任于斯人也，必先苦其心志，劳其筋骨，饿其体肤，空乏其身，行拂乱其所为，所以动心忍性，增益其所不能。第十级诸同学由北平而长沙衡山，由长沙衡山而昆明蒙自，屡经艰苦，其所不能，增益盖已多矣。书孟子语为其毕业纪念。”

一九八八年第十级毕业五十年，要出一纪念刊物。王瑶（第十级学生）教授来请父亲题词，父亲题诗云：“曾赏山茶八度花，犹欣南渡得还家。再题册子一回顾，五十年间浪淘沙！”如今又是五年过去了。父亲也去世三年有余了。岁月流逝，滚滚不尽。哲人留下的足迹，让人长思。

1994 年 1 月中旬

烟斗上小人儿的话

一九九九年闻一多先生百年冥寿。他离开我们已经五十余年了。人们只能从照片里瞻仰他的风采。有一张照片传布最广，这也是最能显出闻先生诗人气质、学者风度的照片。他侧着头，口含烟斗，在画面的烟斗上有一个小人儿，那就是我。

我在照片里坐了四十多年，一九九一年在医院中才发现那是我。我真是高兴。这张照片成为我的护身符，当我和各种魔怪（包括病魔）战斗时，每想到这照片，想到闻先生，就觉得增添了力量。

许多人在语文课本里读过闻先生的《最后一次讲演》，那跨出门就不准备再回来的精神感染了多少人，教育了多少人。闻先生倡导说真话，他要做到怎么想就怎么说。抗战后期，他发表许多言论，尖锐批评最高统治者，丝毫不顾及自身安危，他这种大无畏精神，上薄云天。他是无所畏惧，但他对同事朋友是宽厚的，常替别人着想，从未闻有刻薄伤人之言。我想，他对时任统治者的愤怒是站在人民的利益上，而不是站在一己的利益上，而对于个人之间的摩擦（总会有的）是不放在心上的。可以说是“横眉冷对千夫指，俯首甘为孺子牛”的表率。

闻先生的革命精神包含诗人气质，“这是一沟绝望的死水，春风吹不起半点漪沦。”（《死水》）“春光从一张张绿叶上爬过……仿佛有一群天使在紫霄巡逻……忽地深巷里迸出一声清籁：‘可怜可怜我这瞎子，老爷太太！’”（《春光》）他以无比的深情关怀着整个社会。我喜欢《也许》这首葬歌：“我把黄土轻轻盖着你，我叫纸钱儿缓缓地飞。”这又是另一种深情，看透了生死，似浅淡，却长远的深情。闻先生著有《九歌古歌舞剧悬解》，这是他根据屈原《九歌》写的歌舞剧本，想象力真丰富。我非常想看它的演出；另一个愿望是看爱罗先珂《桃色的云》上演。我想今生是看不到了。

最近，闻翻小妹送我一本闻先生的《诗经通义》。这是一部草稿，经闻翻校补成书。我翻阅后，见一字一词注释得详尽，更体会到“何妨一下楼主人”的精神。古人说，“三年不窥园，绝庆吊之礼”，才能做一点学问，做学问需要这种不窥园、不下楼的精神。

一九四七年，我在南开大学上学。五六月间，举行了一次诗歌晚会，纪念闻一多。冯至从北京来参加，做了讲演。会后，我写了一首诗，那是我第一首发表的新诗。现摘一段在这里，诗的题目是《我从没有这样接近过你》。

我从没有这样接近过你。
真的，我从没有这样接近过你。
在大家沉重的脸中我看见了
你的脸。
在大家呜咽的声音里我听到了
你的声音，
我今天才找到了你，找到了你。
找到你
在我们中间。

闻一多是永远在青年中间的，他的精神永远年轻。这些年，我们不大想起闻一多了，远离了他的精神，而我们是多么需要他的精神！对强暴大无畏，对普通人深具同情；富有想象力的审美眼光；还有踏实认真甘坐冷板凳的治学态度。我知道“何妨一下楼”中只有冷板凳。

再来看一看那张照片。一九四五年初，西南联大悠悠体育会组织去石林，邀请闻先生参加。闻先生带了立雕（韦英）兄弟和我及钟越同往。那时去石林要乘火车，骑小马，到尾泽小学打地铺。到几个地方看景致都是步行，大家都是很能走路的。记得有一天中午，在一个小店打尖。闻先生要了米线，每个孩子一碗，招呼我们先吃。后来在长湖畔举行了联欢会，照片便是那时出世的。

我坐在烟斗上，并不感到云雾缭绕的飘飘然，而是感到焦虑沉重——是因为坐在烟斗上么？我感到沉重，因为我们离闻一多远了；感到焦虑，因为我们似乎并不知道究竟已经离闻一多有多远。

1998 年 12 月于风庐

星期三的晚餐

去年春来时，我正在医院里。看见小花园中的泥土变得湿润，小草这里那里忽然绿了起来，真有说不出的安慰和兴奋。“活着真好。”我悄悄对自己说。

那时每天想的是怎样配合治疗。为补元气，饮食成为一件大事。平常我因太懒，奉行“宁可不吃也不做”的原则。当然别人做了好吃的，我也有兴趣，但自己是懒得动手的。得了病，别人做来我吃，成为天经地义，还唯恐不合口味，做者除了仲和外甥女冯枚，扩及住得近的表弟表妹和多年老友立雕（韦英）夫妇。

立雕是闻一多先生次子，和我同岁。我和他的哥哥立鹤同班，可不知为什么我和闻老二比和闻老大熟得多。立雕知道我的病况后，认下了每星期三的晚餐，把探视的日子留给仲。因为星期三不能探视，就需要花言巧语费尽周折才能进到病房。每次立雕都很有兴致地形容他的胜利。后来我身体渐好，便到楼下去“接饭”。见他提着饭盒沿着通道走来，总要微惊，原来我们都是老人了。

好一碗鸡汤面！油已去得干净，几片翠绿的菜叶，让人看了胃口大开。又一次是煮米粉，不知都放了什么作料，我居然把一碗吃完。立雕还征求意见：“下次想吃什么？”“酿皮子。”我脱口而出，因为知道春华弟妹是陕西人。

“你真会挑！”又笑加一句，“你这人天生的要人侍候。”

又是一个星期三，果然送来了酿皮子。那东西做起来很麻烦，要用特制的盘子盛了面糊，在开水里搅来搅去。味道照例是浓重的。饭盒里还有一个小碟，放了几枚红枣。立雕说这是因为作料里有蒜，餐后吃点枣可以化解蒜味儿，是春华预备的。

我当时想，我若不痊愈，是无天理。

立雕不只拿来晚饭，每次还带些书籍来。多是关于抗战时昆明生活的。一次说起一九四五年一月我们随闻一多先生到石林去玩。闻先生那张口衔烟斗的照片就是在石林附近尾泽小学操场照的。

“说起来，我还没有这张照片呢。”我说。

“洗一张就是了。”果然下次便带来了那照片，比一般常见的大些。闻先生浓眉下双目炯炯有神，正看着我们，烟斗中似有轻烟升起。

闻先生身后有个瘦瘦的小人儿，坐在地上，衣着看不清，头发略长，弯弯的。“呀！”我叫了一声，“这是谁呀？”

素来反应迟钝的仲这次居然一眼看清，虽然他从未见过少年时代的我：“这是谁？这不是我们的病号吗！”

立雕原来没有注意，这时鉴定认可。我身旁还有一个年轻人，不是立雕，也不是小弟，总是当时的熟人吧。

素来自命清高，不喜照相，人多时便躲到一边去。这回怎么了！我离闻先生不近，却正好照上了，而且在近五十年后才发现。看见自己陪侍闻先生在照片里，觉得十分快乐。

在昆明有一段时间，我们和闻家住隔壁。家门前都有西餐桌面大的一小块土地，都种了豌豆什么的，好掐那嫩叶尖。母亲和闻伯母常站在各自的菜地里交谈。小弟向立鹤学得站立洗脚法，还向我传授。盆放在凳子上，人站在地下，两脚轮流做金鸡独立状，我们就一面洗一面笑。立鹤很有才华，能绘画、善演戏，英语也不错，若是能够充分发挥，应也像三弟立鹏一样是位艺术家。可叹他在一九四六年的灾难中陪同闻先生在鬼门关走了一遭，一九五七年又被错误地批判，并受了处分，经历甚为坎坷，心情长期抑郁不畅。他一九八一年因病去世，似是同辈人中最早离去的。

那次去石林是西南联大学生组织的，请闻先生参加。当时立鹤、立雕兄弟，小弟和我都是联大附中学生，是跟着闻先生去的。先乘火车到路南，再骑一种矮脚马。我们那时都没有棉衣，记得在旷野中迎风骑马，觉得寒气逼人。骑马到尾泽后，住在尾泽小学。以后无论到哪里都是步行了。先赏石林的千姿百态，为那鬼斧神工惊叹不止。再访瀑布大叠水、小叠水。给我印象最深的是尾泽附近的长湖。湖边的石奇巧秀丽，树木品种很多，一片绿影在水中，反照出来，有一种淡淡的幽光。水面非常安详闲适，妩媚极了，我以后再没有见到这样纯真妩媚的湖。一九八〇年回昆明，再去石林，见处处是人为的痕迹，鬼斧神工的感觉淡得多了。没有人提到长湖，我也并不想再去，怕见到那本是不食人间烟火的天真烂漫，也沾惹上市井之气。

这张照片中没有风景，那时大同学组织活动，目的也不在风景。只是我太懵懂了，只记得在操场围成一个大圈子，学阿细跳月。闻先生讲话，大同学朗诵诗、唱歌，内容都不记得了。

一九八〇年曾为闻先生衣冠冢写了一首诗，后半段有这样几句：“亲眼见那燃着的烟斗 / 照亮了长湖边的苍茫暮霭 / 我知道这冢内还有它 / 除了衣冠外。”原来照片中不只有它，还有我。

闻先生罹难后，清华不再提供住宅。父母亲邀闻伯母带领孩子们到白米斜街家中居住。我们住后院，闻伯母一家住前院。我常和立雕、小弟三人一道骑车。那时街上车辆不像现在这样拥挤，三人并排而行，也无人干涉。现存有几张当时在北海拍摄的相片，一张是立雕和我在白塔下，我的头发还是和在闻先生背后的那张上一模一样。后来我们迁到清华住了，他们一家经组织安排到了解放区。一晃便是几十年过去了。

在昆明时，教授们为生活所迫，不得不做点能贴补家用的营生。闻先生擅长金石，对美学和古文字又有很高的造诣，这时便镌刻图章，石章每字一千二百元，牙章每字三千元。立雕、立鹤兄弟两人有很好的观摩机会，渐得真传，有时也分担一些。立雕参加革命后长期做宣传工作，一九八八年离休，在家除编辑新编《闻一多全集》的《书信卷》之外，还应邀为浠水闻一多纪念馆设计和编写展览脚本。近期又将着手编闻先生的影集《人民英烈闻一多》。看样子他虽离休了，事情还很多，时间仍是不敷分配。

看来子孙还是非常重要，闻先生不只有子，而且有孙。《闻一多年谱长编》是由立雕之子闻黎明编写的。黎明查找资料很仔细，到昆明看旧报，见到冯爷爷的材料也都摘下。

曾寄来蒙自“故居”的照片，问“璞姑”是不是这栋房子。房子不是，但在第三代人心中存有关切，怎不让人感动！

父亲前年去世后，立雕写了情意深重的信。信中除要以他们兄妹四人名义敬献花圈外，还说：“伯父去世是我们国家和人民的重大损失。我永远忘不了在我们最困难的时候，伯父、伯母给我们的关怀、帮助和安慰。我们两家两代人的友谊，是我脑海中永不会消失的美好记忆与回忆。”

从那桌面大的豌豆地，从那长湖上的暮霭，友谊延续着，通过了星期三的晚餐，还在延续着。我虽伶仃，却仍拥有很多。我有知我、爱我的朋友，有众多的堂兄弟姊妹、表兄弟姊妹，还有因上一代友情延续下来的诸家准兄弟姊妹——

比起“文革”间那一次重病的惨淡凄凉，这次生病倒是蛮风光的，怎舍得离开这个世界呢。

活着真好。

1992 年 3 月中写，4 月底改

湖光塔影

从燕园离去的人，难免沾染些泉石烟霞的癖好。清晨在翠竹下读书，黄昏在杨柳岸边散步，习惯了，自然觉得燕园的朝朝暮暮，和那一木一石融在一起，难以分开。在诸般景色中，最容易萦绕于人们思念的，大概是那湖光塔影的画面了。但若真把这幅画面落在纸上，究竟该怎样着笔，我却想不出。

小时候，常在湖边行走。只觉得这湖水真绿，绿得和岸边丛生的草木差不多，简直分不出草和水、水和草来；又觉得这湖真大，比清华的荷花池大多了。要不然怎么一个叫池，一个叫湖呢。对面湖岸看来不远，但可要走一会儿，不像荷花池一跑便是一圈。湖中心有一个绿色的小岛，望去树木葱茏，山石叠翠。岛东有一条白色的石船，永恒地停在那

一晃过了几十年。这里经过了多少惊涛骇浪。我在经历了人世酸辛之余，也已踏遍燕园的每一个角落。领略了花晨月夕，四时风光。未名湖，湖光依旧。那塔，应该是未名塔了，但却从没有人这样叫它。它矗立在湖边，塔影俨然。

里。虽然很近，我却从未到过岛上。只在岸边看着鱼儿向岛游去，水面上形成一行行整齐的波纹。“鱼儿排队！”我想。在梦中，我便也加入鱼儿的队伍，去探索小岛的秘密。

一晃过了几十年。这里经过了多少惊涛骇浪。我在经历了人世酸辛之余，也已踏遍燕园的每一个角落。领略了花晨月夕，四时风光。未名湖，湖光依旧。那塔，应该是未名塔了，但却从没有人这样叫它。它矗立在湖边，塔影俨然。它本是实用的水塔，建造时注意到为湖山生色，仿照了通州十三层宝塔的式样。关于通州塔，有许多优美的传说故事，而这未名塔最让人难忘的，只是它投在湖水上的影子。晴天时，岸上的塔直指青天，水中的塔深延湖底，湖水一片碧绿，湖影在湖光中，檐角的小兽清晰可辨。阴雨时，黯云压着岸上的塔，水中的塔也似乎伸展不开，雨珠儿在湖面上跳落，泛起一层水汽，塔影摇曳了，散开了，一会儿又聚在一起，给人一种迷惘的感觉。雾起时，湖、塔都笼罩着一层层轻纱。雪落时，远近都覆盖着从未剪裁过的白绒毡。

月夜在湖上别有一番情调。湖西岸有一座筑有钟亭的小山，山侧有树木、草地和一条小路。月光在这儿，多少有些局促。循小路转过山脚，眼前忽然一亮，只见月色照得一片通明，水面似乎比白天宽阔了许多，水波载着月光不知流向何方。但那些北岸树丛中的灯火，很快显示了湖岸的线条，透露了未名湖的秀雅风致。行近岸边，长长的柳丝摇曳着月色湖光。水的银光下是挺拔的塔影，天的银光下是挺拔的塔身。湖中心的小岛蓊蓊郁郁，显得既缥缈又实在。这地面上留住的月光和湖面上的不同。湖面上的闪烁如跃，如同乐曲中轻盈的拨弦；地面上的迷茫空灵，却似水墨画中不十分均匀的笔触。

循路东行到一座小石桥边，向右折去，是一潭与未名湖相通的水。水面不大，三面山坡，显得池水很深。山坡上树木茂密，水边石草杂置。月光从树中照进幽塘。水中反射出冷冷的光，真觉得此时应有一只白鹤从水上掠过，好为那“寒塘渡鹤影，冷月葬诗魂”的诗句做出图解。

又是清晨的散步。想是因为太早，湖畔阒寂无人，只有知了已开始一天的喧闹。我在小山与湖水之间徐行，忽然想起，这山上有埃德加·斯诺先生的遗骨，我此时并不是一个人在这里。斯诺墓已经成为未名湖畔的一个名胜古迹了。简朴的墓碑上刻着“中国人民的美国朋友”的字样。这墓地据说原是花神庙的遗址。湖边上，正在墓的迎面，有一座红色的、砖石筑成的旧庙门，那想是原来的庙门了。我想，中国的花神会好好照看我们的朋友。而“朋友”这个名词所表现的深厚情谊正是我们和全世界人民关系的内涵。

站在红门下向湖中的岛眺望，那白石船仍静静地停泊在原处，树木只管各自绿着。但这几年，在那浓绿中，有一个半球状的铁网样的东西赫然摆在那里，仰面向着天空。那是一架射电天文望远镜，用来接收其他星体的电波。有的朋友认为它破坏了自然的景致，我却觉得它在湖光塔影之间，显示出人类智慧的光辉。儿时的梦在我眼前浮起，我要探索的小岛的奥秘，早已由这架望远镜向宇宙公开了。

沉思了片刻，未名塔的背后已是一片朝霞。平日到这时分，湖边的人会渐渐多起来。有人跑步，有人读书，整个湖上充满了活泼的生意。这时却只有两个七八岁的学生在我旁边。他们不知从何时起，坐在岸石上，聚精会神地观察水里的鱼。我想起现在已经放暑假了，孩子才有时间清早在水边流连。

“看，鱼！鱼排队！”他们高兴地大叫大嚷，一面指着水面上整齐的一行行波纹，波纹正向小岛行去。

“骑鱼探险去吧？”我不由得笑问。

“你怎么知道？”他们冲我眨眼睛，又赶快去盯住大鱼。我不只知道这个，还知道这小岛早已不在话下，他们的梦，应该是探索宇宙的奥秘了。

我怕打扰他们，便走开了。信步来到大图书馆前。这图书馆真有北京大学的气派。四层楼顶周围镶嵌的绿琉璃瓦在朝阳的光辉里闪闪发亮，正门外有两大片草地，如同两潭清浅的池水。凸出的门廊阶下两长排美人蕉正在开放，美人蕉后是木槿树，雪青、洁白的花朵缀在枝头。馆门上高悬“北京大学图书馆”七个挺秀的大字。这里藏书三万两千册，有两千左右座位，还是终日座无虚席。平时，每天清晨，总有许多人在门前等候。有几次，这些年轻人别出心裁，各自放下装得鼓鼓的书包，由书包排成了长长的队伍。书包虽不像鱼儿会游泳，但却引导人们在知识的活水中得到营养，一步步攀登高峰。这些年轻人中的一部分已经奔向祖国的四面八方，用学得的知识从事建设了。今后，还会有更多的年轻人来这里学习，汲取知识的活水。

这时，我虽不在未名湖畔，却想出了幅湖光塔影图。湖光、塔影，怎样画都是美的，但不要忘记在湖边大石上画出一个鼓鼓的半旧的帆布书包，书包下压着一纸我们伟大祖国的色彩绚丽的地图。

1979 年 8 月

我爱燕园

我爱燕园。

考究起来，我不是北大或燕京的学生，也从未在北大任教或兼个什么差事。我只是一名居民，在这里有了三十五年居住资历的居民。时光流逝，如水如烟，很少成绩；却留得一点刻骨铭心之情：我爱燕园。

我爱燕园的颜色。五十年代，春天从粉红的桃花开始。看见那单薄的小花瓣在乍暖还寒的冷风中轻轻颤动，便总为强加于它轻薄之名而不平，它其实是仅次于梅的先行者。还没有来得及为它翻案，不要说花，连树都难逃斧钺之灾，砍掉了。于是便总由金黄的连翘迎来春天。因为它可以入药，在校医院周围保住了一片。紧接着是榆叶梅热闹地上场，花团锦簇，令人振奋。白丁香、紫丁香，幽远的甜香和着朦胧的月色，似乎把春天送到每人心底。

绿草间随意涂抹的二月兰，是值得大书特书的，那是野生的花，浅紫掺着乳白，仿佛有一层亮光从花中漾出，随着轻拂的微风起伏跳动，充满了新鲜，充满了活力，充满了生机，简直让人不忍走开。紫色经过各种变迁，最后便是藤萝。藤萝的紫色较凝重，也有淡淡的光，在绿叶间缓缓流泻，这时便不免惊悟，春天已老。

夏日的主色是绿，深深浅浅浓浓淡淡的绿。从城里奔走一天回来，一进校门，绿色满眼，猛然一惊，便把烦恼都抛在校门外了。绿色好像是底子，可以融化一切的底子，那文眼则是红荷。夏日荷塘是我招待友人的保留节目。鸣鹤园原有大片荷花，红白相间，清香远播。动乱多年以后，寻不到了。现在勺园附近、朗润园桥边都有红荷，最好的是镜春园内的一池，隐藏在小山之后，幽径曲折，豁然得见。红荷的红不同于桃、杏，鲜艳中显出端庄，就像白玉兰于素静中显出华贵一样。我曾不解为什么佛的宝座做莲花状，再一思忖，无论从外貌或品德比较，没有比莲花更适合的了。

秋天的色彩令人感到充实和丰富。木槿的花有紫有白，紫薇的花有紫有红，美人蕉有各种颜色，玉簪花则是玉洁冰清，一片纯白。而最得秋意的是树叶的变化。临湖轩下池塘北侧一排高大的银杏树，秋来成为一面金色高墙，满地落叶也是金灿灿的，踩上去不由生出无限遐想。池塘西侧一片灌木不知名字，一个叶柄上对称地生着秀长的叶子，着雨后红得格外鲜亮。前年我为它写了一篇小文《秋韵》，去年再去观赏时，却见树丛东倒西歪，让人踩出一条路。若再成红霞一片，还不知要多少年！我在倒下的枝叶旁徘徊良久，恨不能起死回生！“文化大革命”中滋长的破坏习性，什么时候才能改变？！

一望皆白的雪景当然好看，但这几年很少下雪。冬天的颜色常常是灰蒙蒙的，很模糊。晴时站在未名湖边四顾，天空高处很蓝，愈往边上愈淡，亮亮地发白，枯树枝丫，房屋轮廓显出各种姿态，像是一幅没有着色只有线条的钢笔画。

我爱燕园的线条。湖光塔影，常在从燕园离去的人的梦中。映在天空的塔身自不必说，投在水中的塔影，轮廓弯曲了，摇曳着，而线条还是那么美！湖心岛旁的白石舫，两头微微翘起，有一点弧度，显得既圆润又利落。据说几座仿古建筑的檐角，因为缺少了弧度，而成凡品。湖西侧小山上的钟亭，亭有亭的线条，钟有钟的线条，钟身上铸了十八条龙和八卦。那几条长短不同的横线做出的排列组合，几千年来研究不透。

我爱燕园的气氛，那是人的活动造成的。每年秋天，新学年开始，园中添了许多稚气的脸庞。“老师，六院在哪里？”“老师，一教怎样走？”他们问得专心，像是在问人生的道路。每年夏天，学年结束，道听途说则是：“你分在哪里？”“你哪天走？”布告牌上出现了转让车票、出让旧物的字条。毕业生要到社会上去了。不知他们四年里对原来糊涂的事明白了多少，也不知今后会有怎样的遭遇。我只觉得这一切和四季一样分明，这是人生的节奏。

有时晚上在外面走——应该说，这种机会越来越少了——看见图书馆灯火通明，像一条夜航的大船，总是很兴奋。那凝聚着教师与学生心血的智慧之光，照亮着黑暗。这时我便知道，糊涂会变成明白。

三角地没有灯，却是小小的信息中心，前两年曾特别热闹，几乎天天有学术报告，各种讲座，各种意见，显示出每个人都用自己的头脑在思索。一片绚烂胜过自然间的万紫千红。这才是燕园本色！去年上半年骤然冷落，只剩些舞会通知、电影广告和遗失启事，虽然有些遗失启事很幽默，却总感到茫然凄然。近来又恢复些生气。我很少参加活动，看看布告，也是好的。

我爱燕园中属于我自己的记忆。我扫过自家门前雪，和满地扔瓜子壳儿的男士女士们争吵过。我为奉老抚幼，在衰草凄迷的园中奔走过。我记得室内冷如冰窖的寒冬，也记得新一代水暖工送来温暖的微笑。我那操劳一生的母亲怀着无

BIGBLUE

我那操劳一生的母亲怀着无限不安和惦念在校医院病逝，没有足够的人抬她下楼。当天，她所钟爱的狮子猫被人用鸟枪打死，留下一只尚未满月的小猫。这小猫如今已是十一岁，步入老年行列了。

限不安和惦念在校医院病逝，没有足够的人抬她下楼。当天，她所钟爱的狮子猫被人用鸟枪打死，留下一只尚未满月的小猫。这小猫如今已是十一岁，步入老年行列了。这些记忆，无论是美好的还是痛苦的，都同样珍贵。因为那属于我自己。

我爱燕园。

1988 年 1 月 18 日

风庐乐忆

清华园乙所曾是我的家。它位于园内一片树林之中。小时候觉得林子深远茂密，绿得无边无涯，走在里面，像是穿过一个梦境。抗战时在昆明，对北平的怀念里，总有这片林子。及至胜利后，再住进乙所，却发现这林子不大，几步便到边界。也没有回忆中的丰富色彩。

复员后的一年夏天，有人在林中播放音乐，大概是所谓的音乐茶座吧，凭窗而立，音乐像是从绿色中涌出来，把乙所包围了，也把我包围了。常听到的有舒伯特的《未完成交响曲》，这是很少的我记得旋律的乐曲之一。还有贝多芬的《田园》，莫扎特的弦乐四重奏，柴可夫斯基的《悲怆》等。每当音乐响起时，小树林似乎扩大了，绿色显得分外滋润，我又有了儿时往一个梦境深处飘去的感觉。

Chopin
33
78
45

每当音乐响起时，小树林似乎扩大了，绿色显得分外滋润，我又有了儿时往一个梦境深处飘去的感觉。

清华音乐室很活跃，学生里音乐爱好者很多。学余乐手颇不乏人，还出了些音乐专业人才。我是不入流的，只是个不大忠实的听众而已。因为自己有的唱片很有限，常和同学一起到美国教授温德先生家听音乐。温德先生教我们英诗和莎士比亚，又深谙古典音乐。他没有家，以文学和音乐为伴。在他那里听了许多经典名作，用的大都是七十八转唱片。每次换唱片，他都用一个圆形的软刷子把唱片轻刷一遍，同时讲解几句。他不是上课，不想灌输什么。现在大家都不记得他讲什么，却记得他最不喜欢柴可夫斯基，认为柴可夫斯基太感伤。有一次听肖邦，我坐在屋外台阶上，月光透过掩映的花木照下来。我忽然觉得肖邦很有些中国味道。后从傅雷家书中得知确实中国人适合弹肖邦。有很长一段时间，我最偏爱肖邦。

以后在风庐里住的约四十年中，听音乐的机会随客观情况的变化而忽少忽多。只是再没有固定的音乐活动了，也没有人义务为大家换唱片了。最后一次见到温德是在北大校医院楼梯口，他当时已快一百岁了，坐在轮椅上，盖着一条毯子。我忙趋前问候。他用英语说：

“他们不让我出去！告诉他们，我要出去，到外面去！”我找到护士说情。一位说，下雨呢，他不能出去。又一位说，就是不下雨，也不能去。我只好回来婉转解释，他看住我，眼神十分悲哀。我不忍看，慌忙告别下楼去，一路蒙蒙细雨中，我偏偏仿佛听到柴可夫斯基第六交响曲中那段最哀伤的曲调。温德先生听见了什么，我无法问他。

这几年较稳定，便成为愈来愈忠实的听者，海淀这边有音乐会时，常偕外子前往。好几次见满场中只有我两人发染银霜，也不觉得杂在后生群中有什么不妥。有一次中央乐团先演奏一个现代派的名作，休息后演奏贝多芬的第七交响曲，在饱受奇怪音响的磨难之后，觉得第七交响曲真好听！它是这样活泼而和谐，用一句旧话形容，让人全身三万六千个毛孔都通开了。又一次有一位苏联女钢琴家来演奏拉赫玛尼诺夫第二钢琴协奏曲，于是，满怀热望到场，谁知她的演奏十分苍白无力。我却也不沮丧，总算当场听过一次了。在海淀听过几次肖斯塔科维奇，发现他是那样深刻，和我们的心灵深处很贴近很贴近。一九九一年严冬，我刚结束差不多一年的病榻生活，还曾不顾家人反对，远征到北京音乐厅听莫扎特的安魂曲。记得刚见莫扎特这几个字，便感到安慰。

严肃音乐不景气，音乐会少多了。要听音乐，当然还是该自己拥有设备。我毫无这方面的志向，只是书已够我对付，够我“恨”了，怎受得了再加上磁带、唱片、CD 什么的。我憧憬的是家徒四壁，想看书到图书馆，想听音乐一按收音机。许多国家有专播古典音乐的电台，我希望我们在这一点能赶上，不必二十四小时，八小时也够了，可不能安排在夜里。

现代音乐理论家黎青主曾说音乐是“上界的语言”，并引马丁·路德的诗句：“谁从事音乐，就是有了一份上界的职业。”他自己解释说，意即音乐是灵魂的语言，是灵界的一种世界语言。音乐在诸门艺术中确是最直接诉诸灵魂的，最没有国界的。对“上界的语言”这话，我还想到两层意思：一是可以用来形容音乐的美，另一层意思我用一句话来表达，那就是：能听一点音乐的人有福了。

1993 年 11 月

图书在版编目（CIP）数据

紫藤萝瀑布：藏汉对照 / 宗璞著；李文才译 . --
西宁：青海人民出版社，2019.11
（我们小时候）
ISBN 978-7-225-05915-0

Ⅰ . ①紫… Ⅱ . ①宗… ②李… Ⅲ . ①散文集－中国－当代－藏、汉 Ⅳ . ① I267

中国版本图书馆 CIP 数据核字（2019）第 248995 号

我们小时候

紫藤萝瀑布（藏汉对照）

宗　璞　著

李文才　译

出 版 人　樊原成
出版发行　青海人民出版社有限责任公司
西宁市五四西路 71 号　邮政编码：810023　电话：（0971）6143426（总编室）
发行热线　（0971）6143516 / 6137730
网　　址　http://www.qhrmcbs.com
印　　刷　陕西龙山海天艺术印务有限公司
经　　销　新华书店
开　　本　850mm × 1168 mm　1/32
印　　张　6.75
字　　数　100 千
版　　次　2020 年 3 月第 1 版　2020 年 3 月第 1 次印刷
书　　号　ISBN 978-7-225-05915-0
定　　价　35.00 元